新 潮 文 庫

坂東蛍子、日常に飽き飽き

神 西 亜 樹 著

目次

坂東蛍子、日常に飽き飽き

［ばんどうほたるこ、にちじょうにあきあき］

Hotaruko Bando
is
tired of her boring everyday

一章　千代田区タクシー誘拐事件

坂東蛍子のブラック・サタデー

小堺芯太《こさかいしんた》はところてんが大好きだった。豆腐屋「きぬ屋」の一人息子として生を受けた芯太は、幼い頃から毎日自家製の豆腐とコンニャクとところてんが夕飯に並ぶ日常を送っており、夜が来る度それらを重大な秘密のように体内の奥深くにしまいこんでは吸収させていた。中でもところてんはとりわけ好物で、まだ糸状にする前のそれをスプーンで崩して口に運ぶ度に、芯太は豊かな笑顔を食卓に溢《こぼ》すのだった。

彼の中のところてんは、一食終える毎《ごと》にその価値を向上させ続け、五歳の夏頃には既に神格化されつつあった。八月のある暑い昼、軒先の蟬《せみ》の鳴き声に耐えかねた母に連れられて芯太は町の図書館へと足を運んだ。勿論《もちろん》彼は真っ先にタ行の列を探した。

図書館は芯太が溜《た》め込んでいた数々の疑問に見事に答えを与えてくれた。例えば、豆腐屋の看板を掲げる自身の家が何故《なぜ》ところてんも作って売っているのか、と言ったような疑問だ（豆腐が専業化する以前から経営していたという単純な話であったが、少年には全《すべ》ての発見が悉《ことごと》く衝撃であった）。帰り道、母は我が子への読み聞かせに疲れて項垂《うなだ》れていたが、芯太は実に上機嫌だったし、また今まで知らなかったところてんの素顔の一端に触れたことで、人生の深みを思い知らされた気分にもなったのだった。

　六歳の春のことである。母のたっての希望により近所の私立小学校に入学した芯太は、クラスメイトにとんでもない名前を持つ人間を発見してしまった。成見《なるみ》心太郎《しんたろう》。芯太ですら一つクッションを挟んでオブラートに包んでいる「心太《ところてん》」の文字を堂々と冠して生きている男の登場に、芯太の名前通りの太く屈強な精神は生まれて初めて（六年間で初めて）膝《ひざ》を折った。

　芯太の入学した小学校は裕福な家の子供が通うことで有名な私立校であったが、心太郎はその中でもひと際《きわ》立派な名家の跡取り息子だった。しかし心太郎は自身の立場を鼻にかけることはなく、誰にでも気さくに手を差し伸べられる気心を持っており、初めは距離のあった芯太ともすぐに打ち解け仲良くなった。また実に行動力のある少年で、芯太は彼の善良な好奇心に何度も助けられた。晴れの日は鬼ごっこに夢中になり過ぎて花壇を踏み荒らし二人並んで怒られ、雨の日は制服を泥まみれにしながら一緒に遊び、貧乏で肩身の狭い思いをすることもあった芯太を何度も寂しさの泉から掬《すく》い上げてくれた。運動も出来、頭も良く、正義感も強い。完敗だ、と芯太は思った。ところてんを世界一愛していると信じて疑わない自分ではあるが、彼になら心太という言葉を譲っても良い。いや、彼以外に譲れる相手はこの先の生涯（本当に長い生涯である）他に現れないだろう。

そんな心太郎だからこそ、自分はあの時身を挺《てい》する決意が出来たのだ。彼と出会って一年と少し、毎日のように交流を重ね、親友だと思える程の友情を感じていたからこそ、今自分はこうしてタクシーに乗っている。何も問題は無い。

そう、何も問題は無い、全ては順調のはずなのに、と芯太は思った。

どうしてこんなに心細いんだろう。

芯太は今、とても心細かった。自分がこれからどうなってしまうか分からない不安と恐怖に苛《さいな》まれ、今にも体が内側から溶けだし、軽くつついただけで出来そこないの豆腐のように容易《たやす》く崩れ去りそうだった。

世界はこんなに寂しいものだったのだろうか。窓の外にはあんなに沢山人がいるのに、ガラス一枚隔てただけでここまで自分たちは別々になってしまうものなのだろうか。初めて乗ったタクシーの後部座席の片隅で、知らない男の威圧的な後頭部の背後で身を縮めながら、彼は誰も周りにいてくれないことの寂しさに身を震わせた。芯太はささくれ立った心の辺りをキリキリと抓《つね》って弱気な自分を必死に窘《たしな》めようとした。気合を入れろ。こんなんじゃ心太郎に笑われるぞ。俺はしなやかで強い心を持たないといけないんだ。そう、美しく立派なところてんのように。

「あら」

突然バタンという大きな音がしたかと思うと、外気と共に女性の声が芯太の耳へ流れ届いた。眺めていた窓の反対側へ急いで顔を向けると、一人の女子高生がタクシーの扉を開けてこちらを覗《のぞ》きこんでいる。

「先客がいたのね、ごめんごめん。他を探すわ」

申し訳無さそうに苦笑いを浮かべ、覗きこむために屈《かが》めた半身をドアの外に戻そうとする彼女の腕に、芯太は急いで組みついた。人間の身体能力の限界への挑戦を感じる見事な早技だった。突然の少年の攻勢に目を白黒させている女子高生に、芯太は今にも泣きだしそうな顔を向けながら、震える喉《のど》から必死に一言を絞り出した。

「乗って」

この女子高生、名を坂東蛍子《ばんどうほたるこ》という。容姿端麗にして才貌《さいぼう》両全ながら、本来自動開閉のタクシードアを躊躇《ちゆうちよ》無く開いてしまう、この物語の主人公だ。

◆

「何にせよ、タイムリミットは差し迫ってるんだ！　日暮れまでに用意できなかったら息子の命は無いと思え！」

電話を切った後も三木杉《みきすぎ》は腹の虫が治まらず、何度もアスファルトを蹴《け》った。なんて親だ。自分の金惜しさに、我が子では無いなどと最低の戯言《たわごと》を喚《わめ》きだしやがった。子供を守ってやらない親なんて許されるはずが無い。あんな人間がいるなんて、世の中間違ってる。

太陽はとうとう天辺《てっぺん》に到達し、徐々に西へ進路をとる計画を練り始めていた。そろそろ腹ごしらえをしないとな、と三木杉は腹をさすり、タクシーを番場《ばんば》に任せて昼食を買いにコンビニへ入った。気紛れな春の陽気に対し、店内はどこを切り取っても均質な適温に保たれている。あらゆる庇護《ひご》と承認を受けた理想の温度だ。

思えば俺もずっとその適温の中で生きていたのだな、と三木杉は思った。三木杉が黒《こく》丈門《じょうもん》一家に出入りするようになってからもう三年近くが経《た》とうとしていた。彼は幼い頃から類稀《たぐいまれ》なる運動神経を周囲に見出《みいだ》され、高校、大学共にスポーツ推薦によって進学を果たした。将来も陸上競技での活躍を期待されていたが、ある日レンタルした映画の影響でハードボイルドでピカレスク・ロマンな世界に心を奪われ、大学四年の秋に突如大学寮から逃走、その足を活《い》かして誰も気づかない内に悪の道を疾走し、半年後には黒丈門一家の正式な組員として名を連ねていた。しかし実際のヤクザの世界は三木杉の思っている程刺激的な世界でもなく、また悪漢の美徳が感じられるような物語も見られなかった。形式や作法は違ったが、世間一般の企業と変わらず任俠《にんきょう》の世界もあくまでビジネスの上に立脚したものだったのである。元々情に厚く義理堅い男であった三木杉は、慣れない職務に失敗を重ねた（彼は不器用な男だった）上、徐々に削《そ》がれていくやる気がその不手際さに拍車をかけ、組内でも始末に負えないお荷物としてのレッテルを貼《は》られ、その優れた運動神経を持て余しながら三年経った今も下働きとして肩身の狭い生活をしていた。

黒丈門という大組織においてヒラ組員に任せられる家業は限られており、僅差《きんさ》はあれど結局そのどれもが「事務処理」と「人を傷つけること」の二種類に大別出来た。三木杉は人を傷つけることにうんざりしていたし、恒常的に家業に身を晒《さら》すことに恐怖も感じていた。「加虐《かぎゃく》のマンネリ化」への恐怖である。日々人を傷つけ、それが常態化し、それを適温と思うようになる。コンビニの中の温度に安心し、外の世界を不安定なものと見なす。そんな考え方に染まってしまうことを三木杉の心は強く恐れた。

俺はもっとスリリングで激動的な世界を生きたいんだ。ワルでありながら、誰かを救える人間でありたいんだ。だから、この誘拐劇は今後の劇的な人生のためにも何としても成功させなければならない。三木杉は温めてもらったコンビニ弁当を袋に詰めてもらいながら、自身の決意を新たにした。

コンビニを出てタクシーを目視した三木杉は思わず三人分の弁当を落とした。女子高生がタクシーの後部ドアから今まさに乗り込もうとしていたからである。三木杉は駆け寄ろうと逸《はや》る脚を無理矢理抑えた。今の状況を冷静に検討すると、走り寄るのはマズいと思ったためだ。こちらに気付いた番場が目を見開いて指示を仰いでいる。彼の焦《あせ》りに満ちた表情を見るに、恐らく、自動開閉という認知が普及している日本のタクシーの後部座席を手動で開けられるとは思っていなかったのだろう。一瞬の動揺で硬直している内に乗り込まれてしまったようだ。何より女子高生というのがマズい。番場もそのことを気にしているに違いない。

黒丈門一家は、他の組組織と違いあくまで単一の一族が治める組だったため、代替わりも代々世襲だった。元々男系の継承が通例だったが、現組長には娘が一人いるだけで、有力な跡取り候補を設けられなかった。仕方なく暫定《ざんてい》という形で娘を若頭《わかがしら》として表に出した組長だったが、娘を溺愛《できあい》していた彼は我が子が任侠の世界に染まることを嫌がり、組内で彼女の風貌、外見的特徴の一切を、一部の人間以外には秘匿《ひとく》したのである。

三木杉含め、一般の構成員に与えられた情報は名前と年齢だけだった。黒丈門ざらめ。齢《よわい》十五歳。ちょうど中学生か、高校生かといった年頃である。黒丈門の人間がたまに町中で女子中高生を避けたり、あるいは助けたりしている光景を見かけることがあるが、これは善意というわけではなく、若頭に万に一つでも失礼があってはいけないという思いからの恐る恐るの行動なのである。任侠の世界も色々立てこんでいるのだ。

三木杉は今タクシーに乗り込んでいった女子高生のことを考えた。土曜の昼間にも拘《かか》わらず制服を着てこの場にいること。駅の近くにも拘わらず、乗り場でも無い場で停車しているタクシーの、本来自動開閉するドアを躊躇せず手動で開いたこと。中に乗客がいたのにも拘わらず同乗したこと。すぐに思いつくだけでもこれだけの異常性が少女の背後に控えている。何よりとても容姿の美しい少女だった。彼女が組長の溺愛する愛娘《まなむすめ》である可能性は充分に考えられる。

そして恐らくざらめ嬢は、俺たちが現在実行している組の意にそぐわない勝手な誘拐劇を認知しているはずだ。ならば彼女はそれを知り、俺たちに直接何かを行うために、或《あ》るいはその行動の指針を得るべく、何かを判断するために、わざわざ学校を飛び出してまで不埒《ふらち》な部下を追跡し、タクシーを探しあて乗り込んできたのではないか。そうだとしたら今俺たちの一挙手一投足は常に彼女にとっての試金石となり得るものじゃないか。三木杉は身震いした。迂闊《うかつ》なことをしたら、破門じゃ済まないかもしれないぞ。

三木杉は汗で顔をいつも以上に光らせている体格の良い運転手に、携帯をちらつかせながら「行け」と促した。偽装タクシーである以上、少しでも人の注意を引いて意識に残るような真似《まね》はしたくない。とりあえず今は後部座席に乗り込んだあの人物を黒丈門一家の若頭と仮定して、慎重に、作戦が滞りないように思わせながら、失礼の無いように計画を進めていくべきだ。そう三木杉は結論づけた。ＧＰＳでタクシーの位置を確認しつつ、暫《しばら》くはメールで指示を出すことにしよう。

三木杉が弁当を拾うために歩道へ屈みこむと、観念した番場がアクセルを踏んで車を発進させた。冷や汗の只中《ただなか》で三木杉はピカレスク・ロマンの到来を感じていた。硝煙の匂《にお》いの代わりに、巻き上がる排気ガスが彼の鼻腔《びこう》を擽《くすぐ》った。

◆

まずいことになったな、とロレーヌは眉間《みけん》に皺《しわ》を寄せた。主人が呑気《のんき》な気質のせいか、あるいは一人旅を長く経験してきたせいか、ロレーヌはこういった状況に対し人より優れた鋭敏な洞察を行うことが出来たが、何度検討し直しても今回の状況は「まずいことになった」以上に適切な言葉が浮かんでこなかった。出来ることなら積み重ねてきた全ての矜持《きょうじ》を捨て去って、この密室の只中で大声で歌でも歌ってしまいたい気分だったが、生来の紳士の性分と近代合理の精神がロレーヌにそれを許さなかった。「カラオケでやれ」と神が囁《ささや》くのだ。

右隣に座っている男も、彼の前に座っている男も、明らかに挙動が不審で汗のかき方も不自然だ。それぞれ協調関係にあるというよりは、別々の思惑があるように思える。しかし、少なくとも何かしらの思惑を抱いていることは確かで、その点において思惑も無く居合わせてしまった主人の置かれた状況は最も不利なものと言えるだろう。イタリアンマフィアに身を寄せていた頃ロレーヌはこういった空気を何度も経験してきた。銃撃戦になるな、と彼は思った。たとえ銃撃戦にまで発展しなくとも、まだ少女で荒事の経験も無い主人がこの場で上手《うま》く立ち回ることは困難を極めるだろう。

とにかく今は考えるしかない、とロレーヌは逸る心を制した。主人を含め四人、どうやら状況は拮抗《きっこう》しており、すぐに何かアクションがあるわけでは無いようだ。ここは如何《いか》に現在のモラトリアムを活かすことが出来るかで今後の展開が決まる。今自分に出来ることは、この状況をいち早く理解し、打開策を練ることだ。そうして何とかこの密室から主人を脱出させなければ。

◆

坂東蛍子はお腹《なか》いっぱいだった。昼食という大いなる使命を背負わされた麻婆豆腐《マーボーどうふ》達が、車の振動によって腹の中でざわめくのを感じ、蛍子は手で腹の辺りを子供をあやすように優しくさすった。それにしても美味《おい》しい麻婆豆腐だったなぁ。

「でも、本当に乗っちゃって良かったの？」

蛍子は右隣で手をピンと伸ばして膝の上に置き、緊張したように口を結んで押し黙っている少年に話しかけた。自分の美貌に動揺しているのかもしれないな、と思った蛍子は、雑談で気持ちを解《ほぐ》せないか試みることにした。

「大丈夫です。一人でタクシーに乗ってて、寂しかったから。俺子供だし」

子供は自分のことを子供と言わないのでは、と蛍子は思った。番場も思った。芯太も思った。

「そういえばさっき辛《つら》そうな顔してたもんね。私てっきり怖い目にでもあってるのかと思ったもん。誘拐とか」

盛大にせき込んでいる運転手を横目に、蛍子は学生鞄《かばん》の中に手を突っ込み、ガサゴソと手探りで中身を検《あらた》めた後、にっこり笑って手を引っこ抜いた。手には飴玉《あめだま》の入った袋が握られている。フルーツのフレーバーで麻婆豆腐の匂いを上手く誤魔化せることを祈って、坂東蛍子は口の中にアップルキャンディーを放り込んだ。

「欲しい？」

「……うん」

好きなだけ取って良いよ、と少年に袋ごと手渡しながら、蛍子は車内の内装を確認した。なんとなく生活感の無い空間だな、と蛍子は思った。生活感というより、使用された痕跡《こんせき》が無い気がした。車内はどこもまるで新品のように経年劣化が見られなかった。もしかしたら新車のタクシーなのかもしれない。これは貴重だ、と蛍子は内心で喜んだ。

蛍子の考えた通り、彼女の乗っているタクシーは新車同然の代物《しろもの》だった。というより、そもそもタクシーでは無かった。このクラウンコンフォートは外装こそタクシーそっくりに加工してはいたが、内装には殆《ほとん》ど手をつけておらず、警官の目を欺《あざむ》くために運転席を中心に料金メーターや座席カバー等をそれらしくセッティングしている以外は至って普通の一般車両のそれだった。もし蛍子が過去に一度でもタクシーに乗ったことがあったなら、すぐに違和感に気付くことが出来たことだろう。

本来この彼女の無知は番場にとっては不幸中の幸いと言えることであったが、しかし番場はそのことに安心するどころか、逆に彼女が車両の違和感を指摘しないことに一層の不安を募らせていた。普通なら一目で気付くであろう車内の光景を、一般人が触れないわけが無い。ということはやはりこの女子高生は若頭なのかもしれない。番場は気を落ちつかせるためハンドルを強く握り、目に入った汗をパチパチとまばたきして弾《はじ》いた。

「とりあえず、自己紹介しようか」

沈黙に退屈した蛍子が再び口を開き、少年に提案した。少年はフルーツアソートである飴袋の中からメロン味を選択したようである。蛍子は緊張の解けない少年のポケットに同じ味のものをもう一つ押し込みながら、まだまだ子供だな、とほくそ笑んだ。メロン味を選択するのは奇を衒《てら》って他と差別化したい心の表れなのよ。私も昔選んでた。

「私の名前は坂東蛍子。女子高生よ。まぁ見て分かると思うけど、女子高生は女子高生でも、結構人気があるタイプの女子高生ね」

蛍子は黒く美しい長髪を自慢げに掻《か》き上げた。番場は、それは組織的な意味で人気があるタイプということだろうか、と頭を悩ませた。彼女は今「バンドウホタルコ」と名乗った。「コクジョウモンザラメ」ではなく、である。仮に彼女が偽名を用いているのだとしても、番場には彼女がわざわざ偽名を名乗った確かな動機を断定することが出来なかった。唯一《ゆいいつ》考えられるのが、「自分は黒丈門の若頭としてこの場にいるのではない」という意思表明である可能性だ。

あくまで仮に、この女子高生が若頭であると仮定しての話だが、と番場は自分の頭の中を整理し始めた。俺は若頭がこの場に突然現れたのは組織に属している自分たちの勝手で無法な行動を裁くためだと思っていた。しかし、もし偽名を使って立場を隠そうとするならば、一概にそうとは言い切れないかもしれない。むしろ、裁くというよりも期待を感じる行動のようにも思える。非難ではなく評価を、組織における有用性を推し量るために乗車したのかもしれない。

「お客様」

先程までの絶望的な状況から一転し一縷《いちる》の希望の糸が頭上から垂れてくるのを感じた番場は、蛍子にその真意を確かめるべくなけなしの勇気を奮って口を開いた。

「行き先を指示して頂いても宜《よろ》しいでしょうか。もし先にお乗りになったお客様と目的地がズレていたら、他のタクシーに乗り換えて頂いた方がお客様のためになるやも――」

「黙ってて」

「すみません」

番場は確信した。この少女はこの車に乗り込むべくして乗り込んだのだ。

せっかく口を開いてくれそうだったのにまた萎縮《いしゅく》しちゃったじゃない。空気の読めない運転手に蛍子は深い溜息《ためいき》をついた後、少年に今一度自己紹介を促した。背中を押された少年が、おずおずと喉の奥から声を絞り出す。

「俺、俺の名前は……シンタロウです」

◆

「心太郎じゃない……」

家長、成見《なるみ》心一《しんいち》の言葉に、室内にて電話を傍聴していた捜査官一同は騒然とした。妻、美智《みち》が目を白黒させて心一の腕に縋《すが》り付いた。

心一は念のためもう一度耳を澄ませ、受話器の向こうから聴こえてくる、細い、しかししっかりと意志を感じる子供の声を確かめた。やはり、何度聴いても心太郎の声では無い。では、心太郎だと名乗り続けているこの子供はいったい誰なのだろうか。同名の別の子供が間違えられて誘拐されている？　しかし、それにしては嫌に断定的にこちらに話しかけてくる。向こうだって当然こちらの声が実の親の声では無いことは判断出来るはずなのに、まるでそんなことは関係無いかのように頑《かたく》なに「自分は心太郎だ」と訴え続けている。心一は今自分が立たされている不可思議な状況を飲み込めず混乱を深めた。

そもそも、心太郎が誘拐されていないのであれば、肝心の心太郎はいったい何処《どこ》にいるのだ。心太郎がいつものように家を出ていったのが午前七時過ぎ、友人と遊ぶ心太郎の盗撮写真が郵便受けから発見されたのが午前八時半頃、心太郎の携帯電話の番号で脅迫電話がかかってきたのが午前十時、そこから二時間経ち、犯人が電話口で心太郎の声を聴かせると言ってきたのが現在、正午である。その間一切心太郎との連絡はとれていなかった。もし心太郎の身に何も起きていないならば、携帯電話が犯人の手にある理由に説明がつかないが、今犯人と心太郎が行動を共にしているならば、今度は電話口に心太郎本人を出さない理由に説明がつかない。何かがおかしい、と心一は息子のために頭を必死に回転させた。この状況は何かが捻《ね》じれてしまっている。

「これで分かったろ」

電話口から男の声が聴こえた。一切の躊躇《ためら》いも無い、堂々としたものを感じさせる声からは、先程電話を渡した相手を心太郎本人と見定めて一寸の疑いも持っていないように思える。

「その子はうちの子じゃない」

心一はひとまず心太郎の居所について考えるのを保留し、人質とされている男の子の安全確保を優先することにした。もし犯人に心太郎と間違えられて誘拐されているのであれば、すぐにでも間違いを正して解放してあげるべきだ。あまりにも不憫《ふびん》じゃないか。

「な……今なんつった？」

「だから、その子はうちの子じゃないと言ったんだ」

「てめぇ！　それでも本当に親かよ！」

受話器の向こうで男が激昂《げきこう》し、心一はたまらずスピーカーから耳を離す。

「子供にとってはなぁ、親が地球上で最も信頼出来る相手なんだぞ！　親が全てなんだ！　それをお前が否定したらこの子がどれだけ辛いか分かんねぇのか！」

「いやだから、その子は間違いだと」

「間違い!?　生まれた子供に間違いもクソもあるか!!」

駄目だ、まったく話が通じない。心一は遠い目をして捜査官の一人を見た。捜査官、相庭信夫《あいばのぶお》はその表情を心一が緊迫した場を和ませるためにとった精一杯の戯《おど》けと解釈し、手を叩《たた》いて笑って上司に後頭部を殴られた。

「何にせよ、タイムリミットは差し迫ってるんだ！　日暮れまでに用意できなかったら息子の命は無いと思え！」

電話は乱暴に切られた。とりあえず、まずは梟《ふくろう》のように目を丸くして固まっていることの場の人間たちを鳥類から哺乳類《ほにゅうるい》に戻さねばなるまい。心一は今のやりとりに対する自分なりの考えを語りながら、電話の向こうの少年と心太郎の無事を祈った。

◆

猫の轟《とどろき》はそっと薄目を開け、隣に座った人間を不審そうに眇《すが》めた。轟がこのT字路のカーブミラーの前に腰を据えてから長い月日が経つ。陽が昇り、月が翳《かげ》る日々を何度も越える中で、身じろぎもせず頑なに同じ場所に居座り続ける轟に人々は次第に興味を示しだし、初めの内は寝ぼけた老人が道を尋ねてくるぐらいだったのが今では通行人がひっきりなしにやってきては立ち止まり、悩みごとを独白したり有り難そうに手を合わせたりしていた。そのため轟は普段この道を通る人間の顔は一通り把握しているのだった。

轟はもう一度隣で膝を抱えている人物の顔を確認した。やはり見たことが無い。突然やってきて初対面の相手の隣に座り込み、押し黙っているこの謎《なぞ》の少年に対し、轟は警戒レベルを更に一段階引き上げた。もしかしたら坂東蛍子のような人種である可能性もある。轟は憎き強敵の顔を思い浮かべながら春の青い空を睨《にら》んだ。

「猫さん、話を聞いておくれ」

膝に顔を埋《うず》めていた少年が、唐突に口を開いた。

「僕の家は金持ちなんだ」

轟は警戒レベルを二段階引き上げた。

「でも僕自身はただの子供なんだよ。何も分かってないただの子供だ。それなのに周りは誰も彼も、僕の家のことを気にして、自分勝手に僕のことを持ち上げたり、嫉妬《しっと》したりする。僕はそのことが凄《すご》く嫌だった。それこそ、初めて家族以外の人と話した時からね。ずっと嫌だったんだ」

少年は痛みをこらえるかのように抱えた膝をぎゅっと締めつけ、腕に爪《つめ》を立てた。

「そういう時ってね、透明人間になったように感じるんだよ。僕に話しかけてる人が、実際は自分の後ろ側にいる誰かと自分越しに話をしてるように感じる。具体的に言うと、お金だね。お金の幽霊と話してるように感じるんだ。まるで僕がいないかのように。全然話してる感じがしないんだ。むしろ、話をしたくないと言われてるような気になるんだよ。話しかけられれば話しかけられるだけ、無視されて、否定されてるような気分になる。とても気持ち悪いんだ」

轟は少年の気持ちを心の底から理解出来た。轟自身、毎日答えを求めていない人間達に一方的に会話を放り投げられ、その都度ブツリと中断されてきた。彼らは口々に「どう思う?」と訊《き》いてくる。しかし、轟がそれに対し如何に真剣に頭を悩ませ真摯《しんし》に答えても、彼らがその言葉を聴きいれることは無く、笑いながら分厚い壁を一枚打ち立てて轟の言葉を拒絶するだけなのだ。それは猫語を理解出来ない以前の部分での壁だった。

初めからコミュニケーションをとろうとしていないことによる壁だ。轟は彼らとの隔たりについて考える度、とても空《むな》しい気分になった。思索に耽《ふけ》る時よりもよっぽど空虚な心持ちになった。哲学の途《みち》を志している自分でもこんな気分になるのだ。子供には辛かろうな、と轟は少年の痛みを慮《おもんぱか》り、目を閉じた。

「去年小学校に入学した時、僕には新しい友人が出来たんだ」

少年は再び言葉の糸を紡《つむ》ぎ始めた。

「いや、違うな。初めての友人が出来たんだよ。初めてのね。彼は初め僕のことを警戒しているようだった。つかず離れずを保ちつつも、何だか嫌そうな顔で見ていた。嫉妬には慣れてるとはいえ、そういう顔をされるのは良い気分じゃないからさ、ある日問い詰めたんだよ。どうして僕を嫌ってるのか。そしたらなんて答えたと思う？」

少年が当時のことを思い出して可笑《おか》しそうに口元を緩めた。明るい顔になったな、と轟は思った。

「『ところてん』を表す文字が名前に入ってるからだって言うんだ。意味が分からないだろ？」

確かに意味が分からない。少年はクックックッと笑いをこらえながら話を続けた。

「ところてんが好きなんだってさ。その時僕は悪いと思いつつも大笑いしちゃったよ。久々に涙が出るほど笑ったんだ」

本当に久々にね、と少年は遠い目をして空を見上げた。轟には彼のその顔つきが道行く大人の大半より余程大人びて見えた。

「僕は僕の家のことを抜きに僕を見てくれる彼のその視点が凄く嬉《うれ》しかった。だから彼と仲良くなろうと思ったんだ。初めは嫌がられたけどね。今では毎日遊んでるよ。本当に楽しい」

轟は少年の表情に影が落ちるのを感じ、振っていた尻尾《しっぽ》を静かに下ろした。

「今日、待ち合わせ場所にやって来た彼はどこか緊張したような顔をしてた。彼は出会い頭に今日は持ち物を全て交換しようと提案してきたんだ。携帯電話から、名札から何まで、全部ね」

少年が眉間に皺を寄せる。

「彼はかくれんぼを提案してきた。二人でかくれんぼなんて、と笑ったけど、どうしてもやりたいと引き下がらない彼の熱意に折れて僕は隠れることにしたんだよ。隠れ場所を探している最中、ふと振り返ると彼が道路にフラフラと歩いていくのが目に入った。するとと何処からともなくタクシーがやってきて彼の前で止まり、後部座席から出てきた男が彼を抱えて車の中に放り込んだんだ。タクシーは全速力で去っていった。本当に一瞬の出来事だったよ」

おいおい、と轟は思った。何だか随分と物騒な話になってきたな。これは人間界でいうとかなり只事でない事態なのではないのか。猫界で言うと、湯の溜まった桶《おけ》の中に睡眠中に放り込まれるぐらい危険な事態のはずだ。轟は自分の想像に全身の毛を逆立てた。

「僕は何も出来なかった。小さくなっていくタクシーを呆然《ぼうぜん》と見ていることしか出来なかったんだ。我に返った時、僕はすぐに警察に電話するために少し前に交換した彼の携帯電話を開いた。すると携帯はメモ画面が開かれていて、『隠れてろ、絶対に見つかるな』と書かれてた。その時に全部理解したよ。彼はどこかで僕が誘拐されることを知って、自分が身代りになるために一芝居打ったんだってね」

勇敢な友人だな、と轟は思った。坂東蛍子に会わせてやりたいものだ。

「誘拐犯が狙《ねら》っていたのが僕だとしたら、間違いなくお金目的だと思う。そう思うと、僕は身動きがとれなくなってしまった。もし犯人に彼が成見心太郎ではないとバレてしまったら、金蔓《かねづる》にならない彼を犯人が丁重に扱ってくれるとは思えないからね。最悪、彼は殺されるかもしれない。だから彼が偽者《にせもの》だということは隠し通したまま、彼を助けないといけない」

でもそれってつまりさ、と少年は唇を噛《か》んだ。

「それってつまり、僕が無事を知らしめちゃ駄目だってことなんだよ。僕が無事であることが分かったら、警察も僕の親も少なからず対応を変える。彼の身の危険を理解してくれたとしても、犯人との話し合いで演技っぽくなってしまう可能性がある。真剣味が出なかったり、無意識に対応が変わったりするかもしれない。それはとても危険なことだろ？　だから僕は僕の存在を誰にも明かせないんだ。両親に助けも求められないし、警察に駆け込むことも出来ない。迂闊に彼に連絡もとれない。信頼出来る友人もいない。僕自身が身を隠しながら何とかするしかない」

　轟は黙って隣に座っていた。少年は泣いていた。

「でも、僕には彼が今どこにいるかも分からないんだ……」

　少年は両腕で自分を抱え込み、抱いた肩を掻きむしりながら目一杯体を小さくした。出来る限り小さくなって、そのまま消えてしまおうとしているかのようだった。

　轟は後ろ脚を立て、ゆっくりと立ち上がると、顔を埋めて静かに震えている少年の脚にすり寄って尻尾を絡《から》めた。顔を上げた少年としっかり目を合わせ、轟は語りかけた。

「お前の心はとても豊かだ。そういった人間はな、いつだって報われるように世界は出来ているんだ。安心しろ。お前は今助かった」

　成見心太郎は初めて見た時の仏頂面《ぶっちょうづら》と打って変わって自分を見上げてミャアミャアと鳴いている猫の声に真剣に耳を澄ませた。馬鹿《ばか》げた考えだったが、心太郎はこの猫が自分に語りかけているように感じたのだった。

　猫は暫くの間鳴き続けると、T字路と遠ざかるように歩き出し、隣接する公園の茂みの中に飛び込んだ。やっぱり僕が鬱陶《うっとう》しかったのかな、と心太郎が涙を拭《ぬぐ》いながら苦笑していると、猫が再び公園の茂みから飛び出してきた。後ろには背の高い青年がついてきている。眉《まゆ》にかかるぐらいの短い黒髪に、青い瞳《ひとみ》をした不思議な青年だ。その男は心太郎の前で立ち止まると、表情を変えないまま参考書を朗読するように淡々と告げた。

「話は聴かせてもらいました。私達にお任せ下さい」

◆

「行き先はシンタロウの方を当然優先するとして」

坂東蛍子が二つ目のアップルキャンディーを口の中で転がしながら言った。

「今どこに向かってるの？」

番場は背中を針でつつかれたように反射的に背筋をピンと伸ばした。三木杉と番場の計画に目的地は設定されていなかった。タクシーは誘拐した子供を連れ回すためだけに誂《あつら》えられたものだった。身代金は何度も人の手を渡らせて安全な場所に放置し、後日タクシー誘拐の手口をリークし、そちらに目を向けさせている間に別の手段で回収に向かう予定だ。このタクシーはあらゆる意味においてカモフラージュのためのものだった。

後部座席で脚を組んだ女子高生が万が一ただの一般人だった場合、少年の返答次第では危険な状態に陥るかもしれない。若頭だった場合も子供の一言で簡単に破綻《はたん》してしまう計画に対し間違いなく不満を持たれるだろう。番場は気楽そうに青色の光を掲げている信号機の下を通過しながら、一人固唾《かたず》を飲んでシンタロウの言葉を待った。

「……東京駅」

暫く飴の包みを指先で弄《いじ》っていた少年だったが、何かを決心したように包みの封を開けると、短く一言呟《つぶや》き、勢いそのままに飴玉を口内に放り込んだ。今度はレモン味である。まだまだ子供だな、と蛍子は思った。レモン味を選択するのは安易な刺激を求めている証拠よ。私も昔選んでた。

「『ひよ子』を買いたいんだ」

「あぁ、東京銘菓の」

少年は頷《うなず》く。

「家この辺じゃないから、東京に来たお土産に、ひよ子のお菓子を買って皆に喜んでもらおうと思って」

勿論この話は芯太の咄嗟《とっさ》の思いつきである。彼には当然行くあては無かったが、今は出来るだけ長い間現状を維持したかった。隣に座って呑気に笑っているこの明るい女子高生と少しでも長い時間行動を共にしていたかったのだ。芯太はところてんや豆腐程では無かったが、日本の電車も一般の子供が嗜好《しこう》する程度には好きだった。東京の路線図なら大まかな部分は把握していたため、自分の地元から東京駅までの距離もおおよそで理解していた。今いる場所から東京駅は決して近くは無かったが、遠いという程でも無い。この目的地ならば女子高生に疑われることも、誘拐犯の気に障《さわ》ることも無いだろう。それにそれとなく降車の口実も作ることが出来た。上手くいけば、隙《すき》を見て人混みに紛れて逃げられるかもしれない。

「でも、お金は大丈夫なの？　タクシーって結構かかるらしいよ？」

蛍子が学生鞄の中を整理しながら言った。

「大丈夫。家に着いたらお父さんが払ってくれることになってる」

「なるほどね。あ、ちなみに私も大丈夫だからね運転手さん。ウチ金持ちだから」

そりゃそうだろう、と番場は思った。

「よいしょっと……」

蛍子は鞄の中から黒い兎《うさぎ》のぬいぐるみを取り出すと、大事そうに腕の中に抱えた。芯太の家には父が昔趣味で購入した安いウクレレがあったが、それよりも更に小さい、頑張れば片手に乗せられるぐらいの大きさの兎だ。綺麗《きれい》に手入れされていたが、かなり古い品のようだった。

「ロレーヌっていうの。小さい時から家にいる私の大事な友達よ」

そう言って蛍子はロレーヌの頭を優しく撫《な》でた。自信家な人だと思ったけど、可愛《かわい》いところもあるんだな、と芯太は隣でその光景を眺めた。

「ほら、持ってみなさい。貸してあげる」

正直なところ、子供心にぬいぐるみなんて女々しいものに触りたくも無かった芯太であったが、蛍子の思いやりを蔑《ないがし》ろにするのも憚《はばか》られたので渋々ロレーヌを受け取ることにした。ロレーヌを膝に乗せながら、不思議な人だなぁと芯太は改めて左に座っている女子高生を観察した。自信家なだけあって、確かに容貌は非常に美しかった。気の強そうな眉がよく動く顔も、にっこり笑うととても柔らかい印象に変わってその度に芯太はドキリとした。会話のキャッチボールが早く、よく飲み込んでくれるところを見ると理解力がありそうで、本人の自称する通り頭も切れそうだったが、しかしそのわりに自分や誘拐犯の脂汗《あぶらあせ》にも、料金メーターが点《つ》いてないことにすら気付いていない抜けたところがある。気が強く意思を通すと思ったら、初対面の子供を安心させるために大事なぬいぐるみをあっさり渡してくれたりする。本当に不思議な人だ。不思議というか、変な人だ。でも、少なくとも悪い人では無さそうだ。

ふと気付くと、芯太は先程まで感じていた炎の中にいるような息苦しさから解放され、ゆっくりと浅く呼吸出来るようになっていた。芯太は蛍子に素直な感謝を抱きながら、動物にするようにロレーヌの顎《あご》の下を撫った。芯太がロレーヌに微笑《ほほえ》むと、何となくロレーヌも笑顔を返してくれているような気分になった。

◆

ロレーヌは歯を食いしばり、丸い手先に力を込めて、少年の拷問《ごうもん》に必死に耐えていた。ロレーヌを含めた全てのぬいぐるみは《国際ぬいぐるみ条例》により人間との交流を固く禁じられていた。人間にぬいぐるみが意思を持った存在であることを悟られないようにすることが大原則なのである。この少年が何故自分の弱点を知っているのかは知らないが、もしほんの一欠けらでも良心がその存在の本質に芽を出しているならば、今すぐ顎をさする魔手を何処かへ退《の》けてくれ。

「飴の追加いる？」

「大阪のおばちゃんみたいだね」

「それ次言ったらとてつもない不幸があんたを襲うから」

もう襲われてるよ、と少年がボソリと呟いて、ロレーヌから手を放し飴の袋を受け取った。さすが蛍子、私の主人だ、とロレーヌはそっと息を整えた。

ロレーヌは助手席で肩をいからせている侍の幽霊を見た。先程から刀を振り回しては運転手の頭を突き刺し、刀身がすり抜ける度に悔しそうに声を荒げている。あの男の傍に何とか近づくことが出来ないだろうか、とロレーヌは思案した。《国際ぬいぐるみ条例》が禁じているのはあくまで人間との交流であり、そこに元人間は含まれていなかった。あの侍の感情的な行動を見るに、どうやら彼はある程度の事情を把握しているようである。ロレーヌは何より現状の事態を理解したかった。その上で、自身の主人の進退を一刻も早く決定し手を打ちたかった。

「そういえば、お姉ちゃんはどこに行きたいの？」

少し肩の力が抜けた芯太は、ようやく大事なことを訊き逃していたことに気付いて蛍子に質問した。番場も見えない刀に貫かれながら聴き逃すまいと耳を大きくした。

「私は……」

そこまで言うと、坂東蛍子は口をつぐみ、少しの間何かから隠れるように息を潜めた。そして何度か静かに息を吸ったり吐いたりした後、変に明るい調子で少年に笑いかけた。

「どこでも良かったの。遠くに行きたい気分だっただけだから」

「何それ」と芯太が苦笑する。

「理由は色々あるんだけど……まぁ簡単に言うと失恋慰安旅行みたいなものよ。フられたの。だから、とにかく好きな人がいる所から離れたいなーって」

こんな綺麗な人でもフられるんだな、と芯太は思った。恋愛って難しい。可愛いだけじゃ駄目なのか。

「あ、好きな人のこときききたい？」

「いや、いい」

「松任谷理一《まつとうやりいち》君って言ってね、超かっこいいの！」

芯太は仕方なく道路に並ぶ街路樹の本数を数えることにした。幸いこの地域は緑化運動が盛んなようで、暫くは暇つぶしに困らなそうだった。ロレーヌは芯太の膝の上で先程と変わらず思索に耽っている。この黒兎は瞑想《めいそう》によって蛍子の声を完全にシャットアウトする術《すべ》を三年前に体得していたため、集中力さえ続けば、この手の話の最中に因数分解をしながら東京‐ロンドン間の最短移動時間を割り出すことも出来た。

「それに優しいいし、あとかっこいいし、一人っ子！」

芯太は一人っ子に魅《ひ》かれる理由を考えようとして、すぐに無意味なことだと気付いて作業に戻った。ロレーヌは内心で首を傾《かし》げた。確か以前その男の話をしていた時、蛍子は妹がいるようなことを言っていたが、あれは事実と違ったのだろうか。

「頭も良いし、気取らないし、王子様みたいな人なの！」

芯太は三十八本目の街路樹を数え終わった。

「そうだ、たしか写真が……えっと……あった！　これ！　ここに小《ち》っちゃく写ってる！」

蛍子は鞄から片面に一枚ずつ収納出来るミニアルバムを取り出し、開いた頁《ページ》をこちらに向けて、写真の右端の糸くずのようなものを幸せそうに指でさし示した。芯太は男子高校生には全く興味が無かったので、隣の頁に収納されていたもう一枚の写真を眺める事にした。それは蛍子と共に、蛍子と同じぐらい髪の綺麗な少女が写っている写真だった。目の色と髪の色が特徴的な快活そうな少女だ。芯太が隣の写真を見ていることに気付くと、蛍子は何処か慌《あわ》てた様子でアルバムを閉じ、取り繕うように会話に戻った。

「あんた、さっき思い悩んだような顔してたでしょ？　理一君は困ってる人がいたらすぐに助けちゃうから、もしかしたら助けにきてくれるかもね。今日中にでも」

「早いね」

デリバリーサービスも驚きの早さだ。追加料金を請求されそうである。

まぁ、それまでは私で我慢しなさい、と蛍子が飴を転がしながらモゴモゴと言った。

芯太は静かに笑った。

運転席で番場は一人確信を強めていた。松任谷の名前が出るなんて、そんな偶然は有り得ない。やはりこの人は若頭、黒丈門ざらめ嬢に間違いない。先程の蛍子の攻勢から一転し、冊子の行間に落っこちたかのような束《つか》の間《ま》の沈黙に包まれた車内で、番場は今後の対応を検討していた。とりあえず三木杉に今自分達が何をしていて何処へ向かっているのかだけでも伝えておきたい。番場はバックミラーをチラチラと確認しながらそっと携帯電話を取り出して腿《もも》の上に置き、バレないように慎重に文字を入力した。

「……でも、フられちゃった」

蛍子は機を窺《うかが》い何かの合図を待っているかのように押し黙って、暫くの間指先で窓枠を愛《め》でるように撫でていたが、観念したようにポツリと呟いた。まるで自分の次の台詞《せりふ》を遮るサプライズを待っていたかのような寂しげで温度の低い間だった。芯太はまだ恋をしたことが無かったため失恋がどういったものなのか知らなかったが、とても辛く悲しいことだということは蛍子の表情から察することが出来た。

「忘れようとしてるのよ。してるんだけど、毎日陽が昇ると学校で彼と会うことになるし、日が暮れると夢でだって彼と会うのよ。ずっと私の中に居座ってて目を逸《そ》らす隙が無いの。そんな世界から逃げようと思って部活サボってタクシーに乗り込んだんだけど……結局彼の話しちゃってるね」

蛍子は笑った。ここ数日蛍子はずっとこんな調子なので、ロレーヌはしおらしい彼女を密《ひそ》かに心配していた。理一という男に振られたのが余程ショックだったのだろう。それもそのはず、彼女は身内である贔屓《ひいき》目を抜きにしても美しい少女であったし、実際今まで自分から告白しなくとも男が寄ってくるような生活を続けてきたのだ。そして同時に彼女は自分から恋をしないまま成長してきた。松任谷理一は自分に振り向かなかった初めての相手であると同時に、初恋の相手でもあったのである。その新しい価値観の生成と消滅は、実直で純粋な彼女を打ちのめすには充分なエネルギーを持っていた。

そもそも松任谷理一には既に交際している相手がいたようである。隠されていたわけではなく、一部では当然のように認知されていたようだったが、理一を前にすると途端に緊張して頭が真っ白になってしまう蛍子は、そんな情報すら得られないぐらい理一との交流が無かった。もっと話しておけば良かった、と彼女はある夜ロレーヌの長い耳を摑《つか》んで振り回しながら悔しそうに騒いだ。そうして一頻《ひとしき》り騒いだ後、そうすれば、フられずに済んだのに、とポツリと呟いた。その時の横顔がロレーヌには印象的で、未《いま》だにはっきりと記憶の綿の表面に焼き付いている。

「ねぇ、シンタロウ」

芯太は蛍子の方を向いた。蛍子は窓の外を眺めているため、芯太の位置からはその表情を確認することは出来なかった。

「理一君のこと、どうすれば忘れられるかな」

少年は黙って蛍子のことを見つめた。芯太の頭の中からは、今この瞬間に限っては誘拐の不安や焦りなどは一切掻き消えていた。それでも芯太は心が休まらなかったし、酷《ひど》く悲しい気持ちにもなった。他人を助けることは、自分を助けることより何倍も難しいんだな、と芯太は思った。

「忘れなければいいじゃん」

「え？」

振り返った蛍子に、忘れなくていいよ、と芯太はもう一度繰り返した。

「俺はそういうのよく分かんないけど、大事なものなんでしょ？　大事なものを捨てるなんて、馬鹿のすることだよ。大事なら、大事にすればいい」

坂東蛍子は目を伏せて口を結び、思案するように下唇をそっと指で撫でていた。ロレーヌは少年の精一杯の発言に主人の代わりに心中で感謝した。

「そうよね」と蛍子が笑みを浮かべた。

「ていうか、忘れられないっての。恋してんだから」

蛍子はムスッと口を尖《とが》らせた後、遠くを見るような目で暫くボウッとした表情を作り、満足そうに目を閉じた。

◆

三木杉は駐車場の車止めに腰を下ろし、すっかり冷えてしまった弁当の封を開けた。東京はこれだから嫌なんだ、と三木杉は溜息《ためいき》をついた。空も狭いし土地も狭い。弁当を広げる余裕すら無い街だ。せめてもう少しハードボイルドであってもらいたいものだ。

タクシーを番場に任せた後、三木杉はすぐさま彼に女子高生の正体を探りつつ街を適当に流すようにとメールで指示を送っていたが、番場からは未だ返信が無かった。まぁ絶えずドライバーとして運転をしているわけだから、メールを確認するぐらいで精一杯なのだろうな、と三木杉は番場の苦労を慮った。

出来る事なら運転の役目を代わってやりたいが、と三木杉は鮭《さけ》をつまみながら思った。頑張ってくれ。俺も腹ごしらえしたら改めて今後の計画を練り直そう。

それにしても、あの女子高生は本当にざらめ嬢なのだろうか。組に出入り出来れば制服や外見の特徴からある程度見当がつけられるかもしれなかったが、今は組織に背いている身だ。それは出来ない。大仕事をこなして組に認めてもらうつもりだったのに、と三木杉は厚焼き卵を箸《はし》で崩しながら自身の置かれている状況を嘆いた。

突然三木杉のポケットが震動した。番場から返信が来たようである。三木杉は急いで携帯電話を取り出し、メールの内容を確認すると、そこに記された三文字の言葉の正誤を確認するかのように静かに読み上げた。

「ひよこ」

◆

背の高い青年は日本人らしからぬ綺麗な青色の目をしていた。宝石のように光を吸いこんで煌《きら》めく不思議なターコイズブルーだ。彼は大きな長い腕を心太郎の頭の上に置き、何度か前後に動かすと、反転して公園の方に歩きだした。先程の猫は何時《いつ》の間にかT字路の反対側に移動し、道を塞《ふさ》ぐように居座っており、近くに降り立った鳩《はと》と雑談でもしているかのように鳴き合っていた。心太郎は事態を全く把握できていなかった。今自分の周りで何が起きているのか理解が及ばなかったが、しかし何故《なぜ》か胸の奥が心太郎を急《せ》かすように無性にざわつくのだった。

そのざわつきに促されるようにして公園に足を踏み入れると、少年は先程の青年がベンチに寝そべる中年の男（皺だらけのシャツに、緩んだネクタイを巻いている。浮浪者か酔っ払いだろうか、と心太郎は考察した）の額に手刀を打って叩き起こしている光景を目撃した。何事かと忙《せわ》しなく辺りを見回している男に青年が耳打ちすると、男は寝ぼけた表情を引き締め、まっすぐに公園内の電話ボックスに歩いていき、中に入って受話器をとった。一分も経《た》たない内に電話を済ませた中年は、今度はズボンのポケットから携帯電話を取り出し、外れたベルトを締め直しながら青年の所に駆け寄った。

「あの小僧の番号教えろ、ホラあの、警視正の息子」

「今書き出します」

「あと衛星使えないか」

「個人レベルではアクセスの許可が下りないでしょう」

「いつもこっそりやってんじゃん……まぁ良いわ。折り返し来たら確認とっとくわ」

「上空からの目ということなら、パラシュートを――」

「それお前あれだろ、この前作ってたヤツだろ！　いい加減諦《あきら》めろよなぁ！　お前の手芸の趣味で俺何回死にかけたと思ってんだ！」

青年は表情を変えなかったが、それでも残念だという心情が気配となって体から滲《にじ》み出ていた。人間の体って不思議だなぁ、と心太郎は思った。

「……増援は？」

「さすがに本国じゃないと無理だな。技術支援で限界だ。まぁ警察と交通局で封鎖の人員は何とかなるだろうよ」

「どうでしょう。誘導が必要ですからもう少し欲しい気がしますが」

「あー悪いな少年、無視してたわけじゃないんだぞ」

呆然と立ち尽くし事の成り行きを見守っていた心太郎に気付いたサラリーマン風の中年が彼に近づき、ポケットから百円玉を取り出して差し出した。

「フルーツアソートキャンディーがな、そこのコンビニで八十五円で売ってるから。買ってこい」

心太郎はロボットのようにぎこちなく手を上げ、促されるままに百円玉を受け取った。ブロックチーズを練り込まれるためにベルトコンベアの上を流されるソーセージのような気分だった。

「何故フルーツアソートなんですか？」

「いいかタクミ、子供は詰め合わせが大好きなんだよ。蛍子ちゃんとか大はしゃぎだったぞ」

言われた通りに反転しコンビニを目指そうとする心太郎の背中に、男が大きな厚ぼったい手をそっと添えて、行ってこい、と前に押し出した。心太郎はその掌《てのひら》から安心感と勇気を渡されたような気がした。今、心太郎の心の中には何一つ根拠と言えるものが無い。目の前で進行する物事も一つも理解出来ていない。にも拘わらず、彼の心の中には何故か芯太を助け出すことが出来る未来の青写真が描かれつつあった。心太郎はそんな自分の考えに驚きながらも、次第に内から湧《わ》いてくる意欲を好意的に受け入れた。

「釣りは返せよ！」

中年の男の声を背に受け、心太郎はコンビニへと駆けだした。

◆

「飴、無くなってきたわね。またもらわないと」

「もらいものだったの？」

「近所の公園に友達がいるんだけど、よくお菓子奢《おご》ってくれるの」

公園に友達？　と芯太は首を傾げた。

「じゃ、またここに集合して、一緒にお土産買いに行きましょ」

坂東蛍子と小堺芯太は無事東京駅へと到着した。運転手の提案で目当ての土産品を買う前にトイレ休憩を挟むことになり、タクシーを降車したその足で、全員で駅構内のトイレを目指したのであった。蛍子は男子トイレに向かう二人に小さく手を振った後、私も何かお土産買って帰ろう、と散財の計画を練り始めた。

トイレに入った番場は、周囲に人がいないことを確認するとシンタロウを壁際《かべぎわ》に追いつめ、膝《ひざ》を曲げて目線を合わせた。

「いいか、小僧。お前は人の多い所で車から降りて、まんまと俺らを欺いたつもりかもしれんがな、俺らはお前のそんな行動なんて毛ほども問題に感じちゃいないんだぜ」

芯太は凄みをきかせる番場に両肩を摑まれ、動けずにいた。きっと両肩を摑まれていなくとも動けなかっただろう。

「なぁ、小僧。なんで俺の仲間があの時車に乗って来なかったか分かるか？　別行動をとるためだよ。お前が万が一車外に逃げた時に、回り込んですぐに捕まえられるように身を潜めたんだ。そうだ、こういう万が一の事態を想定してだ」

芯太は何も考えられなかった。とにかく早くこの状況から解放されて、蛍子のもとに駆けて行きたかった。

もうひと押しだな、と番場は更に顔を近づける。もうひと押しでこの少年の心は折れる。誘拐した当初のように俺たちに怯《おび》えるようになる。人は恐怖すると正しい判断や思いきった行動が出来なくなってしまう。足がすくんでしまえば、逃げられるものも逃げられなくなるだろう。

「正直、俺はお前の命なんてどうでも良いんだ。金さえ手に入れば生きてようが死んでようが構わない。そのことを肝に銘じておけ」

肝というものが何なのか分からなかったが、芯太はとりあえず頷いておくことにした。

「それとな、あの女子高生だが、あれも俺らの仲間だからな。今は偽名を使っているが、本名は黒丈門ざらめという、それはもうとても恐ろしい方なんだ。あの人に助けを求めても無駄だぞ」

なんだか駄菓子みたいな名前だな、と芯太は思った。

『ひよ子』は百年の歴史を持つ福岡生まれの銘菓である。元々は福岡の飯塚市で作られ、庶民に親しまれた菓子だったが、一九六四年の東京五輪を機に東京へ進出、グループ会社によるPRの甲斐《かい》もあって、今では東京銘菓としても知られている。

また、ひよ子は日本の地獄界でも有名な銘菓であった。九州の炭鉱地帯から生まれ出《い》でて、僅《わず》か半世紀の内に東京での地位を確立したひよ子の底知れぬ人気と可能性に閻魔《えんま》大王が目をつけたからだ。彼は二十一世紀に向けた新しい地獄名物を考えていた――閻魔大王はより良い地獄の明日を目指して既に六万四千を超える地獄を生み出していたが、近年発生している謎の地核異常の影響で幾つかの名所の閉鎖を余儀なくされ、新作の創出に躍起になっていた――。昨今の人間界のトレンドは『キャラクター性』であるということを看破した閻魔大王は、すぐさま地獄とマスコットのコラボレーションを検討、餓鬼界の餓鬼からヒントを得て、罪人そのものを可愛らしいキャラクターにしてしまうという妙案を考えたのだ。地獄である以上、罪人達は恐ろしい苦しみを味わわなくてはならない。そこで閻魔大王はその罪状や形式も餓鬼に倣《なら》うことにした。

そうして出来あがったのが二十一世紀の新地獄、『ひよ子地獄』なのである。

ひよ子地獄は食べ物を粗末にしたものが送られる地獄だ。彼らは自分たちが粗末にした食べ物の悲しみや苦しみを自らの身で体験するために、食物に魂を封じ込められ、人間に食されることで自分の犯した罪を知るのだ。この拷問は罪人達が心底自分の行いを恥じ悔いるまで繰り返され、最終的に更生した者は、魂が解放され成仏《じょうぶつ》する仕組みになっている。地獄の刑期は恐ろしく長く、一番軽いとされる等活地獄ですら一兆と六千二百億年かかるため、精神の在り様によってはすぐにでも赦《ゆる》しを得られるこの新しい地獄は罪人には頗《すこぶ》る上々の評判であり、別名『ゆとり地獄』として人気を獲得しつつあった。新地獄の明るい評判を小耳に挟んだ閻魔大王は目下キャラクター地獄のシリーズ化を検討していると言うが、部署によっては（ただでさえ最近の地核異常に苦心している上に）食品業界からの凄《すさ》まじいクレームにも対応する羽目になっており、最近ではひよ子の脱走徘徊《はいかい》事案も発生し、拡充反対の声も強まってきている。

坂東蛍子はそんな地獄の事情を欠片《かけら》も知らずに、芯太と共に駅から丸の内仲通り方面へと向かい、手頃なベンチに腰をおろして余分に買っておいたひよ子の箱を開けた。タクシーもしっかりついてきている。

「こういうお土産って何で美味《おい》しく感じるんだろうね」

蛍子がひよ子を芯太に手渡しながら言った。芯太は未だ昼食をとっておらず、蛍子と出会って安心してからというものずっと空腹感に苛《さいな》まれていたため、貪《むさぼ》るようにひよ子にかぶりついた。流石《さすが》に飴《あめ》では腹は膨れないのである。蛍子は笑っていたが、一口目から頭を全部失ったひよ子は声にならない叫び声を上げていた。

「お姉ちゃん、黒丈門ざらめって知ってる？」

「何それ？　駄菓子？」

気にも留めない風にひよ子の尾を千切って口に運んでいる蛍子を見て、芯太はホッと胸を撫で下ろした。やっぱりあの運転手の勘違いだったんだ。芯太は先程の番場の台詞に内心でかなり怯えていた。信頼出来る心の支えだと思っていた相手が、もし本当に誘拐犯の一味で自分を巧妙に騙《だま》して嘲笑《あざわら》っているのだとしたら、きっと自分は何もかも諦めてしまう。でもこの人に限ってそれは有り得ないな、と芯太は笑った。この人は誘拐されている真っ最中の小学生に悩み事を吐露してしまう、ただの呑気《のんき》な女子高生なんだ。

「そういえばさっきタクシーに乗った理由、色々あるって言ってたけど、他には何があったの？」

蛍子は小学生の無邪気な質問に言葉を詰まらせた。人は誰しも、誰にも話したくない物語を持っているものなのだ。まぁ、本当は誰かに話したい物語も同じぐらい持っているものなのだけど。

「ちょっと悪ふざけが過ぎちゃったというか……」

黒板荒らしのことだな。ロレーヌは蛍子の話を耳に留めながら、鞄《かばん》の隙間から外の様子を窺った。例の幽霊は現在少年の正面で両腕を広げ、騒がしく彼に逃亡を促している。少年と縁のある霊なのかもしれない。

「仮にソイツをジャス子と呼ぶことにしましょう」

微妙なあだ名だな、と芯太は思った。四羽目のひよ子は芯太の手の中でその人物に親近感を覚えた。

「私はジャス子のことが大嫌いなの。特にこれといった理由は無いんだけど、初めて会った時からむしゃくしゃしたし、会う度にむしゃくしゃするの。ヤンキーっぽい見た目なのに要領が良いところも、私と短距離走のタイムが同じなところも、理一君とよく会話してるところも嫌い」

難癖も良い所だ、と芯太は苦笑いした。六羽目のひよ子は蛍子の手が頭上に降りてくるのを見ながら、こんな美人に食べられるなら本望だなぁと興奮して頬を染めた。彼はこの後邪淫《じゃいん》の罪で衆合地獄送りとなる。

「とくに理由も無いなら、仲良くすればいいのに」

芯太の言葉に蛍子は息巻いた。

「イヤよ。絶対イヤ。別に世の中の人間全員と仲良くする必要なんてないでしょ？　それに、仲良くなくても付き合えないわけじゃない。私はジャス子の横にいたいんじゃないの。上にいたいのよ。罵《のの》り合ってようが、殴り合ってようが、一緒にいることは出来るわけ。だから仲良くする必要はないわ」

それって嫌いとはちょっと違うんじゃ、と芯太は喉元《のどもと》まで出かかった言葉を飲み込んで、次のひよ子に手を伸ばした。

◆

桐《きり》ケ谷《やま》茉莉花《りか》は坂東蛍子が嫌いだった。嫌いというより、苦手で遠ざけたい相手だった。高校二年の春、現在通う高校に転入したその当初から、蛍子は何かと理由をつけて茉莉花に絡んできた。どうやら何処かのタイミングで蛍子の対抗意識に火を点けてしまったらしかったが、茉莉花にはその心当たりが無いため、彼女の理由の摑めない難癖が鬱陶しくて仕方なかった。

茉莉花は蛍子のような相手との付き合いを持った事が無かった。金髪や、鋭い眼光や、生来の一匹狼《おおかみ》な気質のせいで、嫌われたり敬遠されたりという関係は今まで何度も経験したが、対抗されるという関係は知らない。そのため目の前に立ち塞がり、好き嫌い関係無く、後先も考えずに、あくまでも自身の優位性を証明しようとする坂東蛍子という人間に桐ケ谷茉莉花はどう向き合ったら良いのか分からずにいるのだった。

現在茉莉花が街路樹の陰に身を隠しているのはそういった理由からである。どうしてこんな学校から遠い所に坂東がいるんだろう、と頭を捻《ひね》る茉莉花だったが、蛍子が小学生ぐらいの男の子とタクシーに乗り込んでいくのが目に入りひとまずの合点がいった。きっと親戚《しんせき》の子供に頼まれて東京見物でもしているんだろう。意外に面倒見の良い奴《やつ》なんだな、と茉莉花は太い幹に張り付きながらタクシーを見送った。

桐ケ谷茉莉花は自身のバッグが震動していることに気がついた。中からスマートフォンを取り出し、画面を確認する。知らない番号であったが、一先《ひとま》ず呼び出しに応じることにした。茉莉花は見た目に反して融通の利《き》く高校二年生であった。

「もしもし……ん、ケンゾーのおっさんかよ。なんで私の番号知ってんだ」

電話の主はよく近所の公園で遭遇する住所不定、職業不明の剣臓《けんぞう》という男だった。どうやら緊急の用件らしく、茉莉花は怪訝《けげん》な対応をすぐに改めた。

「松任谷に訊いた？　なんでさ」

「俺が訊いたというより、あの小僧が教えてきたんだよ。問題が起きた時は大体渦中《かちゅう》に問題児がいるもんだって」

失礼な男だ、と茉莉花は眉を顰《しか》めた。

「茉莉花ちゃんの他にも蛍子ちゃんの名前も挙がってたんだが、茉莉花ちゃん番号知らねぇかい？」

「あー、一足遅かったな。さっきまでいたからもうちょい早けりゃ訊けたんだけど」

茉莉花は肩を竦《すく》め、蛍子が時速四〇kmで走り去って行った方角を見やった。

「いたって、今何処《どこ》だ？」

「東京駅」

なんで⁉　と電話口で剣臓が素《す》っ頓狂《とんきょう》な声を上げた。確かに私は引き籠《こも》り気質だけど、そんなに驚かれると傷つくな、と茉莉花は口を尖らせた。

「なんかな、男の子と一緒だったぞ。小学生ぐらいの。タクシーに乗ってどっか行っちまった」

ハハハ、と茉莉花は先程より驚く剣臓の声を期待して笑ったが、しかし思惑に反し剣臓は電話口の向こうで押し黙ってしまっていた。息を吐く音すら聴こえない。ついに酒の飲み過ぎで死んじまったか？　茉莉花が何度も応答の催促をすると、剣臓が絞り出すような声で言った。

「すげぇな、小僧の言った通りだ」

「あ？」

「問題が起きた時は大体渦中に問題児がいるって話だよ」

◆

鳩は三木杉の携帯電話を奪うと、あっという間に空の彼方《かなた》の黒い星となり、彼の視界から消えていった。三木杉は頭の中が真っ白になって五分ほどその場に呆然と立ち尽くした。男子高校生、川内和馬《せんだいかずま》はその不可思議な光景に感銘を受け、思わずスマートフォンで写真をとり、画像加工アプリでデコレーションを施し、新しい油彩画のイメージが浮かばず思い悩んでいる同級生の美術部員、大城川原《だいじょうがわら》クマのツイッターアカウントへリプライ機能を使って画像を送信した。

どうしたものか、と三木杉は頭を抱えた。別行動になってから初めて番場からの電話を受け取り、彼と話している最中の出来事だった。成見家の番号は心太郎少年の携帯電話から探すことが出来るが、番場との連絡はこれで不可能となった。最悪、合流は番場と別れた場で果たせるだろうが、それまでの間作戦を円滑に遂行出来なくなってしまったことになる。

何故予備の連絡手段や緊急の合流地点を決めておかなかったのか、と三木杉は悔いた。こういう不測の事態への思案の浅さが危険を招くことは、寝る間も惜しんで見漁《みあさ》ったハードボイルド映画で何度も学んできたはずなのに。悪漢の基本だ。登山においてすら基本だった。誘拐犯が街中で遭難するだなんて、笑い話にもならない。

三木杉は気を落ちつかせるため、とりあえず腹ごしらえをすることにした。三木杉の現状はハードボイルド作品としてはボロボロだったが、山岳作品としてはまだ希望が持てた。充分な食料を確保出来ていたからだ。時刻は三時過ぎ、もう小腹が空《す》いてくる時間だったが、昼に買った弁当がまだ二つも残っていたので当面の食事には困らなかった。三木杉はカツ弁当の蓋《ふた》を開けながら、先程電話口で番場から伝えられた情報について考えた。内容は大きく分けて二つだった。一つは、今彼らが東京駅にいてこれからこちらに折り返してくるということ。もう一つは、例の女子高生は若頭《わかがしら》と縁の深い分家との繋《つな》がりも仄《ほの》めかしており、黒丈門ざらめその人と見てほぼ間違いないということだ。やはりこの作戦、失敗するわけにはいかない。三木杉はソースの封を開けながら眼光を鋭くした。勝負はタクシーがこちらに戻ってくるまでの帰路の間だ。それまでに成見心一に要求を呑《の》ませなければならない。

◆

「心太郎君の無事を確認したそうです」

成見邸内に捜査官の声が響くと、部屋のあちこちから静かな、しかし抑えきれない歓声が沸き起こった。成見心一は安堵《あんど》から脱力して崩れ落ちそうになっている妻を支えながら、自身も安心感に飲み込まれそうになるのを懸命に律していた。まだ名も知らぬ少年が誤認誘拐されたままなのだ。ここで気を緩めて良い立場に自分はいない。

「確かな情報なんでしょうね」

「松任谷警視正からの直接の電話でした。心太郎君は現在安全が保証された場所にいるそうです」

「……有難う御座います。本当に有難う。心太郎のことはお任せします。引き続き、私達に何か出来ることがあれば遠慮なく言って下さい」

「それで、今現在代わりに誘拐されている少年なんですが、心太郎君の話によると芯太君という彼の友人らしいです。どうやら自分から心太郎君の身代りになったようですね」

「彼が……」

芯太とは心太郎が小学校に上がってから親しく付き合い始めた下町の子供である。心一は芯太について詳しいことはよく知らない。よく知らなかったが、あまり好ましい感情を抱いていなかった。

心一は大衆と区分される人間達が嫌いだった。自分たちは大した利潤を生みださない割に、声だけは大きく空虚な権利を主張し優秀な人間の脚を引っ張る彼らが嫌いだった。光るものや刺激の強いものに虫のように意思無く群がり、常に固まって刹那《せつな》的に蠢《うごめ》く彼らが嫌いだった。粗野で、知能が低く、すぐに扇動され国を傾かせるくせに自分達が国の主役だと思いこんでいる彼らが嫌いだった。孫にとっては優しい好々爺《こうこうや》だった政財界に顔のきく祖父を、社会的に抹殺した彼らが大嫌いだった。

「彼は心太郎の大切な友人です。お願いします。どうか助けてやってください」

心一は捜査官に深く頭を下げた。

◆

何処から拾ってきたのか、猫が携帯電話を咥《くわ》えてタクミ（青い目をした青年である）の下へノソノソと歩いてきた。タクミは猫から電話を丁寧に受け取ると、充電口に指を差し入れ（心太郎には差し入れているように見えた）て五秒ほど停止した。その後、何かを理解したように携帯電話から指を放し、先程から引っ切り無しに誰かと連絡をとっている中年の男に投げ渡した。

「黒丈門一家の構成員の私物のようです」と青年が言った。心太郎にはその名前に心当たりがあった。たしかIT分野で父の会社と競合している大企業だ。

「んー？　あー、なんとなく見えてきたかもしれん。てかアレだな、そういうことなら人員不足の件はこれで何とかなるな。小僧も含めてその辺の関係者に連絡入れとこう」

「黒服に交通整理は無理でしょう」

「お前は映画の見過ぎだ。組員でも普通の服ぐらい持ってるっての」

中年が頭を掻《か》きながら笑った。

「車も出してもらうか。しかし、逆探知にでも使おうと思ったが、衛星もらったから用済みだなこれ。タクミ、後で売りに行こうな」

人の親友が攫《さら》われているというのに、まったく呑気な人達だなぁ、と心太郎は少しムッとしながら飴玉を口に含んだ。次はレモン味だ。少し刺激的な大人の味がした。

「ホタルコが乗っていたのは大きいですね。いざという時はきっと少年を守ってくれる」

青い目をした青年が言った。風に揺れる黒髪が何ともアンバランスで、高い身長も相まって彼の異質さは童話の世界からやってきた精霊か何かのように心太郎の目に映った。精霊は携帯電話に指を突っ込むと情報を読み取れるのだろうか。

「それはそうなんだが、カバーにも限度があるだろう」

中年の男が声のトーンを落とした。こちらの男はタクミと呼ばれる青年とは対照的によく顔の筋肉を動かす人物だった。口を開く度に表情が変わる。タクミが精霊なら、このオジサンはピエロだな、と心太郎は心中で彼らのキャラクタリゼーションを続けた。

「一番の問題は、今後の展開によっちゃ陽気なドライブがチキンレースの様相を呈しかねないってことだ。孤立し自暴自棄になったドライバーが命を顧みなくなるかもしれん。そうなったら少年を守る以前の問題になるぞ。そのまま崖《がけ》から海に飛び込んで全員お陀《だ》仏《ぶっ》ということもある」

心太郎は不吉な文言に思わず飴玉を嚙み砕いた。レモンの風味が奥歯ではじけた。

不安そうに押し黙る心太郎に気付いた剣臓は、少年の小さな頭に分厚い手を置いて、乱暴に撫でまわした。

「安心しろ。そうならないために俺らがいるんだ。飛び込みそうなら手前に壁を作ってやればいい」

「その役を警察にやらせるとカーチェイスになりかねないのでは」とタクミが言った。だからこっちに誘導してんだろうが、と中年が眉を吊《つ》り上げると、青年が腑《ふ》に落ちたように頷いた。

「なるほど。不意を突くんですね」

僕は助けられてばかりだなぁ、と心太郎は自身を恥じた。今だって名前も知らない大勢に駆けまわってもらっているし、普段も両親や周りの人達にいつも支えられている。芯太に関しては特にそうだ、と心太郎は拳《こぶし》を握った。彼にはいつも助けられてきた。今日も身を投げうってまで守ってくれた。

次は僕の番だ。僕がしっかりして、彼を助けなければ。

◆

「随分戻ってきたのね……あ、あの辺私の高校あるとこ」

坂東蛍子が窓の外を指さして、指先で宇宙と交信するように円を描いた。

小堺芯太はこの元気で健気《けなげ》な女子高生を家に帰すことにした。元々自分の我儘《わがまま》で付き合ってもらったのである。そろそろ解放してあげるべきだろう。陽が徐々に色をつけ始め日没のタイムリミットが現実的な体感を伴うようになってきている以上、尚更《なおさら》一緒にいるわけにはいくまい。芯太は再び不安に彩《いろど》られそうになる胸の穴を小さな掌《て》でギュッと抑え込み、懸命に自分に言い聞かせた。

蛍子には予《あらかじ》め家が東京近辺では無いという説明をしていたため、彼女を送ることを優先する方針には比較的時間がかからず納得してもらうことが出来た。運転席にいる誘拐犯もこのことに関しては口を挟んで来なかった。少し不思議だったが、きっとこの誘拐犯にも色々事情があるのだろう、と芯太は思うことにした。豆腐屋の子供が誘拐されていたり、美人の女の子が失恋していたりするように。

「シンタロウはさ、好きな子いないの？」

蛍子が御馳走《ごちそう》を眺めるかのように目をキラキラさせて、間髪いれずに茶化せるように顔をズイッと芯太に近づけた。

「いないよ」

芯太が少し耳を赤くしながらそう言うと、蛍子は心底残念そうに肩を落として定位置に戻り、アップルキャンディーの封を開けた。蛍子は林檎《りんご》味が好きだった。

「あ、でも親友はいるよ。それだって好きな人でしょ？」

芯太は心太郎の安否に思いを馳《は》せながら、膝に乗せた（再び蛍子に膝に乗せられた）兎のぬいぐるみの顎をなぞった。きっとアイツなら大丈夫だろう。いつも通り上手《うま》くやってるはずだ。むしろ頼りない俺を心配しているかもしれないな。

そんなことを考えながら、ふと芯太は蛍子の賑《にぎ》やかな声が聞こえないことに気付いて隣の席に視線を移した。蛍子は遠くを見つめるような目で助手席の背中を眺めていたが、芯太の視線に気づいてハッとしたように身を竦め、そうだね、と微笑んだ。

「親友も大事だよ」

蛍子は自分のことを話す時、たまにとても悲しそうな顔をする。そういう時の蛍子の横顔を見ていると、芯太は蛍子が自分よりよっぽど大変な状態に置かれているかのように思えるのだった。誘拐より恐ろしいことってなんだろう、と芯太は考えた。それは自分がまだ知らないことだろうか。そうだとしたら、自分もいずれ知ることになってしまうのだろうか。

芯太は蛍子と出会って一つ学んだことがある。それは人間は頼る人がいるより、頼ってくる人がいる方が安心出来るということだ。芯太は蛍子の強さに元気づけられたが、それ以上に弱さから勇気をもらっていた。

少なくとも今ロレーヌを必要としてるのは自分じゃないな、と芯太はぬいぐるみの後頭部に目を落としながら何度か瞬《まばた》きした後、蛍子の下に友人を返そうとロレーヌを持ち上げた。その瞬間、タクシーが急激に減速し、芯太の両手を擦り抜けたロレーヌは助手席の方へと飛んで行き、シートの上に綺麗に着地した。

この一時間で四度目の交通整理に遭遇し、番場はルートを変更するべくすぐさまブレーキを踏んでUターンした。番場はかなり焦《あせ》っていた。時刻は夕暮れ時になっているにも拘《かか》わらず、三木杉からの連絡が、東京駅で一方的に切断されて以降全く無いからだ。こちらからの呼び出しにも応答が無い。電話の切られ方から考えると、何かトラブルがあったのかもしれない。しかし、トラブルがあろうがなかろうが、日没時には一つの決断を下さねばならないのだ。心太郎少年を解放するか、あるいは殺すかの決断である。このままでは番場は何の情報も無いままその決断をしなければならなくなる。現状ではこちらから連絡がとれない以上、三木杉からの吉報を信じて待つしか無かったが、その忍耐にも限界があった。番場は自分が心太郎少年の首に紐《ひも》を巻き付けている光景を想像すると、胸がキリキリと痛んだ。頭痛もした。何か刃物で刺されたかのような鋭い痛みを感じる酷い頭痛だ。

そんな彼の焦燥感や、心的負担や、身体的な苦痛が重なって起きたのが先程の急ブレーキだった。番場は思わず踏み込んでしまったブレーキに対し、後部座席の若頭に詫《わ》びを入れながら、落ちつけ、と自分に言い聞かせた。そうだ、いざとなったらこちらには若頭がいるのだ。みっともないが、最後の時が迫ったら彼女の力を頼れば良い。それまで自分は自分の職務を全うしよう。タクシードライバーは安全第一だ。


助手席に飛び込んだロレーヌはこの機を逃すまいと、周囲に気付かれない程度の声量で頭上で雄叫《おたけ》びを上げている侍に呼びかけた。初めは空耳と解釈し聞き流していた侍だったが、ロレーヌの再三の呼び掛けにようやく下を向き、あんれ、何故《なにゆえ》童の道具が、だの、どうして拙者の姿が、だのと一頻り驚いた後、再び運転手の頭を貫く作業に戻った。

「おい！　何故そうなる！」

「もう少しでこやつの脳細胞を殺し切れるのでござるよ」

なんて陰湿で悪質な侍なんだ、とロレーヌは思った。悪霊《あくりょう》に違いない。

なおも刀を振り回すのを止《や》めようとしない侍をやっとの思いで説得し、ロレーヌは身じろぎもしていないにも拘わらず疲労困憊《こんぱい》でクラクラになりながら何とか彼を話し合いの席に着かせた（具体的に言うと、助手席に着席させた）。

侍は名を八東竜之介《やとうりゅうのすけ》と名乗った。江戸の世で山賊に堕《お》ちた弟と刺し違えて以降、無頼な弟を死後も追い続ける旅の霊で、タクシーには偶然乗り合わせたそうである（霊はよく公共交通機関を使う。無賃乗車は昔も今もささやかな人の夢だからだ）。ロレーヌは竜之介からおおまかな事の経緯を聴き（なんと少年は誘拐されている真っ最中であった）、事は一刻を争うと判断した黒兎《くろうさぎ》は、革命を熱望するかのように地鳴りを伴って震動する車内で頭の中綿をフル回転させた。

「それで、拙者は何をすればよろしいのでござるか」

「……霊というのは物には触れられるのだよな？」

「それは、まぁ、一瞬で良いならば」

「私に考えがある。貴公は機を見て窓を開けてくれるだけで良い」

「失《な》くさないようにね」

物思いに耽《ふけ》っていた蛍子がそう口にして微笑《ほほえ》んだ。俯《うつむ》いていた顔を仕切り直すように持ち上げ、窓から射《さ》し込む西日に眩《まぶ》しそうに目を細めている。先程の騒動でロレーヌが助手席に飛んで行ったことには全く気づいていないようだった。芯太は蛍子の話を遮らないように、助手席に伸ばした手を自身の体へと引き戻し、彼女の次の台詞を待った。

「好きな人とか好きな物ってどんどん増えてくじゃない？　だから、増えれば増えるほど、どれがどのぐらい好きだったかはっきり見えなくなってくるの。ぼやけてきちゃうのよ」

蛍子は右の掌を閉じたり、開いたりしながら教師に忘れ物をしたことを白状する時のように苦々しくはにかんだ。それがどんな忘れ物なのかは芯太には考えつかなかったが、きっと大事な物だったんだろうということは想像出来た。

「失って初めて大切だったと気付くってよく言うでしょ？　それってつまり、そういうことだと思うの。私達は好きなものを持ち過ぎるから、自分で好きなものを埋もれさせちゃうのよ」

芯太は黙ってきいていた。蛍子がとても大切な話をしているような気がしたからだ。坂東蛍子は自分の真剣な語り口上の照れを隠すように芯太の頬をつねって言った。

「だから、好きだって今自分がちゃんと分かってるものは失くさないようにね。あんたの受け売りになっちゃうけど、大事なものは大事にすること！　しっかり手を繋いでおきなさいよ、その親友と」

芯太は頷《うなず》いた。俺はいつも心太郎に守られてきた。立場の弱い俺を柵《さく》の内側に招き入れてくれた。態度の悪かった俺と友達になってくれた。このままじゃ駄目だ、と芯太は思った。お姉ちゃんはジャス子の上にいたいと言っていたけど、俺は心太郎の下にいたくない。横に並んでいたいのだ。そのためにも、この誘拐劇を無事に乗り切って、自慢げに胸を張って心太郎に会いに行ってやるんだ。
次は俺の番だ。俺がしっかりして、彼を助けなければ。

◆

川内和馬は至って健全な男子高校生である。身長は普通より低いぐらいで、体型も標準だ。栗色《くりいろ》の髪は中学時代は比較的長めに伸ばしていたが、ある日電車内で女子に間違われ痴漢行為に及ばれて以降、二週に一度のペースで短く刈り込むようになった。マーマレード・ジャムが好きで自宅には常に自分専用の瓶を確保していることと、背後の気配に敏感なこと以外は、特に特徴の無い模範的な高校二年生だったが、紆余曲折《うよきょくせつ》を経て二十年後には海運業で大成し一日で億の金を動かす傑物となる。

古本屋を物色した帰り道、川内和馬は無数の工事や交通整理、事故封鎖や飲酒検問に阻《はば》まれていつもの帰路とは違う国道沿いのルートを自転車で走っていた。何故今日はこんなにどこもかしこも道を塞いでいるんだろう、と和馬は首を傾げた。凶悪犯が水道管でも爆発させたのだろうか。

和馬は赤信号で止まっているタクシーの後部座席に偶然目が留まった。黒いスモーク越しだったためはっきりと中を窺うことは出来なかったが、窓際に座っているのは間違いなく隣のクラスの坂東蛍子だった。坂東蛍子はその容姿と才気から校内でもアイドルのように扱われており、接点の無い和馬の耳にもその勇名は轟《とどろ》いていた。和馬は蛍子の名を聞くたびに、消しカスを練りながらこぅ思うのだ。「世の中色々な人がいるなぁ」と。

蛍子を乗せたタクシーは、和馬と並んだ偶然を機に何かドラマを起こすでもなく、信号が変わると同時に排気ガスを吐き出しながら道の向こうに消えていった。同じ高校生なのにタクシーを乗り回すとは、やはり住む世界が違うんだな、と和馬は自転車のペダルを回しながら苦笑した。世の中色々な人がいる。

「和馬！」

和馬は車道から突然自身の名を唱えられ、ビクリと肩を上下させた。何事かと振り向くと、中学からの古馴染《ふるなじみ》である松任谷理一がスマートフォンを耳にあてがいながら原動機付自転車に跨《またが》りアスファルトの上を駆っていた。何故か全身泥だらけである。

「理一、どうしてこんなとこに」

和馬が自転車をこぎながら、並走する理一に気の抜けた声で呼びかけた。

「それはこっちの……ドアの何だって？」

「え？」

「あぁスマン、ごっちゃになった。悪い、ざらめ、少し待っててくれ」

理一は耳からスマートフォンを離した。何やら急ぎの用の真っ最中らしい。

「なぁ和馬、黒ガラスのタクシー見なかったか？」

「あー、見た見た」と和馬はつい先程の光景を思い出しながら言った。「坂東さんが乗ってたな」

「どっち行った⁉」

「この道を真《ま》っ直《す》ぐ走っていったよ」

「よし、順調だな」

理一は和馬に感謝の言葉を述べると、鼻の頭の泥を指で拭《ぬぐ》い、速度を上げて車の波間に消えていった。ウチの学校免許とったのバレたら停学だぞ、と和馬は見えなくなった背中に向けて慌《あわ》てて忠告を放り投げた。

◆

もう日暮れも近いというのに、何度電話をかけても交渉を引き延ばそうとする成見家の態度に三木杉は業《ごう》を煮やしていた。恐らくは警察の入れ知恵だろうが、三木杉にはそれを証明する手立てが無い。そもそも交渉術なんてものと一切縁の無い人生を送ってきた自分には、この任務は難し過ぎたのだ。電話で話して金をもらおうなどという計画がそう簡単に達成できるのであれば、世の中は事件だらけになっている――閻魔大王はこの時、本日二十三時四十分に死ぬ予定である彼の調書を作りながら三木杉の人生を観察しており、なるほど、だから人間界にはオレオレ詐欺《さぎ》が蔓延《まんえん》しているのか、と膝を打って三木杉の慧眼《けいがん》に感心した――。

とにかく、こうなったら長期戦も覚悟で仕切り直しだ。三木杉は三つ目の弁当の空箱をゴミ箱に押し込み、コンビニの自動扉の向こうへ再び吸いこまれていった。

番場がかのコンビニの前を通り過ぎたのはちょうどその時である。速度をギリギリまで落として必死に周囲を見回した番場だったが、三木杉の姿は終《つい》ぞ影の尾すら発見出来なかった。

「ねぇ運転手さん、私乗ったのここだってば」

本当ならば停車して周辺を捜索したいところだったが、後部座席にいる人物がそれを許さなかった。若頭、黒丈門ざらめ嬢は既に今回の誘拐事件を済んだ事とし、降車する気で満々のようだったが、現在若頭が最後の命綱である番場はその願いを易々《やすやす》と聞きいれるわけにはいかなかった。若頭の意に背く事が重罰を負うことと同義だとしても、子供の命運を握らされるよりは余程マシだ、と番場は彼女の再三の催促を無視し続けた。

「今降りて頂くわけにはいかないんです、分かってください、若頭」

「はぁ？」

道は徐々に狭まり、住宅街区域に突入する頃には一車線になっていた。これまで何度か大通りを探そうと進路を変えたが、その度に交通規制に出くわし、細い道を通ろうとするとと今度は同業者と思《おぼ》しき集団が道にたむろしており後退せざるを得ず、そうこうしている内にいつの間にかこんな辺鄙《へんぴ》な所を進む羽目になっていたのである。番場は募る苛立《いらだ》ちを何とか抑えながら、再び交通整理と鉢合わせして停車するようなことが無いように慎重に前進し、最後の望みである黒丈門の跡取り娘の説得にかかった。バックミラー越しに見る彼女の表情は、輪郭を囲む長い黒髪と背後に背負っている夕日の茜色《あかねいろ》が相まってとても威圧的なものに感じた。影が差した顔からは「こいつは何を言っているんだ」とでも言いたげな感情が窺《うかが》える。自分でも恐れ多いことを言っているのは分かっている。しかしここで引いてしまっては番場は自分を保てなくなる気がしていた。

「タイムリミットは日暮れまでなんです、それまでにケリをつけないと。ざらめお嬢様、確かに勝手な行動をとって下手打ったのは俺たちです。罰なら後で幾らでも受けます。破門と言われても甘んじて受け入れましょう。でも今はそんなこと言ってる場合じゃないでしょう？　実行した時点で俺とミキさんが組の一員だった以上、組にも被害が……」

「お姉ちゃん！」

芯太は番場の話を遮るように声を上げた。このままでは自分が誘拐されていることが蛍子に明かされてしまうと思ったからである。芯太は蛍子には何が何でも無事にこの車を降りてもらいたかった。心太郎を誘拐犯から守ることと同じぐらい、この呑気な女子高生を守ることを心の中で誓っていた。俺が今誘拐されている最中だなんて知ったら、この無鉄砲な女子高生は絶対に車から降りようとしなくなる。芯太はそう考え、何とか話を誘拐から逸《そ》らそうとした。

「このオッサンは、お姉ちゃんのことを黒丈門ざらめって人だと思い込んでるんだよ！　ずっと誤解してたみたい！」

「え？　何それ、人の名前だったの？」

蛍子は眉《まゆ》をひそめた。

「駄菓子かと思ってた」

「ふざけてる場合じゃないんですよ！　お嬢！」

番場は痛む頭に顔を顰めながら声を荒げた。右方向からすり抜けるようにタクシーを追い越していく原動機付自転車を見て、今自分が速度感覚を失っていることに気付き、慌ててアクセルを踏み足した。

「お嬢って、たしかに私はお嬢様とも言えなくはないけど、幾らなんでも持ち上げすぎよ」と蛍子は照れくさそうに少し身をよじった。

ロレーヌは急に速度が上がったタクシーの助手席で、首を痛めそうになりながらも何とか体勢を保った。車内の雲行きが怪しくなってきた。細かい算段はつけられていなかったが、そろそろ頃合いだろう。ロレーヌ・ケルアイユ・ヴィスコンティ・ジュニアは覚悟を決め、運転手の頭に齧《かじ》りついている竜之介に合図を送った。予め取り決めていた合図は「私が右に倒れたら窓を開けろ」というものであった。

「シンタロウ君の命がかかってんですよ！」

「え⁉」

運転席の方へ身を乗り出していた蛍子が驚いたように芯太の方を振り返った。まずい、と芯太は話の展開に慌てて声を上ずらせながら話題の阻止を図った。

「ちなみに俺の本名はシンタロウじゃなくて、芯太だよ。小堺芯太」

「ええ⁉」と蛍子が一層驚いた。番場も一層驚いた。

その時、今まで一度も開くことの無かった黒スモークの窓が、静かな機械音と共に一斉にスルスルと下降し出した。新鮮な外気が、まるで店が開くのを待っていた行列客のようにタクシーの中に流れ込んでくる。アメリカ合衆国では十一月の第四金曜日、感謝祭の翌日からクリスマス・セールが始まり店は何処もかしこも黒字と引き換えに暴徒のように荒れ狂った客に店内を引っかき回される。この記念すべき終末の始まりの日を彼らはブラック・フライデーと呼んでいたが、そのブラック・フライデーが今まさにこの車内で再現されようとしていた。

いや、本日は土曜日なので正確にはブラック・サタデーである。一日遅れて終末がタクシーに乗り込み、蓄えた力を元気に爆発させてその訪れを彼らに告げた。

「わっ」

突然吹き込んできた突風に、番場は何事かと降下する窓を注視し、蛍子はスカートを抑えつけて顔を伏せた。今が一世一代の好機だ、とロレーヌは思った。主人を車から出すには、車から出ざるを得ないような理由を作ってやれば良い。そこでロレーヌは自分の身を車外に投げ出すことで、蛍子に降車して拾いに来させるという策を思いついた。我ながらなんて素晴らしい作戦なのだろう、とロレーヌはニヤリと笑みを浮かべながら助走をつけるべく数歩下がった。後は周りの目が窓に逸れている内に対角線のあの窓に飛び込むだけだ。

ロレーヌは生きる事に熟達し、しなやかに鍛えられた野生の兎のように体を曲げ、脚を伸ばし、窓に向かって一直線に飛び上がった。しかし悲運なことにロレーヌは兎ではなく、兎のぬいぐるみだったため、その体は予想飛距離の半分にも届かない内に降下を始めていた。

だから反対したのだ、と窓の開閉ボタンを押しながら竜之介はその光景を苦々しそうに眺めていた。この時、閻魔大王は本日二十二時三分に死亡予定である番場の調書を作りながらこの光景を観察していた。幽霊は物に触れられるのだから、侍が摑《つか》んで投げてやったら良いのでは、と大王は水晶玉に映り込む光景を眺めながらコーヒーをすすった。

ロレーヌはしかし座席下まで落ちる事はなかった。芯太の掌が彼の真下に差し出されたのである。蛍子と番場がそれぞれ土曜日の風に気を取られている中で芯太は偶然前を向いていた。少年は眼前の場景に目を疑った。黒兎のぬいぐるみが不敵な笑みを浮かべて自分の方へと走り出したからである。一瞬石膏《せっこう》のように硬直した小堺芯太だったが、すぐに或《あ》る閃《ひらめ》きが全身を駆け廻《めぐ》り、思考停止という名の石の薄皮を体からバラバラと引き剝《は》がした。ロレーヌを使おう。ロレーヌを窓の外に放り投げれば、蛍子はたまらずドアを開けこのタクシーを降りるはずである。我ながらなんて素晴らしい作戦なんだろう、と芯太はニヤリと笑って、飛び込んでくるロレーヌを右の掌で下から掬《すく》いとった。ゴメンなロレーヌ、と芯太は心中で詫びた。お前が俺のことを飛びついてくるぐらい好きだということは正直とても嬉《うれ》しいけど、今は感激に浸ってられないんだ。突然の別れになっちゃうけど、これからも主人を大事にするんだぞ。

「おりゃ!!」

「わーーーーーっ!!」

風が収まりつつあることを感じ蛍子が顔を上げると、芯太が力の限り振り被《かぶ》って、ロレーヌを窓の外へ投げ捨てようとしている光景が目に入った。蛍子は彼の蛮行を何とか阻止しようと全身で飛びかかったが、一歩間に合わず、ロレーヌは夕暮れの街に紛れてしまった。ロレーヌは宙を舞いながら、満足そうに西の空に沈む赤い実を眺めた。

「止めて！　止めなさい!!」

ロレーヌの唯一《ゆいいつ》の誤算は後部座席のドアに鍵《かぎ》がかかっていないと思い込んでいたことだろう。彼が蛍子と共に初めて乗り込んだ時、或《あ》るいは東京駅で下りた時、蛍子は一度も鍵を開けるということをしなかった。実際は運転席にて開閉させているのだが、近世生まれの貴族であるロレーヌは自動ドアという概念に未《いま》だ不慣れだった。

それは竜之介も同様だった。開かない扉をこじ開けようと、ガチャガチャとドアノブを力いっぱい動かし、体をぶつけている蛍子の姿に竜之介は鬼気迫るものを感じ、怖《おそ》れを覚えた。それは戦場で感じる怖れと同質のものだった。絶命への恐怖だ。竜之介は目の前の女子高生に万が一にでも嚙《か》み殺されることのないように、番場の後ろに身を隠した。

「止めろって言ってんでしょ！」

蛍子は番場に向き直ると、指先を尖《とが》らせて姿勢を低くしたが、ハッとして構えを解いた。彼女は世界中を飛び回っているカメラマンの父に幼い頃から護身術を叩《たた》きこまれていたため、対人での対立が起きた際はつい乳様突起《にゅうようとっき》を一突きして相手を気絶させてしまう癖があった。しかしここは走行中の車内だ。運転手を気絶させるわけにはいかない。

蛍子は安全を考慮して、仕方なく番場の太い首に腕を回した。

「うぐっ」

前方から迫って来る車両を確認すると、猫の轟は作戦を遂行するためにT字路を横切り、公園に対し遠ざかる方の道に居座った。轟はいつも公園側の角に座ってカーブミラーを眺めていたが、左右対称に位置を変えるだけで物事はこんなに変わって見えるのだなぁ、と新たな哲学の一端を垣間見《かいまみ》た気がして喉をゴロゴロと鳴らした。

（んん？　何だか様子が変だぞ）

轟は目を細めて徐々に大きくなる車を観察した。車は初めこそ軸がぶれる程度だったが、徐々に蛇行の向きを強め、千鳥足の酔っ払いのように壁や柵に側面を擦《こす》りながら、それでも速度を落とすことなくT字路への分岐点へ邁進《まいしん》していた。轟は全身の毛を逆立て、目を丸くして車がどちらに突っ込もうとしているのか見極めようとした。本来なら公園側へ入るように誘導するのが自分の役目だったがこうなってはそうも言っていられない。坂東蛍子には俺の今後の大いなる生涯のための礎《いしずえ》となってもらうしかない。

轟は車の動きに合わせて両の瞳《ひとみ》を右へ左へと動かした。まるで花占いだな、と轟は緊張で張り詰める脳の端で考えた。もし本当に花占いだったなら、この場合こんな良心の欠片も見られない運転をする人間に対しては「嫌い」の選択肢以外考えられない。

（こっちに来る！）

轟はタクシーの進路を見極めると、カッと目を見開いて公園側へ向け飛び出した。

番場は蛍子に首を絞められ、既に半分白目を剥《む》いていたが、まだ半分残った黒目の隅で右折路に猫が座っているのを何とか捉《とら》え、精一杯の気力と良心を振り絞ってハンドルを左に切った。しかし猫はそんな彼の思いを嘲笑うかのように右折路からT字路を横切るように躍動し、車の前へと飛び出した。番場はぼやけつつある視界の中で何故《なぜ》猫はこうも道に飛び出したがるんだろう、と考えた。きっと何も考えていないからに違いない。

普通の猫ならばそのまま止まらずに渡りきろうとするところを、轟は咄嗟《とっさ》の判断で地面に伏せた。タクシーが自分の上を綺麗《きれい》に通過していくのを背中に感じながら、轟は心の底から哲学に感謝した。

車体の右側を盛大に擦りながらタクシーは左折を済ませた。すると今度は二〇〇m程先で原動機付自転車を降りた少年が、ヘルメットを被ったまま、腕を大きく広げ道を塞《ふさ》ぐように仁王立ちしている。なんなんだ、と番場は思った。なんなんだ、次から次へと。混濁する意識の中で、番場は急激に腹を立て始めていた。思えば今日は散々だった。よく分からない子供を間違えて誘拐し、突然乗り込んできた誰とも分からない女子高生にビクビクしながら過ごし、一蓮托生《いちれんたくしょう》と信頼していた相方から連絡を途絶され孤立して、独り緊張し、焦り、悩んで、首を絞められながら猫を轢《ひ》いたと思ったら次は良く分からない男子高校生に睨《にら》まれている。ヘルメットの少年は怒気のこもった声で「止まれ」と叫んでいた。番場は止まらないことに決めた。

「理一君⁉」

坂東蛍子は前方の道路の真ん中に立ち塞がっている松任谷理一の存在に気付き、息をのんだ。どうして彼がここに、いや、今はそんなことを考えている場合じゃない。このまま前進し続けたら取り返しのつかないことになるのは明明白白だ。車内に響き渡るアクセルの音に蛍子は目を見開き、悪寒《おかん》に身を竦めた。速度は速くなっているはずなのに、体感するスピードはどんどん遅くなっていた。一秒が十秒に引き延ばされ、タイヤに踏まれて弾《はじ》けた水たまりの飛沫《しぶき》の一粒一粒の流れを目で追う事が出来た。そういえば昨日は雨が降ったんだったなぁと考えても、車は五cm程度しか進まない。しかしだからと言って蛍子自身が早く動けるようになるわけでも無いのだった。ただ思考だけが、時の枠から解放されて加速している。蛍子は全身から汗を噴出させながら最善策を必死で考えた。この距離で行える動作の数はもう極限まで限られている。このまますぐにでも絞め落とす？　いや、その後にアクセルを踏んだ脚を外す余裕もハンドルを触る猶予《ゆうよ》も無い。ならいっそ回避することに注力しよう。ハンドルを少しでも左に回せれば公園に進路をとれる。坂東蛍子は即座に腕を放してそのまま番場の肩越しに体を押し出し、ハンドルを握りしめた。理一は既に目と鼻の先にいる。蛍子は力いっぱいハンドルを左に切ろうとしたが、番場の腕力がそれを許さなかった。

蛍子は泣きたかった。しかし泣く時間すら残されていなかった。言葉にならない願いを叫びながら尚《なお》も諦《あきら》めずハンドルを切ろうとする蛍子の目の端に小さな影が飛び込んだ。

番場はヘルメットの少年の前に飛び出し、両手を広げ立ち塞がった小学生の顔を見た。その新たな闖入者《ちんにゅうしゃ》は、今自分がしている行いに一点の疑問も見出《みいだ》していないというような顔をして、番場の目を真っ直ぐに見据えていた。

「大事なものは大事にすること」

車内での後部座席の会話を思い出しながら、番場はハンドルを力いっぱい握る蛍子の手と、道路の真ん中で力いっぱい叫ぶヘルメットの少年と、最前線で立ちはだかる小学生を順番に見た。

何やってんだ、俺は。

番場は何もかもどうでも良くなって、ハンドルを限界まで左に切り公園に突っ込んだ。

◆

「坊主《ぼうず》、お前、俺らが言ってた壁が『自分たちの身を挺《てい》する』みたいな意味だと思ったんだろ」

すっかり緊張の糸が切れてその場にへたり込んでしまった心太郎を抱え起こして、剣臓が少年に笑いかけた。図星だった。

「違うぞぉ。俺が言ってた壁ってのはこの公園のことだ。本当はパトカーやら黒塗りの車やらが道を塞いでタクシーを公園内に誘導してだな、四方から囲って安全に動きを封じるつもりだった。でも最後の誘導中に突然タクシーが暴走して壁が間に合わなくなっちまってな。何があったんだろうな」

剣臓が頭をポリポリと掻きながら続けた。

「あの高校生も別に死ぬ気は無かったんだぜ。片膝《ひざ》を曲げていつでも公園の茂みに飛び込めるようにしてたからな。あの小僧あれで狡猾《こうかつ》なんだよ、ハハハ」

心太郎は勘違いから考えなしに突っ込んでいった自分の行動が段々恥ずかしくなってきた。きっとあの高校生も驚いたことだろう。そして自分が眼前に立ち塞がったせいで逃げることも出来なくなっていたのだ。心太郎はそのことを申し訳なく思いながらも、自分を置いて逃げる素振りを見せなかった謎《なぞ》の男子高校生を尊敬した。

「まぁ、そこまで体張って手に入れた再会だ。せいぜい武勇伝を自慢してこい」

横転しかけながら公園の真ん中に停車し、沈黙していたタクシーの後部座席のドアが開いた。心太郎は剣臓に背中を押され、勢いよく駆けだした。

「絶対駄目」

「……兄さんがそう言うなら」

今回の騒動の犯人を問答無用でドラム缶に詰めるつもりだったざらめをやっとの思いで納得させ、松任谷理一はタクシーの方へフラフラと歩きだした（閻魔大王《えんま》は仕方なく調書を破棄した）。今回は駆け回って疲労困憊だ。最後は特に刺激的だった。

少年と手を繋いでタクシーから飛び出してきた坂東蛍子は、理一の方へ駆け寄るとペタペタと理一の泥にまみれた体を触って存在を確かめた後、深く息を吐いて無事を祝った。理一も蛍子の無事を喜ぶと、彼女は照れくさそうに顔を赤らめはにかんだ。

「あ！」

「どうした？」

「ロレーヌ！　私の大事なぬいぐるみが！」

どうやら最後の暴走の最中に彼女のぬいぐるみが車外へ飛んでいってしまったようである。先程のしおらしさと打って変わって、キョロキョロと辺りを見渡し駆け回る蛍子を見て、とてもさっきまで誘拐されていた女の子とは思えないな、と理一は苦笑した。

「坂東！　俺も手伝うよ！」

坂東蛍子は駆ける足を止める事なく振り返り、にっこりと笑った。

二章　ぬいぐるみは静かに踊る

坂東蛍子、人形の足跡を辿る

　世の中にはビスク・ドールと呼ばれる人形がある。とても古い歴史を持つ人形だ。それらは人形師の手によって一つ一つ丁寧に作られ、人々の手を渡り、激動の世界を静かに眺め続けることを義務付けられた無言の戦士たちである。彼らの痩軀《そうく》に宿る人とも絵とも言い難い完全さと不完全さは代え難いものであり、その姿に心を奪われる人間も少なくない。

　そんな人形達に魅了された収集家が足を伸ばすのがこのようなアンティークドール・ショップである。坂東蛍子の幼馴染《おさななじみ》の祖父にあたる人物が経営するこの店は、小規模ながらも日本では貴重な海外直輸入のドール専門店だったため、一部収集家からは密《ひそ》かな穴場として評価を集めていた。店主自身が昔名の知れた人形師だったことも評判を底上げしている理由の一つだろう。店舗の拡充を求める資産家もいたが、しかし店主は自身のポリシーを譲らず、街の片隅に佇《たたず》むこの古めかしい家屋は昔から今に至るまで小規模な趣味の店であり続けているのであった。

「アーロさーん」

ロレーヌは強い人形の匂《にお》いに酔いそうになりながら、店主の名を呼ぶ蛍子の顔を手提げカゴの中からそっと見上げた。現在この黒兎《くろうさぎ》は重篤《じゅうとく》患者のように全身に白い布を巻かれ、蛍子のお気に入りのハンカチを敷き詰めた果物かごの中に手厚く寝かされていた。主人の気遣いは有り難いのだが、とロレーヌは改めて自分の状態を確認する。これではまるで揺り籠《かご》で寝かしつけられる赤ん坊のようではないか。歩いて行ける距離とはいえ、人形店までの道すがら紳士が衆目にこの醜態を晒《さら》し続けることがどれ程の苦痛か、蛍子には是非とも慮《おもんぱか》ってもらいたいものだ。もし友人に見られでもしたらその後二百年は笑い話の種にされてしまう。

「ごめんねロレーヌ、もう少し待っててね」

蛍子はロレーヌの体に巻いた白い布の端を持って、染《し》みの残ったロレーヌの頭を拭《ぬぐ》い、優しく撫《な》でた。先日、とある複雑な事情によりタクシーから身を投げたロレーヌは、そのまま見事にぬかるんだ水の溜《た》まりに落っこちた。暫《しばら》くして駆けつけた蛍子の手に救われ、それ以上の被害は防ぐことが出来たが、それでもロレーヌの体は得体の知れない黒い水を随分と吸いこんでしまっていた。その日、帰宅するや否《いな》や蛍子はロレーヌを風呂《ふろ》場《ば》に連れて行き慎重に拭《ふ》き洗いを始めた。幸いなことにロレーヌの体を覆《おお》う見事な黒い布は汚れの目立ち方を最小限に留めてくれたが、それでも僅《わず》かに点在した染みは、夜通しかけて行われた蛍子の献身的なケアによっても消すことは叶《かな》わなかった。蛍子は泣きべそをかいていたが、ロレーヌの心中はとても穏やかだった。主人に大切にされることはぬいぐるみの本懐だからである。

しかしよく泣く主人だ、とロレーヌは朝日を浴びながら舟を漕《こ》いでいる蛍子を下から見上げながら思った。人前では主人がどう振る舞っているのかロレーヌは知らなかったが、元々感情表現が豊かな蛍子はロレーヌといる時は昔からよく笑ったり泣いたりする女の子だった。まだ小さい頃、ロレーヌは彼女と一緒に散歩に出かけたことがあった（勿論《もちろん》ペットとしてではなく、友人としてである）。彼女は道路に落ちていた財布を見つけ、持ち主を捜して駆け回ったが、捜索に夢中になり過ぎてその内自分が迷子になってしまった。ロレーヌは蛍子の腕の中で何とか通りがかった猫を説得し、獣の勇ましい歯の隙間《すきま》に自身の耳を捻《ね》じ込むことで交番まで蛍子を導くことに成功したが、その間彼女はずっと声を押し殺して泣いていた。

大声で泣けば誰かが気付いて助けてくれただろうが、とロレーヌは当時のことを回想する。残念なことに蛍子は幼い頃からプライドの高い少女だった。一人ぼっちになったとしても、その自尊心が折れることは無かったのだろう。ロレーヌは蛍子自身を不幸にしている彼女の気の強い性格を何とかしてやりたいと常々思っていた。しかし彼には何も出来なかった。何故《なぜ》なら彼はぬいぐるみだからである。《国際ぬいぐるみ条例》がある限り、ぬいぐるみは人間と交流することは出来ないのだ。ぬいぐるみは何も出来ない。愛されることしか出来ないのである。

「おーい！　お爺《じい》ちゃーん！　蛍子ちゃんだぞー！　歓待しろー！」

人の居ない店内を見て回りながら時間を潰《つぶ》していた蛍子だったが、とうとう痺《しび》れを切らしてカウンターの裏に上がり込み、店の奥に顔を覗《のぞ》かせて声を上げた。勿論蛍子も普通の店舗でこんな非常識な行いはしない（少なくともロレーヌはそう信じていた）。蛍子にとってここは人形を扱う店である以前に、幼馴染の祖父の家なのである。小さい時分は日常的に出入りしていたし、店主のアーロとも気の知れた仲だった。

店主との付き合いにおいては、ロレーヌにも同様のことが言えた。何せ蛍子とロレーヌを引き合わせた人物こそがアーロその人だったからである。アーロは出身地であるフィンランドに帰省した際、狼《おおかみ》の親子と行動を共にしていたロレーヌと出会い、交渉の末彼を日本へと連れ帰ってきたのだ。交渉の際ロレーヌは一つ条件をつきつけた。それは自身を大事に扱ってくれる主人と引き合わせるというものだった。今ロレーヌは契約の履行にとても満足している。

きっと人形の国へ行っているのだろうな、とロレーヌは思った。だからこんなにも人形の匂いが強いのだ。アーロは人形師だ。ならば当然人形の国へは定期的に行くことになる。それはぬいぐるみに意思があるのと同じぐらい当り前の摂理だった。思えば、蛍子が小さい頃によくこの家に通っていた時も、何度かアーロが不在の時があった。そういった場合は予《あらかじ》め言伝《ことづて》を預かった幼馴染の結城満《ゆうきみちる》が蛍子を家の奥に入れないようにしていた。蛍子は不思議そうな顔をしたが、その度に満が「大事な用事だから絶対邪魔しちゃ駄目なの」と言い聞かせていた。

聡明《そうめい》で奇特な主人はきっとそのことを思い出し、家の中を探索するなどという真似《まね》はしないだろう。体に点在する染みとの共同生活を延長するのは悩ましかったが、日を改める以外に方法は無い以上ここは我慢するしかあるまい。ロレーヌは自身の心を慰めながら諦《あきら》めて目を閉じた。

「入るよー」

坂東蛍子は聡明で奇特な人物だ。そして聡明で奇特な人物とは常識に囚《とら》われないものなのである。

◆

「こんな階段あったっけ」

坂東蛍子はアーロの家の奥に見覚えの無い階段を発見し、立ち止まって記憶を掘り返そうと試みたが、上手《うま》く思い出の糸を手繰《たぐ》ることが出来なかった。蛍子は昔から過去を思い出す事が苦手で、自分が重要だと思っている事以外の過去はまるで壊れたフィルムのように映像が荒れて記憶が混濁し、上手く捉《とら》えられなくなってしまう。この家に関する記憶も、その殆《ほとん》どが幼馴染と遊んだ日々の記憶に限定されていた。

（そういえば、もう一年近くも彼女にあってないんだなぁ）

蛍子は脱線してしまいそうになる自身を諫《いさ》め、改めて心の会議室のドアを開け本題の席についた。確かに大きくなってから家の奥まで上がり込むことは無くなったが、昔は散々遊んだ場所である。たとえ判然としなくとも、流石《さすが》に階段の位置を忘れるようなことは無いはずだ。

やはりこの下り階段は知らない、と蛍子は確信した。同時に興味も抱いた。家の中は一通り探したがアーロの姿が無い以上、彼はこの奥にいる可能性が高い。いったい彼はこの階段の下で何をしているのだろう。もしかしたら人形を作っているのかもしれない。蛍子は目を輝かせながら、高鳴る胸を抱いて未知の階段へと足を一歩踏み出した。

蛍子はアーロが人形師であったことは聞いていたが、実際に人形を作っている姿を見たことは無かった。それ以前に、アーロという人物についてそこまで詳しいというわけでも無かった。蛍子にとってその優しい翡翠《ひすいいろ》色の目をした老人は、第一に親友である結城満の偉大な祖父で、第二によく海外から珍しいお土産を持ってきてくれる素晴らしい友で、第三にロレーヌとの出会いをくれた恩人で、それ以降は無かった。実の祖父のようだったが、実際は実の祖父では無い。そんな関係だった。

　ロレーヌとの出会いの話をしよう。坂東蛍子七歳の春のことである。その日も蛍子は満の家を奔放に駆け回り、帰り際《ぎわ》にアーロから帰国土産として綺麗《きれい》に梱包《こんぽう》されたプレゼントボックスを手渡されていた。彼女は家に帰るまでの道すがら、自分が両手で抱えている箱には何が入っているんだろうと様々なアイデアを捻《ひね》り出しながら（また変な顔をした木彫りの像かな、もしくはキャラメルたっぷりのチョコレートかも）、中身が壊れたりしないように細心の注意を払って歩を進めた。そのため家に辿《たど》り着く頃には傾いていた陽がすっかり山の向こうへと暮れてしまっていたのだった。

　自宅のドアを開くと、それまでの慎重な行進で溜まりに溜まった衝動が爆発し、少女は急いで靴を脱ぎ二階への階段を駆け上がって、勢いそのままプレゼントを胸に抱えて仰向けに自室のベッドに飛び込んだ。捻りが加えられた見事な飛び込みだった。蛍子は興奮の坩堝《るつぼ》の中、勢いよく包装紙を剝《は》ぎ取った。道中でプレゼントの中身を想像し過ぎて、最終的に深海生物という考えにまでハードルを上げていた蛍子は、未知との遭遇に胸を高鳴らせながら箱の蓋《ふた》を開けた。勿論中に入っていたのは深海生物でも宇宙人でも無い。それよりももっと素晴らしい黒い兎のぬいぐるみだ。

　彼女は両手でぬいぐるみをそっと抱え、光の下へと連れ出した。その兎は撫でると手に馴染む上品な黒い毛で全身が包まれていて、スリムで美しいそのシルエットを余計に際立たせていた。縫い糸ですらきめ細やかだ。複雑な加工が施され燃えるような赤が強調されたアンダルサイトの瞳《ひとみ》がモノトーンの中で鮮やかに輝いており、その他の鼻や手の先のワンポイントにも全《すべ》て宝石が使われている贅沢《ぜいたく》なぬいぐるみだった。首元には小さなシリマナイトのキャッツアイがネックレスのようにあしらわれ、王の品格を黒い体に与えていた。兎でありながら猫を狩る獣の王だ。

蛍子は一目でそのぬいぐるみの虜《とりこ》になった。箱の中にはタグカードが添えられていたが、どうやら随分と古いものらしく、書かれていた文字は辛うじて「Lorraine」と読める以外は擦り切れて判読することが出来なかった。

「ロレーヌ」と蛍子はうっとりとした表情を浮かべながら海外からの美しい訪問者に呼びかけた。

「ロレーヌ、私達は友達よ。今日からよろしくね」

それにしても長い階段だな、と蛍子は思った。石造りの謎《なぞ》の下り階段は予想通り地下へと続いていた。しかし終点が一向に見えて来ず、体力に自信のある蛍子も一抹の不安を覚えずにはいられなかった。壁や天井はまるでモグラが掘ったかのような剝《む》き出しの土壁になっていて、ひんやりとした空気が足元から這《は》い上がるように蛍子の体を巡っていった。春の陽気の下だから良いものの、もし冬場だったらこの地下はどれだけ冷え込んでしまうのだろう、と蛍子は思った。壁一面を霜が覆って美しい通りになるなら最高だけど、しかしそれは壁に備えつけられたランプが許してくれないだろうな。

蛍子は慎重に足を下ろし、一歩一歩嚙《か》みしめるようにゆっくり進んだ。もし足を踏み外してしまったらどれぐらいの距離を転がり落ちることになるのか、蛍子のいる位置からは想像もつかなかった。等間隔に備えられたランプの御蔭《おかげ》で足元を確認する分には全く困らなかったが、少し顔を上げて先を見ようとすると人間の視力ではどうすることも出来ない虚無感を伴った悪魔的な闇《やみ》で埋め尽くされてしまう。蛍子はブラックコーヒーに落とされた一欠けらの角砂糖のような気分になった。いったいアーロお爺ちゃんは何を思ってこんな地下階段を作ったんだろう。老後の趣味にしては威勢が良過ぎるわ。

坂東蛍子は手提げかごに視線を落とした。色とりどりのハンカチのシーツの上にはロレーヌがぼんやりと斑《まだら》になった肌を覗かせて眠るように横たわっていた。蛍子は暴走タクシーのことを思い出して、苦々しい思いで暗闇を睨《にら》んだ。あの日はロレーヌがドロドロになるし、理一《りいち》君が轢《ひ》かれそうになるし、本当に大変な日だったなぁ。

「あの運転手、クビにするべきよね」

一人で悶々《もんもん》と考えているのも何だか寂しい気がして、蛍子はロレーヌと会話することにした。

「お話ししましょう、ロレーヌ。そうね、じゃあアーロさんの話」

蛍子はいつも寝る前にベッドの上でするように、ロレーヌとの歓談を始めた。ロレーヌはいつもの通り返事をすることは無かったが、それでも心の中でブツブツ言っているよりは随分気持ちが休まる気がした。

「私、アーロさんの目が好き。緑色で、宝石みたいに光るのよ。あ、勿論ロレーヌの赤い目もね。私たぶん目が好きなんだなぁ」

階段を下りる蛍子の靴音はコッコッと小気味良く反響しては消えていった。

「なんだか惑星を眺めてるような気分になるのよね。宇宙を感じるのよ。ほら、星って丸いでしょ？　人間の目もたぶん同じ理由で丸いんじゃないかなー」

蛍子はロレーヌとの会話に夢中で知る由《よし》も無かったが、実はこの時周囲の温度は徐々に上昇しつつあった。先程まで冬の蔵のように冷え切っていた地下階段は、ランプの光の色に呼応するように少しずつ暖気を含んで蛍子の生命を支えた。

「理一君の目も好き。私のこと全部分かってくれてるような気がする目なの」

蛍子は小さく足踏みして、照れるようにはにかんだ。

「ジャス子の目は嫌い。何だか全部お見通しよって感じの目つきなのよね」

蛍子は強く階段の腹を蹴《け》って眉《まゆ》を顰《しか》めた。

坂東蛍子はここでようやく周囲の温度が上昇していることに気付き、心を温めながら壁に並んだランプの灯りを見た。

「あなた達のおかげかしら」

蛍子がロレーヌに語るような調子でランプに声をかけると、並んだランプの炎が一瞬首を振るように揺れたような気がした。蛍子は自分の突飛な考えに苦笑いを浮かべた。

その時、坂東蛍子の耳の奥を何かが擽《くすぐ》った。微《かす》かに音楽が流れているのだ。音楽は次第にその音量を上げ、階段を十段程下りた頃には深い低音まで聴きとれるようになっていた。合唱曲だ、と蛍子は耳を澄ませた。それは絵具で鮮やかに線を引くように歌声が幾重にも重なった、混声の多重唱だった。時に聖歌のように厳かに揺らぎ、かと思うとミュージカルのように跳ねるその曲に蛍子は聴き入ってしまい、思わず足を滑らせそうになって慌《あわ》てて気をとり直した。気がつくと壁面はいつの間にか西洋の古い城壁を連想させる石造りになっていた。一見すると完全に室内で、土の気配は微塵《みじん》も感じない。階段も心なしか磨きがかかっており、ランプの灯だけが先程と変わらない色合いと間隔で蛍子の行先を照らしていた。壁には時折窓や鏡が嵌《は》め込まれていたが、そのどれもが細かくひび割れており本来の役目を何一つ果たせなくなっていた。壁面を指でなぞりながら、何時《いつ》の間に変わったんだろう、と蛍子は一人不思議そうに首を傾《かし》げた。そういえば音楽も鳴り止《や》んでるわ。ふと蛍子は時間が気になって手首に巻いた腕時計を確認した。針は短針だけになっており、ちょうど「6」の上に留まっていた。アーロさんのお店を訪ねたのはお昼前だったのにもうそんなに経《た》ったのかしら、と蛍子はぼんやりと考えた。

壁の素材が変わったからだろうか。蛍子は自分の足音が妙な歪《ひず》み方で響いているように思えた。上手くは表現出来なかったが、正しくない歪み方をしているように感じるのだ。水没した蟻《あり》の巣ではきっと音はこんな風に響くんだろうな、と蛍子は思った。その考えが何故だかとても可笑《おか》しかったので、蛍子は声に出して自分の考えを表明してみることにした。

「水没した蟻の巣ではきっと音はこんな風に響くんだろうな」

彼女がそう言い終わると、辺り一面のランプが一斉にゴウッと燃え盛り、すぐさま水をかけられたように鎮火した。唖然《あぜん》とする蛍子は足下へ注意を払うことを忘れ、階段を一歩踏み外してしまった。慌てて遅れた足を前に出すと、階段の幅が先程と比べ異常に狭くなっていることに気付き目を見開いた。これじゃ足を置けない、体勢を立て直すなんてとても無理だ。

しかし階段の終わりは未《ま》だ見えない。蛍子はこの先の人生にまだまだやりたいことを残していたため、どうしてもここで転ぶわけにはいかなかった。前のめりになった体を引き戻すために、右足を素早く繰り出し、次はまばたきよりも早く左足を前に押し出した。爪先《つまさき》だけで表現する新しいタップダンスのように我武者羅《がむしゃら》に足を抜き差しし、その内今度は体より足が前に出過ぎてしまい、蛍子は海老《えび》反りになりながら階段をひたすら駆け下り続けた。ランプは消えて真っ暗だったが、彼女は不思議と階段を踏み外さずに駆け下りる事が出来ていた。まるで足が階段に吸いついているようだ。もしかしたら本当に吸いついているのかもしれない。

　彼女は暫く前から絶叫していた。何が何だか分からなくなっていたからだ。体も早く動き過ぎて自分のものでは無いみたいに感じていた。ただ与えられた指示に従って忙《せわ》しなく足を動かすこの体は、まるで制御の利《き》かなくなったラジコンカーだ。電源が切れるまで回転し続けるしか無い憐《あわ》れな歯車だ。こうなっては力の限り火花を散らし、声を上げるしか出来ることは無い。

　蛍子は酸素が欠乏してチカチカする視界の中で再び自分を取り巻く状況が変化していることに気がついた。暗闇はいつの間にかその深い暗幕に無数の星を浮かべていた。その中には学校で習った冬の星座を幾つか確認することが出来た。不思議な事に、蛍子は宇宙の中を駆け下りていたのだ。四方を取り巻く無数の銀河は初めは穏やかに瞬《また》いていたが、徐々に光源を拡大させ、一斉に爆発すると、色とりどりのカラフルで巨大なキャンディーになって蛍子の周囲に降り注いだ。足場はいつからか風船に変わっており、蛍子はその上でひたすら足踏みを繰り返していた。その青い風船は蛍子に踏まれる度に「シ」と言った。

　坂東蛍子はもう何も考えられなかった。とにかく足を動かさなきゃ、というメッセージだけが崩壊寸前のコックピットの中で電信され続けていた。

◆

「お話ししましょう、ロレーヌ。そうね、じゃあアーロさんの話」

アーロの名が出る前に少しの間があったのは、やはり満の名を先に思い浮かべたからだろうな、とロレーヌは蛍子の心境を慮った。先日の誘拐騒動で小学生に対し親友を大事にしろ、などと言ってしまったものだから、蛍子は自分自身の交友関係を改めて意識してしまったようだった。あの日以降、毎夜恒例の騒がしい寝言にも満の名前が混ざるようになり、ロレーヌは芳《かんば》しくない雲行きを枕元《まくらもと》で憂《うれ》えていた。

ロレーヌ・ケルアイユ・ヴィスコンティ・ジュニアは黒兎のぬいぐるみである。ロレーヌは坂東蛍子の下に至るまでの間、様々な土地を転々と移動する流浪《るろう》の人生を送ってきた。彼の本名はケルアイユと言い、元々はフランスで作られたぬいぐるみである（ロレーヌというのは生産された地域名であり、「ロレーヌのケルアイユ」というような意味合いで使われていた）。彼はさる貴族の一人娘のために作られた正当な爵位《しゃくい》を持つ兎のぬいぐるみであったが、フランス革命期に持ち主の手を離れ、イタリアの子爵の手に渡り、その後マフィアに強奪されることになる。マフィアの男はロレーヌをヴィスコンティ（子爵）と呼び、後にアメリカに移住しイタリア系マフィアの幹部となる娘へプレゼントした――とこういった具合に、ロレーヌは数えるのも辟易《へきえき》としてくるぐらい故郷と呼べる地を持っていた。しかしそんな彼も生を受けた場所はただ一つだ。ぬいぐるみはぬいぐるみである以上当然ぬいぐるみの国でしか魂が覚醒《かくせい》することは無い。

《ぬいぐるみの国》は極めて形而上的《けいじじょう》な世界である。一般に知られていることだが、こういった「形而上的な世界」は絵本の中や、路地裏の陰や、オゾンの層の隙間のような所に無数に点在しているとても身近なものだ。ぬいぐるみ達はそういった質量の無い世界の一つで魂（人間界では「綿」と呼ばれている）を覚醒させる。そして時間をかけて少しずつサイズを拡張し、物心つくまでの間に《国際ぬいぐるみ条例》を始めとした人間界でのぬいぐるみマナーを徹底的に教育されるのである。その結果認可を受けられたものだけが、晴れてぬいぐるみとして人の住む世界に送られることになるのだ。ぬいぐるみ達は心にあたる部分をぬいぐるみの国によって、体にあたる部分を人間の手によって生み出される。ぬいぐるみの神と人の神、二柱の神を親に持つのである。

「理一君の目も好き。私のこと全部分かってくれてるような気がする目なの」

主人の話はいつの間にかアーロの話から惚気話《のろけ》へと有様を変容しつつあった。ロレーヌは警戒も無く階段を下り続けている蛍子の歩みに焦《あせ》りながら、今直面している危機的状況を改めて思案した。

ぬいぐるみの間では上級有機生命体である人間との無用なトラブルを避けるため、《国際ぬいぐるみ条例》によって一部の例外（無機生命体と関わる人形師等の専門職関係者）を除きその交流を固く禁じていた。勿論この条例は人間側にも適用される。もし人間が《国際ぬいぐるみ条例》を犯した場合は情状酌量の余地が無い限りは死刑となる。ただ、基本的にぬいぐるみは人間のことが大好きなので、殆どの場合は情状酌量に該当し無罪放免が言い渡されるだろう。場合によってはぬいぐるみ土産ももらえるかもしれない。

しかしながら《人形の国》ではそうはいかない。人形はぬいぐるみと性質が根本から違い、魂が宿るのも極少数の個体だけだ。そのため、魂の宿った数少ない人形は選民思想を強く抱いていることが多い。そんな種族が人間界を捨て、身を寄せ合って暮らしているのが《人形の国》なのである。彼らがよく扱う議題に『人形が人間のように美しいのか、人間が人形のように美しいのか』というものがある。これは人形の正しさを主張するための枕詞《まくらことば》のようなもので、彼らの自尊心の高さをよく表した言葉だ。

勿論全ての人形が人間を悪く思っているわけではない。ロレーヌは過去にアメリカでロゼッタという名の人形と二年間交際していたが、彼女は人間をとてもよく理解し愛していた。しかしながら、少なくとも人形の国に住む人形が人形師以外の人間に敬意を払うことはまず無いのだ。もし足を踏み込んだら坂東蛍子がどんな目に遭わされるか、ロレーヌは一寸たりとも想像する事が出来なかったし、想像したくもなかった。

「ジャス子の目は嫌い。何だか全部お見通しよって感じの目つきなのよね」

それは先程の理一への感想と矛盾していないか、とロレーヌは呆《あき》れ顔で蛍子を見上げた。呑気《のんき》な主人の下で、この穏やかなバスケットの揺り籠の中から自分に出来ることは何か無いだろうか、と黒兎は頭の中綿を必死に捻り込んだ。幸いなことにまだ国境通過を知らせる歌は流れていない。逆に言えばそこまでが一つのボーダーであるとロレーヌは感じていた。国境を越えるまでに蛍子を地上へと引き返させることが出来なかった場合、彼女が人間の世界へと戻って来られる確率は格段に減ることだろう。

「あなた達のおかげかしら」

蛍子の言葉にロレーヌはぞっとした。蛍子はいったい誰と話しているのだ？　まさかもう自分の知り得ないところで何かが進行してしまっているのだろうか。ロレーヌは動揺する精神の糸を何とか体に括《くく》りつけた。ふとロレーヌは土壁の中に光るものを見つけた。どうやら鏡のようである。アーロの仕業だな、と兎はニヤリと笑った。あの御老体は予めこういう事態を想定して鏡を壁に埋め込んでおいたのだ。形而上世界に迷い込む時、人間は酩酊《めいてい》に近い意識混濁状態になるという話をロレーヌは以前アーロから聞かされていた。その際は鏡や時計など、自分の存在や場所、時間を規定するものを確認出来れば囚われた精神が解放され正気に戻ることが出来るのだそうだ。ロレーヌは蛍子が鏡に気付いて覗き込んでくれることを必死に神に祈った。母なるぬいぐるみの神と父なる人の神、それに人間が何故か手を合わせる流星や、銅像や、幽霊や金融業者などにも思いつく限り祈りを捧《ささ》げた。お願いします。何でも良いから鏡を無性に確認したくなるように彼女のナルシシズムに火を点《つ》けて下さい。

その祈りが誰かに届いたのかは定かでは無かったが、彼女は鏡の前に差し掛かると少し階段を下りる速度を緩め、鏡の中を覗き込むように上体を傾げた。ロレーヌは綿に目一杯力を込めて布の下でガッツポーズをした。これで彼女は冷静さを取り戻し、無限に続く階段の違和感に思い至って道を引き返すだろう。この出来事も今夜の笑い話としてベッドの上に添えられるはずだ。

（……何故だ！）

しかし蛍子は引き返さなかった。立ち止まることすらしなかったのである。鏡では不十分だったのだろうか。ならば、とロレーヌは時計の確認を促す作戦に移ることにした。黒兎は口を閉じたまま、舌を器用に使ってチッチッチ……と時計の秒針の音を真似た（これは蛍子が学校に遅刻しそうな時に気を急《せ》かすために使う手で、蛍子が中学に入った頃に綿のはみ出るような努力を経て習得したロレーヌ自慢の妙技であった）。思惑通り蛍子は潜在意識を刺激されすぐに腕時計を確認した。時計の盤面を暫く眺めていた蛍子だったが、しかし特に関心が無さそうに腕を下ろすと再び階段を下り始めてしまった。

ロレーヌは焦燥感でどうにかなりそうだった。いったいどういうことだ。アーロは嘘《うそ》をついていたのか。いや、彼は誠実な人間だ。そんな意味の無い嘘をつくほど性格がねじ曲がってはいない。では、蛍子が足を止めないのはいったい何故なのだろう。

　そこまで考えてロレーヌは蛍子の独り言を思い出し全身の綿を硬直させた。あの時、既に何か良からぬことが起きていたのではないか。実際はあの場に何かがいたが、それを自分は認識出来ず、しかし蛍子は認識出来るというような環境に互いを繋ぐ何かが分かたれてしまっていたのではないか。

　ロレーヌは《国際ぬいぐるみ条例》を犯し、蛍子を叩《たた》き起こすために勢いよく立ちあがった。しかしそこに既に蛍子の姿は無かった。あるのは夢や理想のようにどこまでも広がる闇だけだ。ロレーヌは夜目の利くアンダルサイトの瞳で前方に真《ま》っ直《す》ぐ伸びる道を呆然《ぼうぜん》と眺めながら、緩やかに揺れる籠の中で立ち尽くした。

◆

　五つ目の門をくぐると、坂東蛍子は自分が抱えている違和感の正体に気がついた。周囲の装飾が段々と大きくなっているように感じるのだ。壁に掛けられた金の燭台《しょくだい》の炎も、その灯を頭上で複雑に反射するシャンデリアも、あるいは床に敷かれた豪奢《ごうしゃ》な赤い絨毯《じゅうたん》も、全て門をくぐる度に少しずつ大きくなっていっている気がする。門の先には絵画がかけられていた。この絵画も門をくぐる度に同じ位置に一つかけられており、他のものと同様に少しずつ大きくなっているように感じた。絵はどれも人間の右目がキャンバスいっぱいに大きく描かれていたが、描かれる目自体は毎回別の人間のものだった。瞳の色も様々である。新しい絵を見る度に、誰の目だろう、と蛍子は立ち止まって暫《しば》し絵の中を覗き込んだ。絵は何も答えず、その眼でただ静かに彼女を見返していた。

前後の記憶が定かでは無かったが、気がつくと蛍子はこの宮殿のような華美な廊下を歩いていた。このことに気がついた時、蛍子は少しだけ不思議な気分になったが、別段理由も無かったので歩き続ける足を止めようとはしなかった。廊下に響く自分の足音を聞きながら蛍子は色々なことを思い出していた。どうしても思い出せなかった細かな記憶の欠片《かけら》や、封じこめていた衝撃的な過去ですら、今は一から十まで行儀よく並んで頭の中で座っている。彼女は歩きながらそれらの記憶を少しずつ閲覧していった。新しく作られたものから順番に記憶の本を手に取り、読み終わったら一つ古い本を手に取る。そうやって蛍子は自身の人生を逆様に追体験していた。蛍子は自分の記憶が蘇《よみがえ》っていく原因がこの廊下にあるように思えた。何故だか分からないが、廊下を進む毎《ごと》に古い記憶が掘り起こされるように思えたのだ。あるいは、記憶が蘇る毎に足が一歩前に進んでいるのかもしれない。細かいことは理解出来なかったが、記憶を読むのに夢中になっている蛍子は益々《ますます》廊下を歩くことを止めるわけにはいかなくなっていった。

九番目の門をくぐった蛍子は、今までしてきたように右方の絵画の瞳を確かめた。絵画は一層大きくなり、見上げるような高さにまで持ちあがっていた。今度の絵画は黒い瞳だった。こちらのことを全て見透かしているかのような瞳だ。蛍子はその視線に底知れぬ安心感を覚えながら、自分が八歳の時のことを思い出していた。記憶の中の幼い少女はお気に入りの人形を抱いて散歩に出かけていたが、道中で財布を見つけ、持ち主を探すことに躍起になっていた。そういえばこんなこともあったわね、と蛍子は微笑《ほほえ》んだ。結局自分が迷子になってしまったんだけど、私はこの時泣くことだけはしないように必死に耐えていたんだった。でも人形を猫に盗《と》られてしまって、我慢出来ずに泣いてしまったのよね。あの時は悔しかったなぁ。

でも、どうして私はそんなに泣くことが嫌いなんだろう。蛍子は頭上で光るシャンデリアを見上げながら考えた。決まってる。人前で泣くことは恥ずかしいことだからだ。でも、どうして恥ずかしいと感じるんだろう。世の中にはすぐに泣く人も沢山いる。私だって一人の時は泣くこともある。そういう時、つまり、ちゃんと泣く時って、別に恥ずかしいとは感じてないように思う。

坂東蛍子は十一番目の門をくぐって絵画の瞳を仰ぎ見た。その瞳は、少し深緑色や灰色が混ざった、不思議な色合いの黒色をしていた。その瞳を見た時蛍子は唐突に自分の疑念が腑《ふ》に落ちた。

そうだ。私は泣くのが嫌いなんじゃない。泣くのが苦手なだけなんだ。格好つけたがりだから、いつも上手く笑ったり泣いたり出来ずにいるのだ。

蛍子は頭に浮かび続ける自身の記憶を歩みと並行して読み進めた。今度は六歳の夏の記憶だ。何一つ知らなくても、全部知っているような気がしていた年頃の記憶である。彼女は彼女を愛する取り巻き達に囲まれて、ジャングルジムの頂上に立っていた。舞台のラストシーンを見守るように固唾《かたず》を飲んで自分を見つめている子供達を視界の下に捉えながら、蛍子は額に浮かぶ脂汗《あぶらあせ》を拭った。蛍子は怯《おび》えていた。自身が次に言うべき台詞《せりふ》を発してしまったら、取り返しがつかなくなることが目に見えていたからだ。

「今日は、ここから、二回転するわ」

坂東蛍子は周囲の人間からの尊敬を感じるために、定期的に彼らの前で派手なパフォーマンスを行っていた。この一芸披露会は観客の満足を得るためにその内容を少しずつエスカレートさせていき、とうとうこのような無茶な芸当を披露せざるを得ない状況まで蛍子を追いつめていた。流石の坂東蛍子も、六歳時点では一回転に一ひねりが精一杯だ。もし実際に二回転を試みるとなると無事で済むかは分からない。蛍子は震える膝《ひざ》を手で抑えながら、盛り上がる観衆に弱々しい笑顔を見せた。

「クク……アハハハハハハ!!」

人の輪から外れ遠巻きに見ていた一人の少女が突然蛍子を指さして大きな笑い声を上げた。それは何かを嘲《あざけ》るような笑いではなく、心からの哄笑《こうしょう》だった。目を丸くしている蛍子と取り巻き一同に対して、彼女は息を切らしながら途切れ途切れに言葉を吐いた。

「い、今の！　今の良かった！　ハハ！　あんた、むかつくけど、今の冗談は最高！初めて笑っちゃったよ！」

　どうやら少女は先程の蛍子の無謀な宣言を冗談だと捉えたようであった。腹を抱えて蹲《うずくま》ってしまったその少女を見ながら、蛍子は全身の筋肉が弛緩《しかん》していくのを感じていた。

「クッ……ク、フフ……ハハ……！　アハハ！」

　笑い続ける少女に注目してキョトンとしていた観衆達は、頭上からも同様に笑い声が漏れ始めたことに気付いて子鴨《こがも》が親を追うように一斉に振り返った。遊具の天辺《てっぺん》に立つ幼い童女は頬を上気させ、大きな口を開けて笑っていた。なんだ、冗談か、と取り巻きの子供達も徐々に状況を飲み込んで笑い始める。公園の中はいつしか笑い声で包まれていた。その中心で、坂東蛍子は目尻《めじり》に安堵《あんど》の涙を浮かべながら一番大きな声を出して笑っていた。

　今度の記憶は更に少し遡《さかのぼ》った六歳の春頃の記憶だった。蛍子はある少女と毎日衝突を繰り返していた。その日も蛍子は仇敵《きゅうてき》と日がな一日かけっこをしたり、早食い競争をしたり、デス指相撲（親指以外の指を指きりの要領で交差させる、二人の間で考案された指相撲。試合中二人は交差させた相手の指をへし折る勢いで握りしめたり、空いている方の手でボディブローをすることが認められていた恐ろしい競技である）をしたりして過ごしていた。特にデス指相撲は二人共泣き叫んでもなお止めようとしないから、周囲の大人達が気を揉《も》んでいたっけ。今こうして思い出してみると、あの頃彼女と過ごした日々は泣いたり笑ったりと本当に忙しかった。蛍子は当時に思いを馳《は》せながらもう一つ門をくぐった。

蛍子の記憶は五歳まで巻き戻っていた。一年が今よりも更に果てしなく長く感じられた頃の記憶だ。記憶の扉の向こうで、彼女は幼稚園の廊下を歩いていた。近くには誰もいない。それもそのはずだ。当時自分には誰ひとりとして友達と呼べる相手がいなかったのだから。

坂東蛍子に対し周囲の人間が一定の距離を保っていたことには幾つかの理由がある。彼女がとても美しかったからとか、彼女の家が古くから続く裕福な家だったからとか、そういった距離を置かれる細々とした要因もそれなりにあったが、一番の理由は彼女の性格にあるのだった。蛍子は小さい時から気が強くプライドの高い少女だった。周りにいる人間は一人残らず平伏させ、誰しもの上に立ちたくてしょうがない人間だったのである。それは他人を見下していたからでは無く、純粋な勝利への欲求からであった。その彼女の些《いささ》か偏《かたよ》った感性は結果としてあらゆる努力を惜しまない精神を支えて彼女の才気を漲《みなぎ》らせることに一役買ったが、引き換えに友人という単語を彼女の人生の辞書から綺麗に削除してしまった。子供も大人も、周囲の人間は殆どが彼女を誉《ほ》め称《たた》え、彼女を尊敬したが、友人になろうとするものは一人もいなかった。坂東蛍子はあくまでも尊敬と崇拝の対象だったのである。蛍子自身、友人がいなくて寂しく思う時もあったが、自分から友人になって欲しいと頭を下げるのはどうしてもプライドが許さなかった。そういうわけで、蛍子はいつだって周りに取り巻きを抱えながら、いつだって独りぼっちだったのである。

その日、蛍子は初めて敗北を知った。蛍子の通う幼稚園では年に一度運動会が催されており、入園した年から彼女は枠の余った競技に片っ端から出場して八面六臂《ろっぴ》の活躍を見せていた。周りの園児たちも、あまりに格の違う蛍子の身体能力を目《ま》の当たりにして、嫉妬《しっと》する気も起きず代わりに万雷の拍手を送り、彼女が出場する度に会場は大盛り上がりになったのだった。蛍子は前回のことを思い出しながら今年も当然種目の一等を総なめにするつもりで三〇m走のスタートラインで不敵な笑みを浮かべた。一分後、彼女は自分が二着の旗を持たされていることに茫然自失としていた。遠い水平線を眺めるような目をした蛍子の前に、一着の旗を持った少女がやってきた。彼女はゼェゼェと苦しそうに息を吐き胸を押さえながらも、心底嬉《うれ》しそうにニタニタと口の端をつり上げ、目を丸くしている五歳児にこう言った。

「人生そんなに甘くないのよ」

その少女は名を結城満という。後に蛍子の初めての友人になる女の子だ。

坂東蛍子は今、結城満に会いたくて仕方なくなっていた。蛍子は自身の人生を振り返る中で、満が自分にとって如何《いか》に大きな存在であるかを痛感させられていたのだ。どの本を開いても、どの扉を覗いても、その思い出の中には満がいた。蛍子は一年前に満に絶交されて以来、考えないようにしていた彼女の姿を立て続けに見せられてすっかり弱ってしまっていた。

満に会いたい。蛍子は歯を食いしばりながら、心の中で静かに涙を零《こぼ》した。

◆

ロレーヌは暗闇に閉ざされた洞穴の中を全力で駆け抜けていた。しかしロレーヌのフカフカの足はどんなに大きく開いても板チョコレート一枚分にしかならなかったため、長大な道程《みちのり》を前進するのは困難を極めた。こんなことならもっと足の長いぬいぐるみに綿を詰めてもらうべきだった、とロレーヌは自身の浅慮を悔いた。いやしかし、足の長いぬいぐるみなんて果たしていただろうか。

彼は今何処《どこ》までも続いている広い一本道の上を走っていた。周囲は竜のアギトのように鋭く威圧的な鍾乳洞《しょうにゅうどう》に囲まれていたが、中心を貫くこの一本道だけは不思議と人の手で整備されたように平坦《へいたん》で美しく、石ころ一つ転がっていない。水の滴《したた》る地下道を駆け抜けながら、ロレーヌは自分の立たされている状況を整理していた。偏りの無い姿は初めて見たが、恐らくここは形而下と形而上の世界を繋《つな》ぐ道だろう、とロレーヌは思った。この道は特定の対象を思い描き、その対象からも思い描かれた時に双方の空間を繋げる役割を持っている。そのため普段はロレーヌのような存在が故郷へ里帰りする際の通り道として使われていた。便宜上「道」と呼称しているが、あくまで空間を繋ぐ通過点であり、何も思い描かない限りはハムスターの遊具のように終わりが無い無限回廊なのだ。主人はまず間違いなく《人形の国》に向かってこの道を進んでいるはずだった。しかしそれはこの道であってこの道では無い。彼女が今いるのは「《人形の国》に向かう道」で、自分がいる真っ暗な無限回廊とは同じだが違うものなのだ（ロレーヌは自分で考えながら頭が痛くなってきて長い両耳を怠《だる》そうに垂らした）。

まず初めにロレーヌはこの地下道の「思い描いたもの同士を繋げる」という特性を利用しようと考えた。蛍子を頭に浮かべることで蛍子の下へ空間を繋げようとしたのである。しかし幾ら黒兎が蛍子との時に甘く時に苦しい日々を思い出しても、眼前の道程が蛍子の居る場所へと結節されることは無かった。当然か、と黒兎は項垂《うなだ》れた。ロレーヌが蛍子のことを考えているのと同様に、蛍子もロレーヌのことを考えないと空間を繋ぐ条件は成立しないのだ。そんなに都合よく二人の考えが合うなんてことは有り得ない。

次にロレーヌは《人形の国》へとコンタクトを図った。向こうがロレーヌのことを承認してさえくれれば、《人形の国》の道に侵入することは可能なのだ。ロレーヌは半ば祈るような気持ちで音の無い暗闇に頭を下げた。確かにぬいぐるみと人形は仲が良いとは言い難いが、どうか一度機会を与えてはくれまいか。歩み寄りを見せてくれ。

黒い闇は返事をする代わりに、冷ややかな冷気でロレーヌの体を取り巻いた。

《ぬいぐるみの国》へ道を繋げて支援を受けられないかとも考えたが、ロレーヌはその考えをすぐに振り払った。事は一刻を争うのだ。こうしている今にも蛍子は《人形の国》に到着してしまっているかもしれないというのに、悠長に寄り道している時間など無い。

結局ロレーヌはまともな案を一つも思いつくことが出来なかった。ロレーヌはこの道を闇雲に走り続けていても仕方ないということを自覚していたが、それでも彼には何かあることを（例えば蛍子が「人形の国に向かう道」から運よく解放されてこの無限回廊に放り出されていることを）期待して走ることしか出来なかった。無力だ、とロレーヌは赤い瞳を細め薄闇に揺れる自分の影を睨んだ。私は無力だ。

（影？　何故暗黒の世界に影があるのだ？）

「あ、やっぱロレーヌだ」

ロレーヌは振り返り、自身に浴びせられたライトの現代文明的白光に目を瞑《つむ》った。突然の脚光にゆっくり目を慣らしながら細目で前方を見ると、目を丸くした女子高生がこちらに笑顔を向けているのがうっすらと見えた。

「満か？」

結城満は濡《ぬ》れた地面を蹴りながらロレーヌの目前までやってくると、懐中電灯を脇《わき》に下ろし、ぬいぐるみと話し易《やす》いように屈《かが》みこんだ。

「何故こんなところに！」

「私はマリーの付き添いの帰りよ。爺ちゃんが人形の世話しに行くって言うからさ、今日は一人でね」

「マリー！　青い瞳のマリーか！」

「おー、ゾッコンだね〜」

満はニタニタと笑って興奮するロレーヌの頭を人差し指で撫でた。

結城満は坂東蛍子の幼馴染である。満という名前は「円満な人間になって欲しい」という思いから、両親が満が早産により誕生した満月の夜に徹夜で捻り出したものだったが、男みたいな名前なので本人はあまり気に入っていない。趣味は散策と都市伝説収集、蛍子の生活状況の確認。特技は短距離走とアイリッシュダンスだ。

「ロレーヌこそ、こんなところで何してんの？」

「そうだ、蛍子だ！」

ロレーヌが忘れてはならないことを思い出して思わず叫ぶと、満は勢いよく地面に伏せて猫のように体を小さく丸めながら両手で顔を隠し、指の隙間から辺りをキョロキョロと見回した。

「ほ、蛍子もいるの⁉」

身を縮こまらせて小声で呼びかけてくる満を見て、ロレーヌは呆れ顔で目を細めた。

満と蛍子は現在絶交関係にあり、一年程前から一切の交流を絶っていた。しかし満は蛍子が大好きで仕方なかったため（ロレーヌの見た所、レズビアンというわけではなく、無邪気で危なっかしい蛍子の姉代わりという意識を持ち、可愛《かわい》い妹を溺愛《できあい》しているようだった）彼女は蛍子と絶交した後も、一週間も経たない内から彼女と会えないことに耐えられなくなり、蛍子の留守を見計らって彼女の部屋に忍び込むようになって、家ではガサツな蛍子の部屋を整頓《せいとん》したり（蛍子は母の仕業だと思っている）蛍子がいじめれていないかロレーヌに問いただしたりなどして寂しさを紛らわせているのだった。一昨日《おととい》も満は蛍子の夕飯時を見計らって窓から侵入し、限られた時間の中であわだこうだと言いながら床に散らかった制服にアイロンをかけ、蛍子のお菓子袋の中からカロリーの高いものを取り出し、カロリーの低いものへと取り替えて満足そうに帰っていった。大したものだ、とロレーヌは修練された彼女の手際に半ば感動しながら一部始終を見守っていた。これだけ弄《いじ》り回されて気付かない蛍子も大したものだった。

ロレーヌは別離して以降増長の一途を見せている満の偏愛よりも、このことが蛍子にバレて二人の関係修復の壁にならないかが心配でならなかった。坂東蛍子は些か周囲から過保護に扱われ過ぎている。きっと自分の知らない外の世界でも蛍子を陰ながら支え守っている人間は大勢いるのだろうな、とロレーヌは想像し、自分もその一人であることに気付いて溜息《ためいき》をついた。坂東蛍子という少女は、走り出したら止まらずそのままワールドレコードを出してしまえるような才気に満ちた傑物だったが、本当に止まることが出来ないため、踏切が下りていても飛び越えてしまいかねないし、川に落ちたらそのまま海まで流されてしまいそうな危うさがあるのだ。そんな彼女は周囲をいつも慌てさせたし、だからこそ惹《ひ》きつけもするのだった。

「満……満！」

「なんでこんな深い所まで……事前に言っておいてよね！　ていうかロレーヌはあたしと蛍子のこと知ってるんだからさー！」

「満！　話をきけ！」

まったく、どうしてこう日本人は人の話に耳を傾けないのだ。きっと侍の時代から脈々と受け継がれている遺伝子なのだろう。

「蛍子の話なんだ！」

「そうよ！　蛍子は！」

「蛍子が人形の国に向かって行ってしまったんだ！」

結城満は右手で懐中電灯を、左手でロレーヌを摑《つか》むと、地面に屈んだ状態からクラウチングスタートの要領で一気に駆けだした。すぐさまトップスピードまで加速すると、更に素早く腕で空気を搔《か》き、タイプライターを叩くように軽快に大地を蹴った。ロレーヌは満の左手の中で痛い程に握り込まれながら、腕の振りに合わせて頭を前後に激しく揺さぶられることを甘んじて受け入れた。

満は蛍子のことが大好きだった。しかし自分から拒絶し絶交を切り出した手前、蛍子と仲直りするきっかけを完全に逸してしまっていた。結城満は蛍子の部屋に忍び込んだ際、よくロレーヌにその懊悩《おうのう》を打ち明けていた。謝るのはおかしいし、許してやる、などと言うのも偉そうだ。そもそも高校が違うので接触する機会がない。偶然に会っても、その場の勢いで言えてしまうような軽い話じゃない。そう言って満は低い唸《うな》り声を上げながら頭を抱えるのだった。蛍子は蛍子で、親友との絶縁をとても大切な喪失と決意として自分の中に重く抱え込んでいたため、満との関係を無理に修復しようとは思っていないようである。ロレーヌの所見だと、蛍子は満に認めてもらえるような人間になって、いつか満の方から許してくれるのを待つという腹積もりのようだった。

ロレーヌは二人の「いつか仲を修復したい」という思いが時折羨《うらや》ましく思えた。ぬいぐるみは一期一会《いちごいちえ》が信条のため、一度運命を分かたれた相手と再び繋がりを持つことはまず無いからだ。彼らは人類と比べるととても寿命が長いため沢山の出会いを経験するが、それは同時に多くの別れを味わうことも意味する。出会いの発見が色褪《いろあ》せないのと同様に、別れもまた幾つになっても辛《つら》いものだ。何度も離別による喪失感を味わってしまうとぬいぐるみといえど精神を病んでしまうことがあるため、ぬいぐるみは未成熟な綿時代に、距離が出来た相手のことは自然と意識しないで済むようになる教育を受ける。ロレーヌはその教育方針は正しいものだと理解し受け入れていた。しかしそんなものが無い精神のあり方が如何に美しいかと考える時もあった。蛍子と満は彼のそんな思いをまさに体感させてくれる羨むべき関係なのだった。

勿論《もちろん》、互いを大切に思いつつも顔を合わせようとしない二人にヤキモキすることもある。しかしこればかりは自分にはどうしようもないことだ。これは無二の親友同士の大切な絆《きずな》の問題なのである。そこに自分が割って入るのは無粋というものだ。

それに、とロレーヌは自分を掴みながら一言も口を利かず全速力で走り続けている少女を見上げた。恐らくこれはそこまで難しい問題ではないだろう。きっかけさえあれば、二人はすぐに元通りになるに違いない。

じんわりと湿り気を帯びた暗黒の地下道の土の上を一人烈《はげ》しく疾走しながら、五番目の門ぐらいまでは越えておきたい、と結城満は思案し、一瞬視線を足下に落とした。実体の伴う人間の世界とは違い、人形やぬいぐるみの住む世界は魂の（綿の、あるいは観念の）世界だ。そのため、形を持っているものは自身の姿を形の無い状態へと変化させなければ彼らの国に辿り着く事は出来ない（具体的に言うと、生まれる前の状態まで観念的に逆行することで肉体を消し去り、魂になって入国する）。人形の国の場合は年齢を遡行《そこう》する上で道中にアーチ門を設置し、それを遡行のシンボルとして合図代わりに使っている（一つ門をくぐるごとに一歳巻き戻る、といった具合にである）。満は人形師の縁者ということで《人形の国》へ入ることを許されてはいたが、彼らの世界へと続くアーチ門の廊下に移動するにはそれなりの時間を必要とした。彼《か》の国はとにかく入国審査が厳しいのだ。そのため遷移《せんい》はスムーズに遂行されず、映写機でスクリーンに徐々に投射するかのようにゆっくりと地下道が《人形の国》への道へと移り変わっていくのである。ここで重要なのは、完全に道が人形の国への廊下に切り替わっていなくとも、あくまで視覚認識に時間がかかっているだけで、実際は地下道と並行して廊下を進んでいることにもなっている、ということだ。満は過去の経験から、地下道から人形の国の廊下へと完全に道が切り替わるまでに進める距離は、通常の歩く速度でおよそアーチ門一つ分、年齢遡行一年分だということを把握していた。現在彼女がこの無限回廊を全力疾走しているのは、そのタイムラグを無駄にせずに、道が切り替わる前に少しでも先へ進んでおこうという魂胆があるためなのだ。

満は走りながら、ライトに照らされた前方の地面を再度確認した。おかしい。変化が遅すぎる。いつもならもう石畳ぐらいにはなっていてもおかしくないのに。

もしかして《人形の国》側で意図的に遷移を遅らせているのだろうか、と満は依然変化のない湿った大地を睨んだ。だとしたら酷《ひど》い協定違反だ。人形師の縁者の友人を、一番大切な友人を異議を無視して躊躇《ちゅうちょ》なく奪おうというのか。

満は思わず自分が間に合わず、蛍子の顔を永遠に見られなくなる未来を想像してしまった。それはあまりに絶望的な未来だった。新しい花が咲かない朝と同じだ。仲直りが出来なくてもいい、と満は息を上げながら目尻に涙を浮かべた。少なくとも地球の何処かに蛍子がいてくれればそれでいいんだ。だから、こんな別れ方だけは許しちゃ駄目だ。

結城満が坂東蛍子と出会ったのは二人が四歳の時である。当時満は祖父の血の影響で独特な明るさを持った自身の長い黒髪が何より自慢だったため、入園初日にすれ違った坂東蛍子の、自分より勝る綺麗な黒髪（満が認めざるを得ない程に蛍子の髪は美しかった）が気に食わなくて仕方無かった。満は自尊心を回復するために、その年の春の運動会で何とかして蛍子の勢いを翳《かげ》らせようと画策し、出場競技を出来る限り被《かぶ》らせ果敢に挑んだが、天才少女は満のことを歯牙《しが》にもかけなかった。そういった一方的な恨みつらみが満の心中における蛍子の存在感を一層強めていき、一年間の努力を支え、蛍子に雪辱を果たす未来に繋がったのである。実際のところ満は当時のことをそこまで明確に覚えていなかったが、両親の談によると、それはもう幼児らしからぬ鬼気迫る勢いがあり、休日は教育番組と短距離走の練習をひたすら往復する生活をしていたらしく、満はその話を聞く度に何だか恥ずかしくなるのだった。

蛍子と話をするようになったのは五歳からだ。初めの内は目が合えば互いに噛みつき合っていた関係もいつしか自然と解《ほぐ》されていき、小学校に上がる頃には二人は何処へ行くにもいつも一緒に行動する無二の親友となっていた。満は当初蛍子のことを高飛車で傲慢《ごうまん》な自信家だと思っていたが（実際間違ってはいなかったが）、付き合ってみると彼女にも弱い部分が沢山あることを知った。まともに付き合える相手が少ないせいか、蛍子は打ち解けた相手に対しては随分と甘えん坊になる性分の持ち主で、満も彼女の相談役として二人きりの時はよく頼られるようになった。満は蛍子に縋《すが》られながら、あたし蛍子のお姉ちゃんみたい、と彼女の頭を撫でて静かに笑むのだった。

八歳の時のことである。蛍子は満の部屋に押し掛けるや否《いな》や大声で泣き始めた。話をきくに、どうやら彼女の祖父が寿命を全うしたらしかった。満は死の概念についてまだよく分かっていなかったが、アーロと永遠に会えなくなることを想像してとても悲しい気持ちになり、それを現実で味わっている蛍子の辛さを思って心を痛めた。蛍子は満に、絶対にいなくならないで欲しい、と懇願した。勿論、と満は肯定したが、それでも中々不安を拭《ぬぐ》いされない様子の蛍子を見てどうしたものかと頭を捻った。

「そうだ、じゃあ友情のおまじないをしよう」

ポカンとしている蛍子に、満は右手を差し出した。

「昔よくやったデス指相撲。あれ、前から指きりみたいだなぁと思ってたんだよね。だからあれを二人だけが知ってる友情の証《あかし》にしよう。秘密のおまじないだよ」

　二人だけの秘密という部分が気に入ったのか、蛍子は涙を拭うと大きく頷《うなず》いて手を差し出し、満と四本の指を絡《から》めた。そのシグナルは確かに大仰な指きりに見えなくも無かった。

「指組んで、親指で二回トントンってやって……うーん、もう一捻りしたいなぁ」

「じゃあさ、一緒に秘密の呪文《じゅもん》を言おうよ」

　蛍子が鼻をすすりながらにっこり笑って言った。

「どんな呪文?」

「えっと、んー……」

　それからも二人はいつでも一緒だった。小学生には広すぎる校舎を二人で駆け回り、中学時代の修学旅行は二人で名所を見て回った。そして秘密のおまじないも、毎日会う度にこっそり行われ続けた。

　蛍子にとって、満は初めての友達であり、唯一《ゆいいつ》の友達だった。満は物心ついた頃からその事実に密《ひそ》かに頭を悩ませていた。彼女が孤独な日々を過ごしているのではないか、と積もりに積もった心配がピークに達した満は、ある日我慢できずに蛍子に「寂しくないのか」と質問した。すると蛍子は気の強そうな相貌《そうぼう》を崩し、満にだけ見せる笑顔で幸福そうに言うのだった。

「だって私には満がいるじゃない」

満はその言葉がたまらなく嬉しかった。しかし同時にとても申し訳無く思った。蛍子が友達を積極的に作らない原因が自分の存在にあるということに気付いたからだ。私が蛍子を守ってしまう限り、蛍子は私に守られてしまう。私は絶対いなくならないと彼女に誓ったけど、私がいる限り、蛍子の周りには私しかいないんだ。満は一人懊悩と煩悶《はんもん》の夜を繰り返した果てに、一つの苦渋の決断をした。蛍子と絶交したのである。それが去年、高校一年の初夏のことであった。

満は蛍子のことを諦《あきら》めるわけにはいかなかった。自分が蛍子との大切な約束を反故《ほご》にしてまで彼女から離れたのは、こんな世界に蛍子を置き去りにするためじゃない、と祖父譲りの深緑色を交えた灰がかった瞳《ひとみ》を細め闇を睨みつけた。リミットは蛍子が五歳のアーチ門をくぐるまでだ。そこを過ぎてしまったら、恐らくもう自分の声は彼女に届かないだろう。満は乱れる呼吸を何とか整えながら、躓《つまず》きそうになる足を無理矢理前に押し出し、祈りを込めて暗く深い洞穴で吼《ほ》えた。

「蛍子!!　蛍子ーーッ!!」

◆

（また振り返った）
ウィレムは人形国第一監視室から、モニター越しに少女の不審な挙動を案じていた。今まで完全にこちらの意向に沿って前進を続けていた少女だったが、五歳の門を越えた辺りから時折後ろを振り返るようになり、先に進めば進む程その傾向は強まっていった。まるで後ろから迫りくる肉食獣を警戒するガゼルのように、少女は少し進んでは立ち止まり、首を伸ばして後ろを振り返った。そしてその警戒はどうやら確信を伴ったものであるように見える――ウィレムはそんな自身の馬鹿《ばか》げた考えを払拭《ふっしょく》するため勢いよく頭を振った。今この連絡路は外界からの一切の干渉を遮断しているのだ。誰かが追ってくるなんてことがあるはずがない。

現在モニターに映っている標的は三歳の門まで通過していた。あともう少しで人形の国へと続く扉に手がかかる。そこを越えさえすれば後は滑り台で国内へと一直線だ。ここまできて失敗してたまるものか、とウィレムは木製の唇を木製の歯で噛《か》んだ。

ウィレムは一六五一年に作られた子供用の木製人形である。関節は九つだ（人形が自分を紹介する時にまず真っ先に述べるのが関節の数である。名刺にも一番初めに記す）。自分の好きな所は貴族の服を模して作られた鮮やかなオレンジ色の服や帽子で、嫌いな所は木製だという所だ。魂の宿った人形は基本的に陶製のため、木製だとたとえ貴族のなりをしていてもどうにも格好がつかないのである。仲間の人形達もそう思ってるだろうな、とウィレムは嘆息した。あいつら、良い奴《やつ》らだから普段は何も言ってはこないけど、何処かで違うものとして見られているのを感じるんだ。この前だって、体を磨くための支給品が俺だけ特注の木工やすりだった。

そんな自分の評価を払拭するためにも、ウィレムは何としてでも人間を捕まえたかったのである。この《人形の国》では人間は貴重な娯楽資源なので、人間を捕まえた人形はとても感謝され尊敬されるのだ。しかしながら人間がこちらの世界に迷い込んでくることは滅多に無い上、時代を経るごとに彼らは自分達の生活の外へ足を踏み出すということをしなくなっていったために近年では無鉄砲な珍客は殆《ほとん》どいなくなってしまっていた。故《ゆえ》にウィレムはこの機会を絶対に逃したくなかったのである。もし仮に坂東蛍子が世界崩壊を救う鍵《かぎ》の片割れで、身柄を死守せねばならないと神に言われても、ウィレムは自身の計画を止めることは無かっただろう。人間の世界が崩壊しようが知ったことではない、と自慢の木の鼻を鳴らし一笑に付すに違いない。

それにしても、とウィレムは深呼吸の後で改めてモニターに映し出されている少女の姿を見つめた。なんて美しい少女なのだろう。絵に描いたような真っ直ぐな黒髪に、幼さに包まれていてもなお意志を感じさせる強い光の宿った瞳。服から覗《のぞ》く肌も瑞々《みずみず》しく、きっと白磁に血が通ったらこんな温かな色合いになるのだろうな、とウィレムは思った。完全美を思わせるその相貌はまるで人形のようだ。ウィレムは右手で頬杖《ほおづえ》をつきながら、これは良い議題になるぞ、と興奮気味に体の木目を濃くした。人形の国では娯楽は極めて限られているため、ちょっとした変化でも非常に尊ばれる。中でも言論は殆どが『人間が人形を真似《まね》ている』という結論ありきで進むものばかりなので、その結論部分を脅《おびや》かすこの美の逸材は論客達に革命をもたらすに違いない。二年は持つだろうな、とウィレムは未来の人生の鮮やかな色どりに胸を躍らせた。

（まただ！）

少女がまたもや振り返って背後を確認し、ウィレムの焦燥はいよいよ許容範囲を越えた。このままでは彼女が進路を改めることもあり得るだろう。早急に策を考えなくては。

しかし何をすれば良いのだろう、とウィレムは頭上の隕石《いんせき》を確認するように目線を上にして眉《まゆ》をひそめ、難題を思案した。この木製人形は蛍子がここまで歩を進めるまでの間に考え付く限りの手練手管を尽くしていた。彼女の意識に入り込んで、好きなものを出来る限り配置しておびき寄せ、幻覚や幻聴で前進を促し、現実を思い起こさせるものは徹底的に排除した。これ以上何かやれ、と言われても、ウィレムは既に溜《た》めこんだ手札を全《すべ》て使ってしまっていたのである。仕方なくウィレムは初心に帰ることにした。気は進まないが、全ての原動力である人間の欲深さを利用することにしよう。まずは食欲からだ。ウィレムは少女の心の観測を試みるべく意識を集中させた。幸いなことに幼い少女は腹を空《す》かせているようだった。これなら少し刺激してやれば、すぐさま食べたい料理を思い浮かべることだろう。

（……ビーフストロガノフ？　また随分と凝ったものが出てきたな）

少女の発想の奇抜さに数奇な生涯を予感しながら、ウィレムは嗅覚《きゆうかく》刺激フィルタに料理の名前を打ち込んだ。入力終了と同時に少女の歩いている連絡路内に指定した料理の匂《にお》いが溢《あふ》れ、彼女は間違いなく食欲の虜《とりこ》となるだろう。

モニターの向こうで足を止めた少女は初めポカンとした顔をしていた。それは自分が手をかけている扉の存在感に圧倒されての表情のようにも思えたが、それにしてはあまりに緊張感の無い冴《さ》えない顔だった。数秒経《た》っても少女は動かず、あどけない表情を更に暈《ぼか》し、穏やかに過ぎる春を追うように宙を見つめて佇《たたず》んでいる。そして数秒後、突如天啓を得た宗教家の如《ごと》く目を見開くと、仰ぎ見ていた天に大声で元気よく宣誓した。

「お昼ごはんだ!!」

少女は満面の笑みを浮かべると、右手で摑んでいたドアノブを軽々と引っこ抜いて高く掲げ、反転して勢いよく駆けだした。今までの緩慢な足取りと比べて驚くほどの速度でどんどんと《人形の国》から遠ざかっていく。ウィレムはモニターを両手で抑えて、画面に映っている懐《ふところ》に穴の開いた哀れなドアと遠ざかる少女を交互に見ながら、液晶に向かって必死に呼びかけた。

「も、戻れ！　戻れって!!」

残念ながらその声が少女に届く事は無かった。彼女はフリスビーを追いかける犬のように全速力でビーフストロガノフへと駆けだしてしまっていた。たとえクジラが空から飛んできて「ポテトサラダが好きだ」と五ヶ国語で叫んでも今の彼女なら全く気が付かないだろう。少女は笑顔だった。長い間続いた曇天の合間に生まれた、突き抜けるような待望の笑顔だ。長い黒髪がその顔を隠したり現わしたりして、彼女の相貌に季節を作った。

「パパ！　ママ！」

少女は透き通る声で時折忘れ物が無いか確認するかのように幾つかの単語を喚呼した。それらの言葉以外はすっぽり記憶から抜けて忘れ去ってしまっているようだった。逆走する過程で徐々に大きくなる体は瑞々しく弾《はじ》けて躍動し、迸《ほとばし》る未知のエネルギーの存在をウィレムに訴えていた。それは熱だとか、若さだとか、そういった類《たぐい》のものであった。少女が走る事に夢中になっているように、ウィレムもモニターに映し出される映像にいつしか目を奪われていた。

ウィレムは『人形が人間のように美しいのか、人間が人形のように美しいのか』という言葉を思い出していた。

（…………）

ウィレムは背もたれに体を預けて全身に溜めこんだ空気をゆっくりと吐き出し、笑顔のまま全速力で未来へと駆け抜けていく少女の背を見送った。

◆

坂東蛍子は目的も忘れる程に走ることに熱中していた。何が何だか分からなかったが、とにかく今はこの果ての無い赤い絨毯の上をひたすらに走り続けていたかった。景色が後ろに流れ、風が周囲に生まれ、私は笑っている。そして走れば走る程に習熟し、体は成熟し、その速度は休みなく上昇していくのだ。こんなに楽しいものなのか、と蛍子は自分の単純さに笑いが止まらなくなっていた。生きてると、走ってるだけでこんなに楽しいものなのか。

「ハァ、ハァ、アハハ！　パパ！　ママ！」

今はただ誰かとこの気持ちを一刻も早く共有したかった。生きていると足が速くなる、ということを、誰かに教えてあげたかった。そうだ、お昼ごはん！　と蛍子は失念しかけていたことを思い出す。今日は日曜日だからパパのビーフストロガノフだ！　パパは全然料理作れないのに、ビーフストロガノフだけは何故《なぜ》か絶品なんだ。早く家に帰らないとせっかくの料理が冷めてしまう。蛍子はうっすらと滲《にじ》む汗に幸福な気持ちになりながら、勢いよく門の下を駆け抜けた。

「パパ！　ママ！　――みっちゃん！」

◆

ロレーヌは結城満の手の中から、通路に張り巡らされた鏡越しに彼女の顔を確認した。少女は苦しそうだった。無理も無い、と黒兎《くろうさぎ》は思った。満は走ることが得意だったが、それはあくまで短距離に限った話だ。今彼女は洞穴の道を駆け、ボロ屋敷の抜ける床板を飛び越え、ラフマニノフを弾く大きな鍵盤《けんばん》の上を走り切り、月面のような曖昧《あいまい》な重力を乗り越えて、ようやくここまでやってきたのだ。その間一度も休んでいない。もはや暴力とも言える理不尽な行軍を続け、流石《さすが》の韋駄天《いだてん》も徐々に走るペースを落としてきていた。少女は苦しそうだった。苦しそうだったが、しかし笑顔だった。ロレーヌはその顔を見て直感した。満は不可思議に表情を変え続けるこの通路の行き着く先を知っているのだ。ここが人形の国へと続く道では無いと分かっていてもなお笑えるだけの何かが記されたカードの内容が、彼女の中では既に詳《つまび》らかにされている。ロレーヌは一刻も早くその内容を教えてもらいたかったが、喉《のど》までせり上がった言葉を何とか飲み込み、息を整えた。今満身創痍《そうい》の満には自分の質問に答えるだけの余裕は残されていないだろう。自分のために他人を犠牲にすることは一つの摂理だが、今喉元でこらえている質問文は自分のためにも他人のためにもならない。

突如満は前進するのを止《や》め、その場で腿《もも》上げ運動を始めた。何事か、とロレーヌが満の顔を見上げる。彼女は笑っているような泣いているような、抽象絵画のような顔を作って遠くを見るように目を細めていた。ロレーヌは勢いよく首を振り、満の視線の先を辿《たど》った。真っ直ぐに伸びる鏡張りの通路のその奥の奥に、辛うじて見える程度の人影が揺れている。どうやらこちらに向かってきているらしいその影は、一秒を経る毎《ごと》に霧が晴れるようにその輪郭線を確かなものにしていった。

「蛍子だな」

あの女子高生は間違いなく坂東蛍子だ。ロレーヌは主人の無事をその目で確認すると、全身の力を抜いて溜息をつくように笑った。脱力し過ぎて思わず中綿がはみ出しそうになった。

（まさか自力で引き返してくるとは……流石私の偉大なる主人だ）

「か……」

ロレーヌは苦しそうな呼吸の隙間《すきま》に紛れこんだ掠《かす》れ声を聞き取って、鏡越しに満の顔を見た。満は高速で色が変わる信号機のようにコロコロと表情を変えていた。驚いたり、焦《あせ》ったりと、まるでスリリングで新しいアトラクションを体験しているかのような混乱と興奮の坩堝《るつぼ》に彼女の脳は放り込まれているようだった。兎は嫌な予感がして、釘《くぎ》をさすべく満に声をかける。

「さぁ、蛍子のもとへ向か――」

「帰る!!」

満はそう言い放つとロレーヌを前方に勢いよく放り投げ、反転して駆け出した。

「今じゃないのか！」とロレーヌは宙を舞いながら満の背に叫んだ。「これ以上の舞台はないだろう！」

満が足を止め、両手を膝にあてて崩れそうになる体を支え、真っ赤にした顔をこちらに向けた。

「む、無理……ゼェ……心の準備が……ハァ……汗もかいちゃってるし……ハァ……」

まったく、とロレーヌは嘆息した。公然と人の部屋に忍び込める度胸があるくせに、何故こういう場面になると意気地《いくじ》が無くなってしまうのだろうか。

「それに、今日は充分良いことあったしね」

結城満は疲れた上体を再びおこすと、幸せそうににっこり笑った。なるほど、とロレーヌは思った。この道はそういう道か。ロレーヌが不満で溢れた本心を納得させるために目を閉じ、再び開くと、既に彼女の姿は鏡の通路から消えていた。

「あら、ロレーヌじゃない」

ロレーヌは何時《いつ》の間にかやってきた蛍子の両手に体を掬《すく》われ、彼女の目線まで持ち上げられた。ロレーヌは主人の顔を久しぶりに見た気がした。こういう状況がぬいぐるみにとって一番大変なのだ、とロレーヌは綻《ほころ》びそうになる表情や縫い糸を必死でこらえた。

こういう時、彼らは仕方なしに抑圧された感情を布の内側に持ち込んで、心の中で静かに踊る。

「なんでこんなところにいるの？」

坂東蛍子はあっけらかんとした顔で言った。この時ロレーヌが突っ込みを入れたい衝動を抑えつけることが如何に大変だったかは想像に難くない。

三章　何故私が川内和馬のジャージを着るに至ったか

坂東蛍子、眼鏡越しに愛を見る

大城川原《だいじょうがわら》クマは校舎の陰に身を隠しながら、使い込まれた「任務支出ノート」を開きバラバラと頁《ページ》を捲《めく》った。彼女のような特派員は任務先で軍の備品を消費した場合逐一その内容を支出ノートに書き込まなければならないのだ（怠った場合の減給が洒落《しゃれ》にならないのだ）。クマは頁を進めながら、既にかなりの出費が記されている今月分の支出欄に頭を痛めた。破損数、対地球人用重力トラップ、十三。緊急自爆眼鏡、一。脳波同調ピアス、二。そして麻酔銃の針、二十二。これらは全《すべ》て級友である女子高生、坂東蛍子のために消費されたものだった。クマは顔を覗《のぞ》かせ、校舎の向こうで箒《ほうき》を振っている蛍子を恨めしげに睨《にら》みながら、麻酔針の横に並んだ正の字に線を新たに一本足した。

大城川原クマは宇宙人である。伴銀河大マゼラン雲に属する第四惑星（地球上の言語体系では発音出来ないため、ここでは第四惑星と呼称する。勿論《もちろん》大城川原クマという名も地球圏で活動する際に名付けられた仮名である）から特派潜入員として地球に派遣され、現在は日本国の都市のとある貸アパートに潜伏し、学生として生活を送りつつ任務に邁進《まいしん》していた。クマに課せられた任務はただ一つ、自星の存亡の危機を救うことである。現在彼女の母星は原因不明の自壊現象によって、大陸を代表する山々から星の中心部へ向けてゆっくりと亀裂《きれつ》が伸び、将来的にはバラバラに壊れかねない状況にあった。彼女達第四惑星の知的生命体（銀河連盟における登録名称を発音できないため、以下第四星人と記す）は地球よりも遥《はる》かに進んだ科学を手にしていたが、進歩しすぎた平和文明は次第に退廃し、停滞を病原菌のようにばら撒《ま》いて、いつしか科学者のような進歩的職業が世界から一掃されてしまっていた。そのために星の危機への対応が遅れ、人類の数も最盛期の千分の一程度に減少するところまで追い込まれていた。生き残った第四星人は何とか一部のロストテクノロジーを解析し、自壊現象の原因が遠く離れた地球と呼ばれる惑星の崩壊と同調しているためだと突き止めるに至る。クマは母星の危機を救うため新設された救星軍で幼少期から訓練を受け、地球との崩壊同調の原因を調査すべく光より速く宇宙の海を突っ切って崩壊前の地球へと派遣された数十名の内の一人であり、エリート中のエリートなのであった。そんな自分が銀河の競争から取り残された地球人風情《ふぜい》の、しかも未《ま》だ未成人である少女一人に振り回されているという事実に、クマは端的に言ってかなりへコんでいた。悔しいやら情けないやらで感情のグラスが一杯になっていた。

救星軍の決死の調査の結果、崩壊は特定の地域に存在している若い地球人の誰かに原因があるということまで分かっていた。そのためクマ達特派潜入員は弾《はじ》き出されたポイントである地球の都市で、若い人間の集まる学校と呼ばれる教育施設に潜伏し、危険因子の捜索活動を懸命に続けているのである。勿論ターゲットの見分け方など分からなかったため、クマ達は生徒の毛髪を順番に手に入れ、DNAを採取し本国に送ることで個々人の異常性を判定するという方法をとっていた（第四惑星で唯一《ゆいいつ》復活出来た遺伝子解析手段が毛髪からの採取だったのである。一般的な惑星科学からすると時代遅れな方法ではあるが愛ある理解を願う）。

クマ達が新入生として去年の春に学校に潜入してから既に一年以上が経過していた。母星からの定期連絡によると、タイムリミットはまもなくであり、クマ達エージェントは殆《ほとん》どの毛髪採取を完了しているにも拘《かか》わらず未《いま》だ原因となる人物の発見が叶《かな》っていないことに焦燥感を覚えていた。このままでは愛《いと》しい故郷を失うことになってしまう。クマは最悪の未来を頭の中から払拭《ふっしょく》出来ないまま、残り数名となった自身の担当生徒の次の名前を確認した。今度の目標は坂東蛍子。クマのクラスメイトである。

思えば蛍子に初手をかわされた時にもっとその事実を重く受け止めるべきだったのだ、とクマは下唇を噛《か》んだ。坂東蛍子は異常だった。音速の麻酔針を悉《ことごと》く回避し、過重力による足止めを物ともせず、通信機器は踏み潰《つぶ》され、金星製の圧縮爆弾は五秒で解体された。腕を焼き切る気概で放ったレーザー光線を腕時計の盤面で反射してみせたこともあった。先程も学校から拝借し改造したお手製の仕込み箒で射撃したが、放たれた針はちりとりであっさりと防がれてしまった。十中八九彼女はこちらの意図に気付いている、とクマは思った。いや、そもそも地球人ですらないのかもしれない。何処《どこ》かの進歩的惑星からきた他星人か、超人類の可能性もある。蛍子と対峙《たいじ》する過程で様々な疑問がクマの体内を駆け廻《めぐ》ったが、それに反して強まっていく確信もあった。間違いない。彼女こそが惑星崩壊の要因だ。

（だって、あからさまに変じゃん）

「やはりあれをやるしかないな……」

クマは校舎の陰で麻酔針内蔵箒を握りながら、誰にも聞こえないような小声で呟《つぶや》いた。

（彼女の星では独り言は一種の美徳であったが、地球では何故《なぜ》か訝《いぶか》しい目で見られるため最近では声量を極力抑えるか、代替ツールを利用することで適応を図っていた）。

生徒達の毛髪を採取する時、クマは基本的に体育の時間に着替えられた制服を活用していた。抜け毛は一つの真理だ。「生物は死ぬ」と同じぐらい「髪は抜ける」は正しい理《ことわり》なのである。そのため着用した制服を根気よく探せば、何度か繰り返す内に必ず着用者の髪の毛を見つけることが出来るのだ。

だがしかし、坂東蛍子に対してだけはその作戦を安易に実践出来ないのである。蛍子は地球人の価値基準ではとても美しい少女らしく、一国の姫のように校内で祭り上げられており、周囲には常に彼女の騎士を自称する者達が性別を問わず密《ひそ》かに彼女を見守っていた（もしかしたら本当に国の要人なのかもしれない、とクマはまた一つ晴れない疑念を増やした）。要するに、不審な動きをして彼女の取り巻き達に警戒されると、今後の校内任務に支障をきたしかねないため、クマは中々思い切った行動がとれなかったのである。

　そこで考案されたのが今回の作戦である。蛍子は昇降口掃除を担当する際、必ず一度は昇降口近くに設けられた水飲み用の水道水を飲む。そこでクマは予《あらかじ》めその水道水に重力トラップを仕掛け、蛍子が蛇口を捻《ひね》るのと同時に水を勢いよく押し出して彼女をびしょ濡《ぬ》れにしようというのが、今回の作戦概要である。これによりクマは三つのチャンスを生みだすことが出来る。

一、水道水の暴走を予期しているクマがいち早く蛍子へ接触でき、周囲の干渉を排除しながら彼女を気遣うフリをして毛髪の回収を図れる。

二、蛍子は濡れた制服を着替えるためジャージをとりに教室へ向かうだろう。その際濡れた制服は人目につかないような所で干すはずだ。つまり、周囲の視線に晒《さら》されることなく安全に制服に接近することが出来るのである。

三、もし万が一前述した二つの機会を逃すようなことがあっても大丈夫。今度はクマ自身の制服を濡らし、蛍子が干していた制服を回収する際に持参してこう声をかければいい。

「私も制服干してたの。そっちが私のかもしれないから確認させて」

クマはこの作戦を「濡れ蛍作戦」と名付けた。作戦内容からネーミングまで全てが完《かん》璧《ぺき》過ぎて、クマは自身の内から溢《あふ》れ出る豊かな才能が怖くなって身震いした。

「きゃあ！」

蛍子の悲鳴をきいてクマは現実へと引き戻された。きたか、と小さく呟くと、クマは善良な第一発見者を演じるべく心底心配そうな顔を作って校舎の陰から飛び出した。

「きゃあ！」

悲鳴は何故か二つに増えていた。水道水の勢いに驚いて仰《の》け反《ぞ》った蛍子が、後ろにいた女子生徒に激突したせいである。二人はもつれ合いながら、アスファルトの上に折り重なって倒れた。クマは心配そうな表情のまま女生徒を見て歯ぎしりをした。この状況で坂東蛍子のみを気遣うことは、流石《さすが》におかしい。大城川原クマは数秒の逡巡《しゅんじゅん》を経てそう判断し、箒を昇降口に力無く立て掛けると、第二のチャンスを待つべく後ずさりして再び校舎の陰に消えた。

◆

（メガネメガネ……）

坂東蛍子は脳震盪《のうしんとう》の残滓《ざんし》に呻《うめ》きながら、四《よ》つん這《ば》いになり何処かへ飛び去っていった眼鏡を手探りしていた。蛍子は控えめに言ってとても視力が低かったが、眼鏡を身につけている自分のことがあまり好きでは無かったために普段は使い捨てのコンタクトレンズをつけて生活していた。それが今日、こんな災難が起こる日に限って眼鏡をかけて登校してきてしまったのである（その理由が〝昨日の席替えによって松任谷理一《まつとうやりいち》が自分の席の前列に移動したので、より度数のあった眼鏡で授業中にじっくり観察しようと思ったため〟だということは坂東蛍子の名誉のためにここでは伏せておくこととする）。今日の蛍子にとって唯一の視力補正器具である眼鏡は文字通り命綱だった。眼鏡が無いと彼女は一寸先の生物でも人か猫か見分けられなくなってしまう。最近どうしてこう悪いことが重なるんだろう、と蛍子は苛立《いらだ》ちを隠せずにアスファルトを叩《たた》いた。危険なタクシーに乗り合わせるし、人形店から帰ってきたら何故か頭痛と筋肉痛で寝込む羽目になるし。挙句の果てに馴染《なじ》みの水道水に眼鏡を吹き飛ばされるなんて。あんな強い勢いじゃ、私の近くに落ちなかったかもしれないじゃない。そしたら探しようが無いわ。

蛍子の怒りの形相に恐れを為《な》し、アスファルトの妖精《ようせい》はすぐに彼女の手の届く位置に彼女の望んだ品を差しだした。蛍子は右手に何かが触れたことに気付き、慌《あわ》てて摑《つか》むと、両手で慎重に形状を確認し、それが顔に装着し視力を補強する器具だと確信した。少女は誕生日ケーキの蠟燭《ろうそく》を吹き消す時のような幸せそうな顔をして眼鏡を耳にかけた。

(……あれ?)

蛍子の眼前に広がる抽象絵画のような視界は先程と大して変化することは無かった。人と猫は見分けられるようになったが、猫とカマキリはまだ見分けられそうにない程度の視力だ。どうやら違う人間の眼鏡であることが分かると、蛍子は苦虫を嚙み潰したような顔を作り、神様の奴《やつ》、上げて落としてきたわね、と恨めしそうに天を睨んだ。

蛍子は気持ちを切り替え捜索作業に戻ることにした。今度は少し場所を移してみよう。幸いこの眼鏡を通せば、歩いて移動することは出来そうだ。蛍子は水を吸って重くなった制服を張りつかせながら立ちあがって髪を搔《か》き上げ、周囲との距離を測るべく両腕を前に伸ばすと、ゾンビのようにフラフラと前方に歩き始めた。ほどなくして坂東蛍子は自身が何かに突っかかっていることに気付いて、自分が摑んでいるものの正体を探った。初めは布製の何かのようであったが、場所によってはゴムのような感触や固い出っ張りが存在していた。蛍子は目前にあるものの正体を考察したが、時限爆弾のコードの束だとか、肩ロースだとか、そういった現実味の無い想像しか展開出来なかった。

「あ、あの、ちょっと痛いです……」

蛍子は眼前から聞こえた声に身を竦《すく》めた。私はいったい誰と話しているのだ？　蛍子は自分に向かって苦しそうな声を出している肩ロースを頭の中から振り払い、深呼吸してもう一度自身の置かれている状況の整理に努めた。

（メガネメガネ……）

藤谷ましろは飛んでいった眼鏡を探索している途中、ぼんやりと視界の中に現れた人物に突然肩を摑まれ全身を硬直させた。きっと坂東さんだろうな、とましろは思った。自分が坂東さんに激突された時、周りには他に誰もいなかったはずだ。

「あ、あの、ちょっと痛いです……」

ましろが呻くと、すぐに鎖骨を握る手の力が緩められた。ましろは目を細めて暈《ぼ》けた視界の精度を上げ、目の前に揺れる長い黒髪を確認して、やはり坂東さんだ、と微笑《ほほえ》んだ。もしかしたら眼鏡を拾って、渡しにきてくれたのかもしれないな。

「えっと、坂東さん、眼鏡落ちて無かった、かな」

「え、あぁ、これ貴方《あなた》の眼鏡だったのね」

蛍子は眼鏡を外すと、摑んだ相手の肩から腕を辿《たど》って「はい」と手渡した。ましろは礼を言って眼鏡を受け取り、安堵《あんど》の息をつきながら装着した。

「これがないと色々大変で……」

「うん、分かる」

意外な返答に驚いているましろを残して、蛍子はフラフラと昇降口の方へ歩き出した。歩行を覚えたばかりの赤ん坊のような蹌踉《そうろう》とした足取りから、このままでは彼女が三秒以内に転ぶことを確信したましろは慌てて蛍子を呼び止めた。

「坂東さん、もしかして目悪いの？」

「そんなことないけど」

ましろの隣に立て掛けられた箒に話しかけている蛍子を見て、ましろは事態の深刻さを理解した。そういえば先程すれ違った際、彼女は眼鏡をかけていた気がする。もしかしたら坂東さんも私と同じように、さっきの衝突で眼鏡を落としたのかも、とましろはようやく大まかな現状を把握した。少女は蛍子の眼鏡を探すべく周囲の地面の上を見回したが、視界に入るのは掃除中の生徒の足ばかりで、目ぼしいものは何も見つからなかった。遠くでクラスメイトの大城川原クマを同じ班の松任谷理一が追いかけている光景が目に入ったが、ましろの視力では彼らの手元まで確認することは出来なかった。

この場に無い以上、恐らく誰かに拾われたのだろう。ましろは周囲の状況と自分の見解を蛍子に伝え、彼女の判断を仰いだ。

「んー……とりあえず、眼鏡の件は保留にしましょう。濡れた服を着替えたいから、その、悪いんだけど教室まで連れてってもらえるかな」

恥ずかしそうに小さくなって頭を下げている坂東蛍子を見て、ましろは動揺しながら全力で首肯した。

藤谷ましろは以前から坂東蛍子と友達になりたいと思っていた。引っ込み思案で人見知りが激しく、図書委員として閉じた部屋で文化的な趣味に興じてきたましろにとって、華やかで人望があり、それでいて誠実で勉学にも強い蛍子は憧《あこが》れの的であった。まるで絵本の中の御姫様のような形容しがたいオーラを放つその高嶺《たかね》の花は、決して誰の手にも届かない所で凜《りん》と咲いていて、ましろは自分の願望は叶わないものとして半分諦念《ていねん》しながら、太陽の背を見る月のように遠くから蛍子の横顔を眺めていたのだった。

そんなましろが現在蛍子と言葉を交わす仲になっていることは、まさに奇跡の賜物《たまもの》であった。しかし出会いとはいつだって奇跡的なものだ。ましろは未だに先々週から急変した状況を信じられずにいたが、しかし蛍子と交わされた短い会話の一つ一つを思い出す度に幸せな気持ちになり、その都度彼女との確かな繫《つな》がりを実感するのであった。

（でも、私と坂東さんの関係って、友達、なのかな。それとも知り合い？）

ましろは蛍子の手を引いて二階の教室を目指しながら、自問自答を始めた。何処までが知り合いで、何処からが友達なんだろう。そもそも友達って何だっけ。どうやって作るんだったかかな。

藤谷ましろは高校で図書委員を務める以前からずっと本が大好きな少女だった。彼女はその人生の大半を本と共に過ごし、本を糧《かて》に生きてきた。しかし同年代の子たちはましろが興味を示している程本に関心が無いようだった。せいぜい漫画を読むぐらいで、活字の話をすると途端に「立派」とか「真面目《まじめ》」とか、あるいは「根暗」のようなレッテルを貼《は》られ、一歩距離を置かれてしまう。ましろはそれが耐えられなくていつしか友達に本の話を振るのをやめた。しかしましろは本の話ぐらいしか出来なかったため、次第に友人との関係は薄れていったのだった。

誰にだっていつかは寂しいなぁ、と思う夜が来る。藤谷ましろはその夜をもう随分とたくさん越えてしまっていた。家に帰ると一人の夜が来る。再びやってくる夜を少しでも遅らせたくて、ましろは図書室に詰まった無数の本の世界に逃げ込むようになった。

ましろは蛍子と話すようになってからも沢山の本を読み続けていた。しかしどんなに本を読んでも友達の作り方を見つけることは出来なかった。藤谷ましろは蛍子と話す以前の夜より、話して以降の夜の方がずっと不安に感じていた。自分は蛍子にどう思われているのだろう。好かれているのか。嫌われているのか。友達と思ってもらえているのか。あるいは彼女を取り巻く人々の内の一人に過ぎないのか。そんな取りとめも無い考えが壊れた羅針盤の針のようにグルグルとましろの頭の中で回り続け、彼女を苦しめるのだった。

「もうすぐだよ」

二年生の教室が並ぶ二階に辿り着くと、ましろは急に気恥ずかしくなって蛍子の手を放し、自分の後についてくるように彼女に指示した。

「うん、ありがと……あのさ、あなた、私の知ってる人？」

ましろは蛍子の言葉を聞いて苦笑した。何だか自分が悩んでいることが馬鹿《ばか》らしく思えたからだ。そもそも発想自体がおこがましい悩みだったんだよね、とましろは少し顔を赤くして、気持ちを切り替えるために頭を振った。

「……ましろです、図書委員の」

蛍子は現在人間とカステラを見分ける視力も無かったため、自分を先導してくれている相手が知っている人間であることを知り心底安心した。坂東蛍子はこの図書委員と少し前から友好的な関係にあった。蛍子が担任の指示で図書室に本の虫を捕まえにいった際、手伝ってくれたのが交流のきっかけだ（この辺りのことも眼鏡の件同様、蛍子の名誉のために敢《あ》えて注釈を入れないことにする）。蛍子はましろの足音が止まったことに気付き、目的地まで無事案内してくれた善良な図書委員に改めて心からの感謝を伝えることにした。

「着きまし――」

「なぁんだ、フジヤマちゃんだったのか！　ホント助かったよ！　私は良い友達を持ったね！」

　ましろは大きく目を見開き、胸を抑えながら振り返った。彼女の後ろにいるはずの蛍子の姿は、しかし何処にも見当たらなかった。

◆

「まずいことになったなぁ」

閻魔《えんま》大王は友人からの書簡を読み終わり、溜息《ためいき》混じりに呟いた。

　神というとどうも高尚な存在のように感じてしまうが、実際は全知全能というだけで、笑ったり泣いたりする普通の連中だ。少なくとも人間を生み出すぐらいのユーモアは持っている存在なのである。

　彼らは比較的ざっくばらんに自身の管轄《かんかつ》を決め、各々《おのおの》が超常的な立ち位置から配分世界の自由な統治を行ってきた。ある時、地球を作った創造神が彗星《すいせい》に乗って宇宙遊泳をしていた女神に一目惚《ぼ》れし、果敢にアプローチを試みた。満更でも無かった女神は創造神を受け入れ、二柱は順調に関係を深めていった。暫くの時を経た夜、酒を飲んで気が大きくなった創造神は女神のためなら俺はこの地球を捨てられる、君にやっても構わない、と口走った。人の世界においては、神は言葉を送っただけで戒律にされたりする。それは度合いによっては世界にとって宿命と呼ばれるような絶対性を秘めた理となるのだ。神の決め事とは、言わば絶対性を持つ神が生み出したもう一つの神なのであり、その理を覆《くつがえ》すことは当の本人（本神）でさえまず出来ない。女神もそのことは重々承知していたため彼の軽口を諌《いさ》めたところ、創造神は自身の言葉が如何《いか》に真剣かを証明するために更に言葉を重ねたのだった。

「じゃあこうしよう」

　神は互いの利《き》き手の人差し指から小指までを絡《から》ませ、その後親指同士を二度触れ合わせてそれを一つの手印の型とし、最後に二人で呪文《じゅもん》をとり決め、それを唱えた。

「この呪文は、いわば地球を自由に出来るスイッチだよ。一度唱えればスイッチはオンになって地球は徐々にその活力を弱め、最後は粉々に破壊される。もう一度唱えればオフになって元通りに再生する。この呪文は絶対のもので、二人だけのものだ。そしてこの世から失われることは永遠に無い。たとえどちらかが忘れてしまっても、どちらかが覚えていれば変わらずずっと二人のものだ。つまり、君は今僕の全てを奪えるようになったんだよ」

　勿論僕は君のことを生涯忘れる気は無いけどね、とウィンクする酔っ払いの手を摑み、女神は慌ててもう一度手を絡ませて呪文を唱え、スイッチをオフにすると、創造神の酒癖の悪さに身の危険を感じてその晩の内に彗星で自身の宇宙へと帰ってしまった。創造神は大層落ち込んだが、この出来事は恰好《かっこう》の笑い話となって神々の間に広まり、何千年もの間良い酒のつまみとなった。あまりにも長い年月語り継がれたものだから、人の世界にも効力を弱め、指きりという名で伝播《でんぱ》したりもした。拳骨《げんこつ》万回、針千本、全く可愛《かわい》いものである。

その日、地球の創造神はいつものようにその全知全能を以《もっ》て地上の出来事を遍《あまね》く観測し、日本人の女の子二人が形作ったハンドサインを見て戦慄《せんりつ》した。その二人組は有り得ない確率で地球の理に紛れこんだ、引き当ててはいけない奇跡のカードを見事に引き当ててしまっていたのだった。崩壊スイッチは、契約者の二柱に忘れられたことで彼らの手から離れた後も、「永遠に失われない」という取り決めの影響で持ち主の居ない理として地球の中を当《あ》て所《ど》なく彷徨《さまよ》っていた。新たな執行者が現れた時、理はさぞ嬉《うれ》しかったことだろう。

対して神は気が気で無かった。彼女達は毎日顔を合わせる度に「地球崩壊スイッチ」を押すため、世界は崩壊が始まる前にすぐに再生が行われ、惑星の均衡は保たれていたが、しかし毎日休まず世界が破壊されたり再生されたりするという状況に神は肝を潰し、人生（神生）で経験したことのない胃の痛い日々を送る羽目になった。創造神は呪文をどうにかしたかったが、しかし呪文は「覚えている二人だけのもの」というルールを備えていたため、呪文のことをすっかり忘れて部外者に成り下がっていた創造神には手出しすることが出来なかった。四本の指を絡ませ、親指を二回合わせ、二人で決めた呪文を唱える。その決め事を忘れない限りは永遠に二人だけのものなのだ。少女達以外が介入するには彼女達の少なくともどちらかが完全に呪文のことを忘れて、言うなれば継承権がフリーになってからそれを掻っ攫《さら》うしか方法は無い。

神は初めの内は何というものを作ってしまったんだろうと反省し、心痛に苦しんだが、十年近くの間彼女達のやりとりを見守っている内に二人の友情の深さを見て次第に安心していった。しかし相手は神々の最大のユーモア、人間である。そんな彼女達が平穏無事に余命を全うしてスイッチが手放されるなどということは有り得るはずがなかったのであった。昨年、二人の突然の絶縁を知って創造神は再び慌てふためいた。二人が最後に交わした「友情のまじない」はスイッチをオンにするまじないだったからである。神は概算した約一年間の猶予《ゆうよ》で問題解決を模索する間、自分の一番の敵は自分自身であるという真理を何度も痛感することになった。それ程に神の生んだものは絶対的な効力を持っていたのである。幸いにも坂東蛍子という少女はその数奇な人生のおかげで（タイムスリップや、地獄めぐりや、他にも色々だ）記憶の幾つかが失われており、創造神はそこにつけ入って「友情のおまじない」の忘失を試み、契約解放の糸口を作ろうとしたが、それも先日彼女がオゾン層の隙間《すきま》にある人形の国に足を向けた際に何から何まで思い出したことで無意味なものになってしまっていた。残された時間で再び記憶の抹消を図ることは不可能だろう。今のご時世迂闊《うかつ》に人間を殺すことも出来ない（倫理問題に問われる）ため、最後の手段である〝神の裁き〟も使用が憚《はばか》られた。創造神は観念したようにやつれた顔を上げると、ひとまず地球を管轄している他の友人達に事のあらましを説明し、詫《わ》びを入れることに決めたのだった。

以上が、閻魔大王の嘆息の理由である。

「地核異常の原因は、これか……」

大王はもう一度深く溜息をつくと、コーヒーを持ってきた秘書に書簡を見せて愚痴をこぼした。秘書も大王並みに口が軽かったので、この事実はすぐに地獄全土に知れ渡ることとなった。

◆

二年A組の教室は、他クラスの生徒の突然の訪問に数瞬の沈黙を作り、その人物の顔を認識して俄《にわ》かにざわめき始めた。件《くだん》の闖入者《ちんにゆうしや》が才貌《さいぼう》両全の美少女にして学校のアイドル、坂東蛍子だったからである。そのあまりの美しさと文武両道を地で行く才気に臆《おく》し、高嶺の花の代名詞として校内に君臨していた彼女とまともに付き合いのある人間などまずいない。少なくともA組には一人としていなかった。去年クラスが一緒だった浅野優も、彼女のことは上品な頬笑みと凜々《りり》しい態度しか記憶になかったし、委員会で顔を合わせる加賀谷順平に至ってはすれ違った時の良い匂《にお》いしか知らなかった。当然、彼女が今朝方真っ黒に焦《こ》げた魚尽くし弁当を野良《のら》猫に振る舞って嫌がられていたり、帰り道の公園で小学生と虫取りをする約束をしていたり、小一時間続く物語調の寝言でぬいぐるみを苦しめていたりすることなど知る由《よし》も無いのである。

二年A組一同は坂東蛍子の動向を固唾《かたず》を飲んで見守った。彼女は何故か上半身を満遍なく濡らした格好で教室の後ろのドアから入って来ると、王座へ向かうようにゆっくりと前進していった。そのまま教室の奥まで到達すると、彼女は角の机を軸に一八〇度回転し、二歩進んでジャージの置かれた机の前に立ち止まった。窓際《まどぎわ》に立っていた三上良樹は、無言で接近してきた蛍子が反転したことに安堵しながら、彼女が呟いた「こっちか」という台詞《せりふ》について考え、ある結論に至った。彼女は今目が見えていないのではないか、という結論だ。もしかしたら蛍子は教室を間違えているのかもしれない。彼の隣にいた日野アリサはその可能性を彼から示唆《しさ》されて、昔一度だけ眼鏡姿の坂東蛍子を見たことがあったことを思い出して首肯し、クラス委員である双子の姉、日野ユリアの元へと判断を仰ぎに向かおうとした。その時である。坂東蛍子は自身の制服の裾《すそ》に指を這わせると、おもむろに制服を脱ぎ始めたのだ。彼女が立ち止まった席の前席に座り、音楽再生機器で課題曲を聴いていた吹奏楽部期待のホープ根岸宗司は、女子に急《せ》かされて教室から追い出される男子達の姿と、教壇で自分に指示を送っているクラス委員の存在に気付いて何事かと後ろを振り返り、椅子《いす》から転げ落ちて急いで他の男子に続いた。男子を締め出し、ドアを閉める途中で、体育祭実行委員である町田環はクラスの団結に密かに感動を覚えていた。即座に状況を理解し、外に出て廊下を通る生徒達に睨みを利かせる男子達。粛々とカーテンを閉めている女子達。これだけのチームワークを有したクラスなら、きっと今年の体育祭は優勝を狙《ねら》える。環はそんな情熱と野望が胸の内に起こるのを感じながら、ジャージを手に取った俊足の気鋭、坂東蛍子に去年の雪辱を果たすことを誓うのだった。

浅野優は蛍子が着替え終わったことを確認するとホッと胸を撫《な》で下ろし、じわりと湧《わ》いた額の汗を拭《ぬぐ》うと、唐突に我に返った。

(私達何してるのかしら)

◆

川内和馬《せんだいかずま》は校門の前で振り返って校舎を仰ぎ、自分のクラスの窓だけカーテンで閉め切られていることに気付いて何事かと片眉《まゆ》をつり上げた。

「あ、ジャージ忘れた。明日体育なんだよなぁ。理一、とってきていいか?」

和馬は友人である松任谷理一に問いを投げたが、彼は今通話に応対しながら上空を旋回する鳥を観察し、先程拾った眼鏡のフレームの歪《ゆが》みを手で確認するという離れ業の最中だったため、和馬の質問に答える余裕は残されていなかった。まぁ良いか、別に一度も着てないし、と和馬は校門にもたれかかり、閉め切られたクラスの窓を眺めながら理一の通話が終わるのを今ひとたび待つことにした。理一は普段からよく誰かと通話していた。電話向こうの声が女性のものであったため、彼女なのではないかと一部の女子生徒の間で実《まこと》しやかに囁《ささや》かれていたが、和馬がその噂《うわさ》を理一に伝えても彼は肯定するでも否定するでもなく、ただ苦笑いを浮かべるだけなのであった。

「待たせたな、和馬」

電話を終えた理一が申し訳無さそうな顔をして和馬の方へやってきた。

「で、何で待たされてたんだっけ？」

「お前、大城川原のツイッターアカウント知ってたろ？　最新の呟きが知りたくてさ」

何故理一がクマのことを気にしているのか分からなかったが、彼女のアカウントはクローズドな設定がされているわけでも無かったので、和馬は問題ないだろうと判断し新しいものから順に彼女のツイートを読み上げた。

「相変わらず多いな……ええと、〝多目的室なう〟〝とりあえず立て直すぅー〟〝目標の守りは堅固、接近出来ず〟〝もうすぐ二階着くっぽくね？〟……なんだこれ」

大城川原クマは川内和馬の友人の中でも飛びきり不思議な部類に入る友人だった。可も無く不可も無いちょうど平均値の顔をした地味な少女でありながらも、一昔前の所謂《いわゆる》ギャル言葉とでも言うような、形容しがたい古臭さがある間延びした喋《しゃべ》り方をするせいで妙に目立つ同級生だった。彼女は目立つことを避けるようなスタンスを常にとっていたが、しかしたまに飛び出る突飛な言動や行動のせいで背景に上手《うま》く馴染めていないのだ。言うならばクマは雪原に置かれたバニラアイスだった。しかしただのバニラアイスでは無く、天辺《てっぺん》にチェリーが乗っているバニラアイスなのである。

またクマにはもう一つ目立った特徴があった。とにかくツイッターでの呟きが多いのだ。どうやら自身の独り言癖を直すために使っているらしかったが、それにしてもよくもここまで取りとめのないことを書き連ねられるなぁと和馬はいつも感心しながら彼女の怒濤《どとう》のツイートを見送っていた。今回理一に要求されて改めてクマの呟きを朗読したが、やはり彼女が何をしているのかさっぱり分からない。まるで宇宙人が秘密任務を遂行しているみたいだな、と和馬は笑った。

「お、また更新されたぞ。〝上司からの連絡、やばい〜〟だって。あいつバイトでもしてんのかな」

「ふむ……」

理一は顎《あご》に手を添えて少しの間何やら思案した後、和馬に礼を言って昇降口へと駆けだしていった。そんなに気になるなら自分でフォローすれば良いのに、と和馬は口に出して呟きながら、俺もクマの独り言癖がうつったかな、と苦笑して校門を後にした。

◆

一通りの埃《ほこり》を払い終え、桐《きり》ヶ谷《や》茉莉花《まりか》はフゥ、と息を吐いて簀《す》の子《こ》の上に腰を下ろした。彼女は現在一階の昇降口の反対方向にある裏口の前にいる。階段下に位置するこの裏口は昔校舎裏の焼却炉でゴミを燃やしていた時代に使われていた通り道で、現在は閉め切られてすっかり物置と化していた。

茉莉花がこの出来の良い死角スペースを発見したのはつい先程のことである。放課後に後輩と待ち合わせをしていた茉莉花だったが、相手が来るまでの間どうにも手持無沙《ぶさ》汰《た》になり、二年B組の教室は例外なく放課後に沢山の女子がたむろする場となるため居心地が悪く、仕方なしに自分の身を置けそうな場所を探して校内を徘徊《はいかい》していたのだった。テスト期間中である本日は部活動もなく、殆どの生徒は放課後の掃除を終えると早々と下校し、校内は平時と比べると冗談のように静謐《せいひつ》としていた。茉莉花は音の消えた廊下の隅で、暗がりに射《さ》し込む光の中を舞っている埃と暫く目を合わせていた後、鞄《かばん》の中からココアシガレットを取り出して口に咥《くわ》え、携帯ゲーム機の電源を入れた。

桐ヶ谷茉莉花は毛先の跳ねた長い金髪や、周囲を威圧する鋭い眼光から不良のレッテルを貼られて社会に距離を置かれていたが、実際は真面目で気の優しい少女である。休日も大抵は体型維持のためのトレーニングやストレッチをしている他は、ネットサーフィンやゲームをして一日を終えるインドアな人間なのだ。

　彼女は小さい頃から自分の納得いかないものを肯定出来ない性格だったために敵の多い人生を送っており、その過程で色々な人間との諍《いさか》いに巻き込まれ、自衛を余儀なくされていった。ある日彼女は自分がいつの間にか悪い人間の代表のような立場に置かれていることに気がついた。茉莉花を攻撃したり糾弾したりする人間も、彼女が不名誉な争いで勝ち星をあげる度に少しずつ減っていった。そうか、と茉莉花は得心した。私がもっと恐ろしくなれば無意味な敵意を受けずに済むようになるのか。それから彼女は髪を染め、より近づき難い空気を醸《かも》し出すように努めた。茉莉花の目論見《もくろみ》通り、周囲の人間は更に彼女から遠ざかり、二年時に転入したこの学校でもその状況は一部の例外を除いて無事継続されている。

　突如響いたゴンという鈍い音に驚いて茉莉花は顔を上げた。それはクラスメイトが閉められた通用口に頭をぶつけた音だった。

「あれ？　扉……んー」

「何やってんだ、坂東」

　坂東蛍子はビクリと肩を震わせた後で、気を取り直すように息を吐き、片手を前に伸ばしながら壁伝いにゆっくりとこちらに向かってきた。なるほど、と茉莉花は状況を理解し、差し出された蛍子の手をとった。

（コイツ、こんなに目が悪かったのか）

「えぇっと、私の知ってる人？」

「まぁ、一応な」と茉莉花は答えた。

普段目の敵にしている人間の顔が目と鼻の先にあるのに分からないとは、相当視力が低いんだな。何故こんなところに蛍子が来たのか見当もつかなかったが、茉莉花はとりあえず蛍子がそこら中に散乱している机や器具にぶつからないように誘導しながら自分の隣に座らせた。

「ありがとう」

転校してきてから初めてコイツに感謝されたぞ。茉莉花は苦笑いしながら蛍子に質問した。

「なんでこんな所に来たんだ？」

「こんな所？　私昇降口に向かってたんだけど」

「そりゃ真逆だ。ここはホラ、裏口の前の物置場」

あぁ、と蛍子は口を開け、腑《ふ》に落ちた表情をして頷《うなず》いた。彼女は何故か「川内和馬」と刺繍《ししゅう》されたジャージを着て髪を僅《わず》かに濡らしていたが、視力のことも含め面倒くさいことに巻き込まれそうだったので、茉莉花は特に詮索《せんさく》しないことにした。この判断は全くもって正解であった。坂東蛍子はこの騒動の後、今度はこのジャージの件でまた一悶《ひともん》着起《ちゃくき》こすことになる。苛烈《かれつ》でありながら釈然としないこの事件を蛍子は「ミントジャージ事件」と名付け、後に暇を持て余した際に文章におこし、探偵物語風にまとめて自費出版する。タイトルは「何故私が川内和馬のジャージを着るに至ったか」。部数などは野暮になるので語るまい。

「そっか、ここ、あの場所かぁ……」

蛍子は何かを懐《なつ》かしむように顔を上げ、見えない目で周囲を見渡した。どうやら何かこの階段裏に思うところがあるらしい。一見すると人の営みと縁の無さそうな場所だけど、人の気配の無い寂しい空間だからこそ逆に色々な人間の思いが溜《た》まり易《やす》いのかもしれないな、と茉莉花は思った。

「私ね、この前好きな男子に告白して、フられたのよ」

蛍子がポツリと呟いた。坂東蛍子は一般的には隙の無い人間だと思われているが、初対面の相手に自身の秘密を気紛れに明かしたりする緩い部分がある人間なのだ。これでよくアイドルとしての仮面を保っていられるな、と茉莉花は少し呆《あき》れた顔をした。

「で、その後ここに隠れて暫く泣いてたのよね」

蛍子が理一のことを意識していることは誰の目にも明らかだったが、彼女が理一に告白し玉砕していたなどという事実は誰も知り得ていなかった。茉莉花は突然告げられた事実に内心驚きながら、相変わらず口の固い奴だな、と理一という人間の人格に感心した。

「坂東……さんも、フられることあるんですね」

「当たり前じゃない。まぁたしかに、初めてフられたけど」

一言多い奴だな、と茉莉花は眉を顰《しか》めた。

「初めて人を好きになったんだもん。だからかな、なんか諦《あきら》め方が分かんなくてさ、フられたくせに未だに追いかけ続けちゃってるんだよね。ていうか好きな気持ちってそんなすぐに切り替えられなくない？〝好き〟から〝友達〟にさ。貴方出来る？」

さぁ、と茉莉花は答えた。それ以外に答えようがなかったのだ。茉莉花は十六歳の春を迎えた現在も、未だに一度も恋を経験したことが無い少女だった。人を嫌いになることは簡単だったが、人を好きになるのは茉莉花にはまだまだ難しいことだった。

「皆どうやって〝好き〟をやめてるんだろうね」

「まぁ、良いんじゃねぇの？　無理してやめなくても」

目を丸くしてこちらを見た蛍子に、茉莉花は言葉を続けた。

「相手が嫌がってんなら別だけど、そうじゃないなら良いだろ別に。夢中になったり本気になったり出来るって凄《すご》いこと……ですよ。私なんか日々適当に生きてしまってるので、そういうの羨《うらや》ましいです」

蛍子は茉莉花が話し終わった後、嚙みしめ咀嚼《そしやく》するように少しの間黙って宙を見やり、それからにっこり笑った。

「変な喋り方」

（お前が私に気付くとややこしくなるから気ぃ使ってやってんだろうがコノヤロウ……）

「ありがとね。優しいのね貴方」

桐ケ谷茉莉花は宿敵の口から発せられた言葉にリアクション出来ず、擽《くすぐ》ったそうに頬を掻いて、新しいココアシガレットを口に咥えた。二人は暫く沈黙して宙を舞う埃を眺めていた。勿論蛍子には何も見えていなかったが、もし誰かがこの光景を見たならば二人は同じものを熱心に見つめているように見えたことだろう。

「なんていうか、人との繋がりっていうのかな。そういうのが欲しくて必死で食いさがるってこと私しないから、坂東、さんのことが余計凄いなって思えるのかも」

静寂を破った茉莉花の言葉に、それは誤解だよ、と蛍子は笑った。

「私、親友に絶交されたんだけどね。その時こう言われたの。〝そんなんじゃいつか誰もあんたのこと分からなくなるよ〟って。それぐらい私は他人に関心が無いっていうか、繋がりを蔑《ないがし》ろにしてるのよね」

また唐突に重い話を放り込んできたな、と茉莉花は思った。同時に、普段はチヤホヤされてるけどコイツにも色々あるんだな、とも思った。

「私達、なんか似てるね」

蛍子の言葉に茉莉花は思わず噴き出し、不満げな顔をしている蛍子に詫びを入れた。

「悪い、でもそれは無いよ」

「そうかなぁ」

「ああ、無いな。まぁその時、絶交された時なら似てた……のかもしれないけど、今は違うだろ。好きな相手との繋がり、大事にしてんじゃん」

蛍子は少し驚いたような表情を作った。今茉莉花に言われてそのことに初めて気がついた。そんな表情だ。茉莉花は呆れたように一息吐《つ》いて笑った。

たしかに、理一君のことが気になりだしたのは満《みちる》と離れてからだったな、と蛍子は乾ききっていない前髪を弄《いじ》りながら記憶を辿った。満に厳しい一言を突き付けられた後、蛍子は我の強い自分を少しずつでも変えていこうと決意して、そのことを絶えず意識しながら日々を過ごしていた。そういった姿勢がもしかしたら自分の知らない間に結実していたのかもしれないな、と蛍子は隣に座る名も知らぬ話相手の導いた結論を素直に受け入れた。

「貴方の言う通りかも」

「だろ」

「友達が出来たのもそのおかげなのかな。最近ちょっとずつ出来てるんだ。アーヤに、リツに、フジヤマちゃんに……」

　フジヤマちゃん、というのは恐らく藤谷《ふじたに》ましろのことを言っているのだろう。相変わらずネーミングセンスの無い女だな、と茉莉花《ジャスミン》は自分につけられた「ジャス子」というあだ名を思い出して苦い顔をした。恐らく茉莉花から取ったんだろうけど、実際役所にその名で申請されかけたらしいから笑えねぇんだよな。

「……あともう一人いるけど。友達じゃないけどね」

　蛍子が嫌なことを思い出したような顔をした。

「なんだそりゃ」

「友達になりたくないっていうか。むかつくのよね。私と……敵対？　敵対して、上を譲らないような、そういうとこが」

　蛍子は悔しそうにジャージの裾を引っ張った。敵意を向けてるのはそっちだろうが、と茉莉花は溜息をついた。

「たぶん正反対だからこんなに苛つくのね。一個も似てるとこないし」

（さっき似てるって言ったのはどこのどいつだよ）

「まぁ、でも、いないといないで味気ないっていうか。友達じゃないってだけで、別に居ても構わないっていうか」

「……そうかい」

「ピクルスみたいなものね」

茉莉花は拳《こぶし》を握りながら蛍子を殴りたい衝動を必死で抑えた。

「まぁソイツのことは置いといても、皆との付き合いは私が繋がりを持ってたいって思ったからなのよね、きっと」

たぶんな、と茉莉花は通用口の窓を眺めながら呟いた。「好きな相手ってのも、いつか振り向くかもよ」

「それは無理だよ」

蛍子は膝《ひざ》を抱えて小さく笑った。

「彼ね、〝弱きを助け悪を挫《くじ》く〟みたいな生き方を地で行ってる人なの」

茉莉花は先日新聞の隅に理一の名前が載っていたことを思い出した。「誘拐犯確保に助力」とのことだった。

「私の傍にいてくれたのもたぶんそれが理由なんだよね。親友に絶交されて弱ってた私を守ってくれてたの」

蛍子は訥々《とつとつ》と語った。

「でも、さっき貴方が言ったように私にも周りに人が居てくれるようになった。だから彼はきっともう私のことなんか相手にしてくれないわ。他の弱い人のところに行っちゃった」

茉莉花はその言葉を聞いて、蛍子が暗に示している相手が自分だということを理解した。確かに松任谷は私がこの学校に転校してきてから一番よく話している相手だ。何処からともなく現れて、何となく一緒に過ごしていることがある男である。でも、それは私が弱いからなのか？　と茉莉花は思った。私が弱いからアイツは私といる？

茉莉花は自分のことを弱い人間だと考えたことなど一度も無かった。むしろ、自分は強い人間であるという自負があった。誰にも屈せず、誰にも頼らず生きているのは強いことだと思っていた。しかしそれは本当は弱いことだったのだろうか？　桐ヶ谷茉莉花は松任谷理一が傍にいた時間、自分の心が安らいでいたことを思い出して、混乱して頭を掻いた。

「私ね、自分が強い人間だと思ってたの」と蛍子が言った。

「でも彼からしたら私は弱い人間だったんだろうなぁ。そんなこと自分じゃ全然気付けなかった」

茉莉花は俯《うつむ》いて、金髪の陰に柳眉《りゅうび》を隠しながら蛍子の次の言葉を待った。

「意外に自分のことって分からないものなのよね。いや、ちょっと違うな。自分のことは自分だけが分かってるけど、自分のことを自分だけは見えていないの。私の目は私の外側しか見れないもん」

桐ヶ谷茉莉花は閉め切られた通用口から射《さ》し込む光に自分の手をかざした。目を凝らしたが、赤く縁取られた掌《てのひら》の中を透かし見ることは出来なかった。

◆

ロレーヌには色々な種類の友人がいた。人間だったり、人形だったり、猫だったり、色々だ。しかしながら雛鳥《ひなどり》を模した浮遊する和菓子との邂逅《かいこう》は流石の彼も初めての経験だった。

「ヌシが坂東蛍子かのぉ？」

「……それは私の主人の名だが」

ロレーヌは蛍子のベッドの上で、妙にドスの利いた雛鳥の声に怖々《こわごわ》言葉を返した。よく見ると菓子の底部に穴が開いており、そこから半透明の毛深い脚が二本生えている。どうやら霊体のようだ、とロレーヌは自身の知識から総合して結論づけた。和菓子に入った謎《なぞ》の霊体は、そうかそうか、と豪快に笑うと、自身の素性を詳《つまび》らかにし始めた。

「御無礼仕《つかまつ》った。我が名は八東虎二郎《やとうとらじろう》、昔は武士なんぞやっておった。旅の途中に地獄の同朋から話を聞いて、ツラを拝んでみたくなってな。立ち寄ってみたのだ。いやはや、今向こうは坂東蛍子の話で持ち切りだそうだぞ」

八東？　と一瞬頭を捻ったロレーヌだったが、その後続いた霊の台詞で脳内の疑問符はあっさり吹き飛んだ。また蛍子は何かしたのだろうか、とロレーヌは頭を抱えた。先日の人形の国のように、地獄にも足を伸ばしたとか、そこで禁を犯したとか、そういったことなのだろうか。ロレーヌは胃の辺りを摩《さす》りながら恐る恐る虎二郎にその理由を尋ねると、霊はとっておきの宝を見せる子供のような調子で大きな声を響かせた。

「どうやらヌシの主人は、世界を滅ぼすらしいのう！」

◆

「私、仲直りしたいんだよね」

「親友と？」

坂東蛍子は口許《くちもと》をキュッと絞って頷いた。

「いつかは仲直りしようと思ってたのよ。友達作って、立派に一人でやってけることを証明して、それで不甲斐《ふがい》なかった私を許してって、そう言うの。さっき貴方言ってたでしょ？　私変わってきてるって。だから、もう大丈夫かなって思ったんだけど……」

蛍子は捲《まく》し立てるようにそれだけ喋ると、急に言葉を切って間を置き、自信の無さそうな声を絞り出した。

「強引だけどさ……ホントは今すぐにでも会いたいんだ」

茉莉花は隣で小さくなって、抱えた膝に顔を埋《うず》めている蛍子を見てたじろぎ、こいつも人間なんだなぁ、と思った。遠足で行った動物園で、虎も猫なんだなぁ、と思った以来の衝撃であった。

「すれば良いじゃん」

事も無げにそう言った茉莉花に、蛍子は少し声を大きくして言った。

「でも！　……どうやって仲直りしたら良いのか分かんないの。したことないし」

「はあ？」

「いっつもいがみ合ってる奴とだって別に普通に話したりするし」

たしかに、と茉莉花は思った。

「一旦《いったん》距離が出来ちゃった相手と、どうしたらまた仲良くなれるのか分かんないのよ」

「おま、坂東サンさっきごちゃごちゃ言ってたろ、謝るとかなんとか！　それで良いだろう！」

「そんなの相手は求めて無いかもしれないじゃない！　余計嫌われるかも！」

絶交より険悪な関係とはいったい何だ、と茉莉花は痛むこめかみを摩った。

「ねぇ……仲直りってどうやるの？」

茉莉花も仲直りの仕方を知らなかった。蛍子より友達が少ない彼女が知っているわけがなかった。しかしそんな調子で返答するとまた喚《わめ》かれそうだったので、茉莉花は仕方なく真剣に頭を捻《ひね》ることにした。

「何かきっかけがあればなぁ……」

蛍子が零《こぼ》した言葉を、それだよ、と茉莉花が躊躇《ちゅうちょ》せずに拾い上げた。

「何かないのか？　二人だけの、きっかけっつうか……昔喧嘩《けんか》したりした時にやった仲直りの合図みたいなやつとかさ」

「そんなのあるわけ……あ」

蛍子は幼いころからつい去年まで続けていたデス指相撲のことを思い出していた。二人だけの友情を確かめ合う秘密の合図だ。あれなら今の話題で求められている答えに相応《ふさわ》しいように思える。でもなぁ、と蛍子は眉を顰《しか》め、目を細くした。

「ねぇ、指相撲して仲直りできると思う？」

「無理だな」

◆

ロレーヌは人間達が作り上げた威圧的な摩天楼の隙間から天高く昇った太陽を眺めていた。太陽はどんなことがあってもああやって空に上がり、生きる者に平等に温度を与えてくれる。しかしそんな光景も近々見られなくなるかもしれないのだ。ロレーヌは暗澹《あんたん》とした面持ちで先程の雛菓子の霊との会話を思い出していた。主人である坂東蛍子が世界を滅ぼす原因は分からなかったが、どうやら彼女が何か神の禁忌に触れたことが遠因らしく、崩壊を回避するには何らかの儀式を執り行わなければならないようだった。

さっぱり分からない、とロレーヌは白目を剝いた。せめてもう少し話が出来れば糸口が摑めたかもしれないものを。自分の言いたいことだけ言って去っていくとは、八束は兄も弟も本当に人の話を聞かない。

とにかくロレーヌはこの重大な事実を人形師の結城《ゆうき》家に報告するために家を出ることにした。ぬいぐるみである以上、自分に出来ることは限られている。こういった困難な状況下で人間の力が借りられるならばそれほど心強いことは無かった。それにどうやら世界を滅ぼすのは蛍子だけでは無いらしい。もう一人の力も加わっていると虎二郎は言っていた。今はその人物の特定を急ぐべきだ、と黒兎《くろうさぎ》は考えていた。蛍子だけを監視していても、もう一人のことが分からない限り世界崩壊をくい止めることなど出来まい。

麗《うら》らかな春の昼下がり、人間は欠伸《あくび》をし猫は健やかな眠りにつく時間に、ロレーヌは電信柱に身を隠しながら慎重に歩を進めていた。幾ら人間達の動向が緩慢になる時間帯とはいえ、白昼に堂々と外の世界を闊歩することは、《国際ぬいぐるみ条例》の遵守《じゅんしゅ》を義務付けられたぬいぐるみにとってはあまりに無謀で狂気の沙汰に近い行為であったが、それでもロレーヌには任務の完遂に絶対の自信があった。彼はそこらに転がっているようなぬるま湯に浸《つ》かったモダン生まれの化学繊維製とは一線を画す、激動のフランスやイタリアの暗部を渡り歩いてきた歴戦の猛者《もさ》なのだ。猛者であり、騎士であり、爵位《しゃくい》を持つ紳士でもある。ロレーヌは常に慎重で冷静でありながら、やるべきことは最後までこなす実直で大胆な行動が出来る兎なのであった。

しかしそんな強者であっても、曲がり角から飛び出してきた自転車に目撃されるようなミスは、当然あるものなのである。


川内和馬は母親に依頼された買い物を済ませ自宅へと自転車を走らせていた。口笛を吹きながら、和馬はカゴの中で揺れる黒兎のぬいぐるみに目を落とし、妹の喜ぶ顔を想像して微笑んだ。

（でも、たぶん良いぬいぐるみっぽいし、ちょっと遠いけど明日登校前に駅前の交番まで寄ってこう）

川内和馬は坂東蛍子の隣のクラスの男子高校生である。マーマレード・ジャムが好きで家には常に自分専用の瓶を確保している（最近は小さい弟と妹が真似《まね》するようになったため名前を書いたラベルを貼るようになった）。今は冴《さ》えない顔をして、音の外れた口笛を近隣住民に振る舞っているが、二十代の後半にはひょんなことからイタリア南部のカラブリア州で唯一《ゆいいつ》の東洋人として活動するマフィアの構成員となり、地元では〝ノンクリ〟と呼ばれ恐れられる男となる。それ以外にはさして特筆することの無い、普通の高校二年生だ。

自身の学校が見えてきた所で、和馬は自分と同じ美術部員である大城川原クマに部の連絡を回すのを失念していたことを思い出し、スマートフォンに指を滑らせてツイッターを開いた。予想通りクマは大量のツイートを重ねていた。もし電子情報が限度のある資源だとしたら、真っ先に規制しなければならないのはクマだな、などと考えながら和馬は彼女のツイートに新しい順に目を通していった。

（〝忘れないでほしいナ☆〟〝思えば色々あった～〟〝四の五の言ってられないなら〟〝皆来るっぽい〟〝アルマゲドンきたーッ！〟……なんだ？　映画見てるのか？）

学校のわきを通過しながら、ふと和馬はスマートフォンの画面が強い光を反射していることに気付いて顔を上げた。川内和馬は自身の目に映っている光景を理解することが出来ず、セキュリティナンバーを打ち込むように何度も状況を言語化して脳に伝達し、ようやく事態の異常さを正しく把握した。和馬は無意識に大きく口を開け、パンクした情報を少しでも排出するように細く息を吐き出していた。ロレーヌも同じことをした。

学校の上空では、典型的な円盤型をしたＵＦＯが地上に細い光を発し、坂東蛍子をその白光で包んでゆっくりと空へ吸い上げていた。

◆

春は温暖で過ごし易く、晴れやかで華のある季節であると同時に、風や雨や雷が喧《やかま》しい激動の季節でもある。しかしこと本日に限って言うならば、空はそんな騒がしい春の顔とは全く無縁の陽気で溢《あふ》れており、祭りの隙間を縫う笛の音のような穏やかなひと時がただただ時間をかけて流れては消えていた。

蛍子の通う高校も、そんな一日に同調するかのように物静かであった。テスト期間中のこの時期は部活動もなく、放課後に好きこのんで居残りしている生徒は殆《ほとん》どおらず、皆ホームルームの後の掃除を終えると一斉に帰るべき家を目指して去っていく。時刻は未《ま》だ昼が終わろうかというところであったが、普段賑《にぎ》やかな学校は既にすっかり静まり返って、天高い太陽だけが忘れられたように世界に一つ残され校舎を照らしていた。

坂東蛍子はやっとの思いで革靴を履き終えると昇降口の外へと足を踏み出した。蛍子は不遜《ふそん》で自信家だったため、誰にも頼らず眼鏡を探すことを自分の中で譲らなかった。同時にマメな性格でもあったため、捜索のついでに掃除用具が放置されていないか点検もしてしまおうと勘案していた。出入り口付近で手を動かすと案の定立て掛けられっ放しになっている箒《ほうき》を一本見つけ、蛍子はしたり顔をしてその箒を摑《つか》み、杖《つえ》代わりにして体を支えた。校舎内は比較的道が想定しやすく人の動きも前後の移動のみで分かり易かったが、一歩昇降口の外に出てしまうと、歩くことの出来る空間は途端に広大で不規則になってしまう。蛍子は目隠しをされながらスクランブル交差点に放り出されたような気分になって僅かに身震いし、弱気な自分に活を入れるべく手に持った箒を縦にして何度か地面をトントンと突いた。この箒は大城川原クマお手製の仕掛け箒であったため、蛍子の動作を合図に接地面とは逆方向の筒の先端から象を五分間気絶させせることが出来る強力な麻酔針を数度射出させ、その内の一本が上空を旋回していた鳩《はと》に命中した。この鳩は第四惑星の偵察兼連絡員であるヒラが擬態した姿であり、この攻撃の影響で彼は三日間の意識混濁状態を余儀なくされ、そのせいで多目的室に潜伏していたクマに要注意人物の接近を伝えることも、飲み仲間である猫の轟《とどろき》と夜に哲学の話をする約束を果たすことも叶《かな》わなくなってしまった。後にこの話を聞かされた轟はついに重い腰を上げ「坂東蛍子被害者の会」を結成、動物達の期待の旗手となって週に一度公園の端で静かな会合を開くようになる。

勿論《もちろん》射出された針の代金は、後日クマが涙を流しながら支出ノートに追記し、支払いを済ませた。

結局名前を聞き出せなかったなぁ、と蛍子は先の通用口で出会った少女のことを思い出し、短く嘆息した。高校に入ってからここまで気が合うなと思った相手はいなかったのに。少女は何だか少し寂しい気持ちになり、その気持ちを誤魔化すために箒を揺らして掃き掃除をしている振りをした。その時、蛍子はふと箒が地面を擦る音を立てていないことに気がついた。何だか体も浮いているように感じる。平衡感覚が弱って深海の魚のようにフヨフヨと体が揺れているのを感じながら、蛍子は、私ったらどれだけ落ち込んでるのよ、と苦笑いを浮かべた。

蛍子は軽くなっていくような感覚に襲われている体とは対照的に重く固くなっている心の緊張を胸の奥に感じながら、先程の少女との会話を思い出していた。彼女は「仲直りしてしまえば良い」と、復縁がとても簡単なことであるかのように意見を述べたが、蛍子にはそれが途方も無く難しいことのように思えてならなかった。第一に、満は自分と縁を戻すことを望んでいるのかどうかも彼女には分からなかった。元々私以外の友人もいたし、もしかしたらもう私のことなんて忘れてしまってるかもしれない、と蛍子は動揺し震える手をさすった。少なくとも、相手は一年近く顔を合わせなくても平気に過ごせているんだ。私から解放されてせいせいしてるぐらいなんじゃないかしら。蛍子は先程の裏口での対話で随分と勇気をもらっていた。それでも一年近く抱えこんできた不安や恐怖は、彼女の前に進もうとする意志を難なく押し留めてしまえるぐらい彼女の中で大きく肥大化していたのであった。

フッと肩に荷が乗せられるような感覚を覚えた直後、蛍子は両足に急激な負荷がかかるのを感じて慌《あわ》てて揺らぐ心根を引き締めた。何を考えているんだ、私は。今は掃除をしなくては。坂東蛍子は未だ僅かな混乱を頭の中に残しながら、転びかけてフラついた体を立て直し、とりあえず気を紛らわすために手に持った箒を動かして大地を掃き始めた。数瞬もかからずに蛍子は地面に違和感を覚えて、爪先《つまさき》で小突いて足下を確かめた。先程までアスファルトだった地面は、今はコンクリートのように平坦《へいたん》な素材になっている。昇降口に戻ってきてしまったのかしら、と蛍子は小首を傾《かし》げたが、しかし周囲に感じる風の流れからすぐに自身の考えを否定した。転ばないように箒で前方を突きながらゆっくり前に進むと、金属製の柵《さく》のようなものにぶつかったため、蛍子は手を伸ばしてひんやりとしたその細い棒状のものに触れ、建造物の設計意図の確認を試みた。檻《おり》の鉄《てっ》格子《ごうし》みたいだな、と彼女は思った。

◆

「キャトミュなら……と」

大城川原クマは多目的室の窓の下に身を隠し、左手でUFOの遠隔操縦機を操りながら、右手で器用にツイートを送信した。現在彼女は坂東蛍子を捕獲している真っ最中である。慎重を第一に活動してきたクマをこのような大胆な行動に駆り立てたのは、定期連絡によって上官からもたらされた衝撃的な情報が原因であった。連絡員からの暗号化テレパシーによって脳内に送り込まれたのは、クマの愛する第四惑星があと一週間前後で砕け散り、ポップコーンのように爆発し粉々に吹き飛ぶという検証結果のデータだった。添えられていた文章には、最後の抵抗として救星軍は全軍地球に出撃し、総力を以《もっ》て特異点が存在すると思われる一帯を消失させ、特異点を消すことで問題が解決される可能性にかけることにする、地上での活動は危険を伴うため各特派員も本隊に合流されたし、と記されていた。内容を確認した直後、クマは放心して崩れ落ちそうになる体を必死に支えて壁にもたれ、震える手でツイートを送信した。なんてことだろう、とクマは天を仰いだ。私の生まれ育ったあの土の星が、赤い空が、あと少しの間に失われてしまうというのか。クマは絶望に蝕《むしば》まれながら、地球語で「ヤバイじゃん……」と呟《つぶや》き、額を窓に力なく打ちつけた。

その時、クマの閉じかけた瞳《ひとみ》に窓の外に現れた一人の人物の姿が映った。クマは目を見開くと窓にへばりつき、その地球人を凝視した。

（坂東蛍子……！）

クマは失念していた事実を思い出し、胸を高鳴らせた。そうだ、自分には今特異点の目星がついているのだ。あの女さえ確保出来れば第四惑星は助かるかもしれないんだ。クマは今まで蛍子の手強《てごわ》い抵抗に苦しみ彼女のことを憎らしく思っていたが、今はその彼女が唯一の希望の光として彼女の心を癒《いや》していた。大城川原クマは校舎の二階から、窓の向こうにいる坂東蛍子に感謝の言葉を囁きながら、鞄からリモコン型の遠隔操縦機を取り出してスリープモードを解除した。蛍子の毛髪を奪取するべく緻密《ちみつ》な作戦を張り巡らせていたクマだったが、蛍子との、或《あ》るいは蛍子の制服との接触を悉《ことごと》く封殺され、作戦継続は既に困難な状態に陥っていた。クマはそのことを踏まえて即座にプランを変更することを決めた。そもそも今朝とは状況が一変しているのだ。こうなったら四の五の言っていられまい。人目を気にせず直接捕獲する。クマは鼻息を荒くしながら自身の乗って来た小型宇宙船を学校上空へと誘導し、底部回収ハッチを開放した。このまま船の中へ彼女を吸い上げるのだ。所謂キャトルミューティレーションである。

坂東蛍子は上空へ上昇していく最中、ゆっくりと体を揺らし歩くような動作を続けていた。蛍子はいよいよ二階の高さに到達すると、窓の向こうにいるクマと偶然にも視線を合わせた。弱々しいながらも決意が込められたような目で見返している蛍子を見て、クマは彼女が状況を理解し観念していることを悟り、申し訳ない気持ちになって頭を下げた。

(特異点とはいえ、地球人を一人でも犠牲にするのは私としても心苦しいのだ。しかし母星を救うためにはこれしか方法がない。それに結果的に救星軍によってこの街が消滅させられることも回避出来るのだから、彼女としても本望だろう)

その時、松任谷理一が勢いよく多目的室のドアを開け単身で突入してきた。彼は正義の味方の常套句《じょうとうく》を告げるでもなく、無言でクマを睨《にら》み、一瞬で距離を詰めて懐《ふところ》に入り込むと、彼女の手の中から遠隔操縦機を奪い去った。

「か、返せし！」

クマの攻撃を巧みに回避しながら、理一は窓を開けて縁《へり》に座り、上半身を乗り出した。上空へと迫《せ》り上がっていく蛍子を確認し、とある事情で一瞬目を逸《そ》らした後、すぐに気を取り直して操縦機のレバーを下に倒した。その間クマは理一の両足に腕ごと胴を挟みこまれて身動きが取れない状態になっていた。もし校舎の外から彼らを目撃したら、二人は抱き合っているように見えたかもしれない。

「……おい、下がってこないぞ」

胸元で悔しそうに喚いているクマに理一はリモコンを指さして指示を仰いだ。あからさまな移動レバーを下に倒した所、ＵＦＯが校舎の方へと向かって進んでいって見えなくなってしまったのだ。このままでは蛍子の状況を確認することも出来ないが、迂闊に操作すると更に事態が悪化しかねない。理一は少しの焦燥感を滲《にじ》ませながら、両足でクマへの締めつけを強めた。

「馬鹿《ばか》じゃね⁉︎　この程度の拷問《ごうもん》で選抜組のウチが口割っちゃうと思っちゃったわけ⁉︎」

クマは黒い三つ編みのおさげを振り乱しながら砕けた口調で捲し立てて高笑いを上げ、理一の頭突きを受けて苦しそうに呻《うめ》いた。理一は思考を切り替えると、即座に判断を下し操縦機の電源を切った。

（先程の操作によるＵＦＯの移動距離、坂東の高度、異様に遅い上昇速度から考えても、落下による怪我《けが》の心配はまずないだろう。無事屋上で解放されたはずだ）

理一は自分にそう言い聞かせ、下した判断を信じつつも、何処《どこ》かで失敗の不安を拭いきれず、蛍子の無事を確認するために屋上へと駆けて行った。クマは窓の外に投げ捨てられた遠隔操縦機が木に引っ掛かったのを確認して、掠《かす》れ声をもらしながらホッと胸を撫で下ろし、フラフラと疲れた足取りで階下へ向かった。

◆

結城満はこちらに向かって歩きながら楽しそうに手を振っている二人組をうんざりした目つきで出迎えた。

「出たな、珍獣コンビ」

「なんだよ！　人でなしみたいに言いやがって！」

「人でなしじゃなくともロクデナシではあるでしょ。実際一人人間じゃないし」

たしかに、と頷くタクミの後頭部を剣臓《けんぞう》が勢いよく叩《たた》いた。

「この時間に公園で寝てなかったってことは、何か仕事？」

「あー、まぁでも、ちょっとヤバそうだったんだが大体解決しちゃったっぽいな」

満の質問に剣臓が返答した。

「まぁ、その微妙に役に立ってない感じ、オッサンらしくて良いんじゃない？」

「おいおい、事後処理も大事な仕事なんだぞぉ？　なぁタクミ」

タクミが頷く。

「それで、わざわざ俺達に連絡したのは――」

「満!!」

背後から大声で呼びかけられて、満はビクリと肩を震わせて振り返った。そして後ろに誰もいないことに再度驚き、視線を下に向けてようやく状況を理解した。

「あれーロレーヌじゃん。なんか最近よく会うねー」

先刻、気の緩みから見ず知らずの少年に誘拐されかけたロレーヌであったが、学校の上空で繰り広げられている光景に仰天した少年が思わず自転車を横転させたことでカゴから転がり落ち、何とか無事逃走することに成功していた。黒兎は学校に突入して蛍子の元へ向かいたい衝動を必死に抑え、恐怖と混乱で心をいっぱいにしながら満の家へと一目散に駆けていた。彼女と行き違いにならなかったのは誠に僥倖《ぎょうこう》であった。

「貴方《あなた》がこんな昼間から公道を走ってるなんて、よっぽどのことがあったんでしょ？どうしたの？」

「ほ、蛍子が、UFOに連れ去られた！」

満はカートゥーンアニメーションのような素《す》っ頓狂《とんきょう》な叫び声を上げて、ハッとして振り返った。タクミが満の疑問に答えるべく口を開く。

「その問題は無事解決しました」

「ほ、本当か!?」

二人組が頷くと、ロレーヌと満は一緒に安堵《あんど》の溜息《ためいき》を吐いた。特にロレーヌは外に飛び出してからずっと気を張り続けていたので、力が抜け過ぎて布が型崩れを起こした。

「そうだロレーヌ、私からも言っとかなきゃなんないことがあるのよ。これオッサン達への用事でもあるんだけどさ」

ほう、と剣臓が腕を組んで耳を傾けた。

「きっと驚くわよ〜、そうね、ロレーヌなんか驚き過ぎてバック転ぐらいしかねないわね」

蛍子が無事だと知って安心したのか妙に饒舌《じょうぜつ》に口を動かす満を、焦《じ》らすなよ、と剣臓が急《せ》かした。

「人形の国から人形が一体失踪《しっそう》したみたいなのよね。それで、なんだかよく分かんないけどこの街で動きまわってるっぽいのよ」

「なんと」とロレーヌが目を丸くした。「それは由々しき事態だ」

「おいおい〜、リアクション薄いぜ兎さんよ〜」

不満げな表情で腕を広げている剣臓を見て、なんだこの酔っ払いは、とロレーヌは嫌なものを見る目を向けた。ロレーヌは満に声をかける前、《国際ぬいぐるみ条例》を気にして少しの間この見知らぬ二人組のことを物陰から観察していた。会話の雰囲気から人形師の関係者のように思えたため、そちらに賭《か》けて姿を見せたが、あの判断は本当に正しかったのだろうか、とロレーヌは自身の軽率さを少し後悔した。

ちなみに剣臓は今日はまだ飲んでいない。

「ウチのタクミなら、あのフリなら首をすっ飛ばすぐらいのリアクションはしたぞぉ、なぁタクミ」

やりましょうか、と提案するタクミの肩を満が勢いよく叩いた。

「そうだ、私も大事なことを忘れていた」

ロレーヌは思い出したように手を打って満に向き直った。

「本題は別にあったのだった」

「ん？　何？　言ってごらん？」

「どうやら蛍子は世界を滅ぼすらしい」

三人は暫《しばら》くの間凍ったように停止していた後、バック転を試み、剣臓が手首を痛めた。

◆

坂東蛍子は手すりにもたれかかって目を閉じ、暫くの間体のわきをすり抜ける屋上の横風を感じていた。何故《なぜ》自分が屋上にいるのか、靴を履いたまま昇ってきてしまったのか、他にも色々な悩みや考えるべきことがあったが、今は全《すべ》て忘れて、ただ春の暖かい風に身を預けていたい気分だった。殆ど何も見えていない今の蛍子にとって、世界を構成するものは両手で摑んでいる柵と、体を巡る風だけであった。風は恐る恐る彼女の鼻に触れ、頰を撫《な》でて耳元で一鳴きし、次第に勢いを強めて首の裏を掠《かす》め、靡《なび》く髪の間をぬって再び大気に紛れていく。まるで蛍子をあやすためだけに形を持ったかのように思えて、蛍子は擽ったくなって少し身を震わせた。

「よし！」

気を取り直して、蛍子は改めて眼鏡を探すべく立て掛けた箒を手に取った。まずはこの屋上から無事脱出しなくては。

蛍子は今まで自分の人生をとても平凡なものだと思っていた。毎日が同じように過ぎていって、漫画の世界のように何か異常な事態が起きるわけでもなく、ただ決められた道を進んでいく。彼女が勝利に拘《こだわ》っているのは、そういった奇跡の無い平凡さからの脱却を目指していたからなのかもしれない。しかし、今蛍子はその認識を少し改めようとしていた。よくよく考えてみると、人生って結構不思議なことがある気がする。今日みたいに眼鏡を落としただけで、話相手が見つかったり、屋上に迷い込んだり、この前も危なっかしいタクシーに乗ったり。奇跡というものはとても大仰なものだと思っていたけど、もしかしたらそういうことではないのかもしれないな、と蛍子は思った。奇跡というのは見方を変えるということなのかも。朝になったら目が覚めることも、雲間から月が現れることも、見方によっては奇跡と思えるのかもしれない。

そんなことを考えながら蛍子は箒を杖代わりにして恐る恐る前進していった。学校の屋上という場所は、この都市において障害物の無さで一、二を争う空間である。手すりから離れたのは失敗だったかな、と蛍子は早くも自身の蛮勇を後悔していた。鉢植一つ置くにも許可がいる社会の生んだ砂漠に、蛍子は一人目を閉じて立ち尽くしていた。少しずつ不安になってきた蛍子は奇跡について考えることにした。そうだ、こんな時だって見方を変えれば絶好の奇跡の源になり得るはずだ、と蛍子は閃《ひらめ》き、砂漠で起こる奇跡についていて思いつく限りアイデアを出していった。日が翳《かげ》って、オアシスが現れて、街が見えて……そして人が来るのよ。そう、私の大好きな人が、私を助けにやってきてくれる。手をとって、きっと私を砂漠の外の世界へ連れていってくれるわ。

突然右の方角から大きな音が聞こえて、蛍子は肩を竦《すく》ませた。徐々に近づいてくる足音に、蛍子は心拍数が速まるのを抑えることが出来なかった。

「坂東、大丈夫か？　怪我は無いか？」

男の声だ、と蛍子は思った。それもとても聴き慣れた声のように蛍子には思えた。いったい何が起きているんだろう、だって、まさか……。坂東蛍子は混乱して目を回しそうになりながら声のする方へ向き直り、おずおずと声を絞り出した。

「誰……？」

「あぁ、そっか、目悪いんだったな」

すぐ目の前にいる男は小さく笑って、彼女にこれからすることの詫《わ》びを入れ、顔を上げるように促した。蛍子は目を閉じたまま、肩を竦めて縮こまった体勢を恐る恐る正し、言われた通りに顔を上げると、耳元を誰かの手がそっと操るのを感じて狼狽《ろうばい》した。どうやら眼鏡をかけられているようだ。坂東蛍子は耳の上に乗った未《いま》だに慣れない負荷を無言で確かめた後、覚悟を決めてゆっくりと目を開けた。

「たぶんレンズにキズは無いと思うけど……どうだ？　正しく見えてるか？」

眼前には心配そうに覗《のぞ》き込む松任谷理一の顔があった。蛍子はショート寸前の頭で彼への返答を考えながら、自分の体温が一気に上昇していっているのを感じていた。病熱は頬を焼き、柔肌《やわはだ》から湯気が立って雲を作り、砂漠はやがて雨に包まれる。手をとられるまでもなく、奇跡は彼女に降り注いでいた。

「うん、見えてるよ……見たいもの全部、ちゃんと見えてる……」

「それは良かった」と理一は優しい笑みを返した。

四章　ウロボロス大作戦

坂東蛍子、決して尻尾を放さない

何をやっているんだ、と大城川原《だいじょうがわら》クマは思った。私は何をやっているんだ。星を救うために選りすぐられたエリートの私が、小娘一人を恐れて身を隠しているなんて。彼女は自身への信頼が煮え立った心の炉の中でドロリと溶けては乱れ崩れるのを、胸元に爪《つめ》を立てて必死に抑え込んでいた。

今自分に何より必要なのは待つことだ、とクマは思った。今までの失敗は全《すべ》て膨れ上がった自尊心や、功名心に焦《あせ》った自分の未熟さ故《ゆえ》であると思ったからだ。心の甘言に惑わされてはいけない。小娘と侮《あなど》るなんて以《もっ》ての外だ。私は機会を待ち、仲間を待ち、絶対的な成功を収めるためのただ一度のアクションをしなければならないのだ。クマは何度も自分にそう言い聞かせ、頻《しき》りに坂東蛍子の前に飛び出そうと勇み足を促す気持ちを制した。

春の只中《ただなか》のとある休日、時刻は正午を回ろうとする頃合いである。現在クマは坂東蛍子と決着をつけるべく、彼女の尾行に勤《いそ》しんでいた。定期連絡によると地球時間で本日中に母艦が到着する予定となっていたため、クマにとっても蛍子にとっても、まさに最後の対決の機会であった。ここまで切迫した余裕の無いプランになってしまったのはクマの不手際《ふてぎわ》によるところではなく、やむを得ない明確で不幸な事情に起因している。大城川原クマは先日の濡《ぬ》れ蛍作戦が失敗した理由を考え、その一因が一人で作戦を遂行しようとしたことにあるという結論に至った。そこで今回の最終作戦には唯一《ゆいいつ》連絡を取り合う事が許された仲間である定期連絡員のヒラに協力を依頼しようと考え、ひとまず休息し、彼がクマの元へ連絡便を運んで来るのを待つことにした。しかしヒラは一向に姿を現さなかったのである。何故《なぜ》なら彼は先の作戦で坂東蛍子からの仕込み箒《ぼうき》による攻撃を受けており、三日の間昏倒《こんとう》を余儀なくされていたからだ。そしてその麻酔針入りの仕込み箒は昇降口から回収し忘れたクマの私物であった。つまり全部クマの不手際によるところなのである（事実の整理は大事だ）。

クマが再びヒラと顔を合わせることが出来たのは昨日の夜の事だった。そこで翌日の母艦到着の報告を受け、夜通しかけて支度を整え（水浴びとか、三つ編みとか、色々の支度だ）、日の昇らない内から坂東邸前にて待ち伏せしていたのである。あとはヒラと合流し、二人がかりで蛍子を捕まえるだけであったが、しかし肝心のヒラ隊員は太陽がその姿をそっくり現わした後も一向に姿を見せる気配が無い。そうこうしている内に坂東蛍子は家から出てきてしまった。クマは焦燥の波に揉《も》まれながら、一先《ひとま》ず独断で蛍子の後を追うことにしたのであった。

公園の茂みに潜んで蛍子が道を曲がるのを待ちながら、クマは到着の遅いヒラに対し苛立《いらだ》つ心を諫《いさ》めた。彼は宇宙のあらゆる生物を気絶させることが出来るよう調合された麻酔針を打たれたのだ。昨晩も歩く事さえままならない状態だった。きっと今も苦しみながら出来る限りの速度で此方《こちら》へ向かってきているはずである。クマはヒラの名誉の負傷を思い、遥《はる》か前方をうろついている蛍子に厳しい視線を送った。

（しかし、彼女も憐《あわ》れな地球人の一人なのだよな）

クマが本部の帰還命令を無視し地上に留まっているのには理由があった。情が湧《わ》いたのだ。クマは実に一年もの間この星に滞在していた。赤い土で埋まった母星と正反対の青い大気や、奇妙ななりをした地球人という知的生命体の形態にも、それだけの時間があればすっかり馴染《なじ》んで愛着さえ湧いてしまうものなのである。濡れ蛍作戦に失敗し、松任谷理一《まつとうやりいち》に投げ放たれたリモコンを回収しに階下へ向かう途中、クマは自分が必要以上に本部の決断に心を乱されていることに気付き、混乱しながらその意味を考えた。結論が出た時、クマは笑っていた。要するに自分はこの地球や、この国や、この学校が嫌いでは無いのだ。自分を受け入れてくれる友人や美術部の仲間に、第四惑星の誇る巨大母艦メヘン（仮名である）のレーザーによって焼け死んで欲しくないのだった。彼らとこの星は彼女にとってすっかり第二の故郷になっていたのだ。

それに、とクマは思った。本部の決定は最終手段に過ぎず、それによって事態が収束するという確証は全く無いのだ。もしこれで特異点の存在を抹消しても星の崩壊を止められなかった場合、それこそ一巻の終わりである。

「そんなのチョベリバだっちゅーの……」

木に引っ掛かったリモコンに手を伸ばしながらクマは本部の決定を良しとしない地球語を呟《つぶや》き、心を決めた。何としても坂東蛍子を確保しよう。本部の作戦が執行される前に彼女を捕まえて連れ帰り、気の逸《はや》った本部のお偉方を説得するのだ。

それにしても、とクマはカーブミラーの前に座りこんでいる野良猫《のら》へ手を合わせ、祈りを捧《ささ》げながら考えた（猫はクマの星で崇《あが》められている女神の偶像の姿と近似していた）。今日の坂東蛍子の行動はどうも変だ。自分の尾行に気づいているわけではないようだが、明らかに何かを警戒しながら歩いている。何度も後ろを振り返り、角を曲がる前には必ず手鏡を使って進路を確認している。変といえば、もう一つおかしな所がある。彼女は外出するべく家を出たはずなのに、今進路は家に向いているのだ。何もしないままに途中で公園をぐるりと回り込むように折り返し、一八〇度進路を反転させたのである。クマは蛍子の不審な行動に鑑《かんが》み、様々な仮説を立てた結果、一つの結論を出した。彼女は今日、何かをする気だ。そしてそれこそが特異点としての彼女のトリガーとなるに違いない。クマは街路樹に身を隠しながら、何としてでも阻止しなければ、と瞳《ひとみ》の中で揺らぐ炎の勢いを強くした。

◆

もしかしたら図書委員の子だろうか、と結城満《ゆうきみちる》は思った。最近蛍子には藤谷《ふじたに》ましろという名の新しい友達が出来たとロレーヌは言ってた。黒縁眼鏡に黒髪の三つ編みおさげとは、如何《いか》にも図書委員らしくないかしら。

しかし友人だとしても、この行動は不自然だ。満は遥か遠くで豆粒ぐらいになっている女子高生の挙動を街路樹に隠れながら確認した（満はとても目が良かった）。少女は満と同じように街路樹に隠れるように身を寄せ、時折覗《のぞ》きこむように腰を曲げては前方を行く蛍子を目視している。そう、その少女は明らかに蛍子のことを見ていた。しかし声をかけようとはせず、この数分間距離を一定に保ちながら執拗《しつよう》に追いかけ続けているだけなのである。まるでストーカーのように。

（ストーカー！）

結城満は街路樹の陰で電流に打たれていた。デコボコとした木肌に背中を引っ掻《か》かれながら、満は腕を組んだり足を鳴らしたりして、蛍子がストーカーに狙《ねら》われる可能性を何度も仮定し、その結果に頭を抱えた。むしろあの坂東蛍子にストーカーがいない方がおかしい。目の前で足音を潜める人物が藤谷ましろその人なのかどうかは分からなかったが、ストーカーである可能性は極めて高い、と満は結論づけ、緊張で表情を固くした。

結城満は、暴走している人形を捕まえるという当初の目的を忘れ、蛍子を尾行している不審人物を追跡し始めた。初めの内こそ気を張ってストーカーを追いかけていた満だったが、尾行に慣れていく内に段々と遠くにチラつく蛍子の姿が気になりだし、次第に彼女のことを考えるようになっていった。具体的には、彼女が世界を滅ぼすということについてだ。満は先日地下道で向かってくる蛍子から逃げだした時、自分はなんて情けない人間なんだと思う反面、心の何処《どこ》かでホッと安堵《あんど》していた。どんな顔をして彼女と向き合えば良いのか、皆目見当がつかなかったからである。満は蛍子の顔ならば笑った顔も怒った顔も泣いた顔も鮮明に思い出す事が出来たが、その時に対峙《たいじ》していた自分の顔は全く想像することが出来なかった。どんな表情で蛍子と接していたか、満には分からなくなっていた。勿論《もちろん》彼女が蛍子から逃げた理由はそれだけではない。留守を狙って蛍子の部屋に忍び込み、ロレーヌと雑談する中で、満は蛍子にも友人が出来つつあることを聞かされていた。つまり、蛍子は満の目論見《もくろみ》通り、彼女の手から離れたことで無事前進出来ていたのである。その蛍子の前に自分が現れることで、彼女を再び捕えることになってしまわないか。そのことを満は恐れているのだった。せっかく前に進んでいる蛍子の足を止める権利が自分にあるのか。苦悩する満にロレーヌは、蛍子は寂しがっている、と伝えた。満は苦笑いしながら、私がいたらもっと寂しくなるかもしれない、と返した。

今、自分の与《あずか》り知らぬところで蛍子は地球存亡の鍵《かぎ》を握らされてしまっている。蛍子に何かしてあげたい、と満は思った。そしてそのすぐ後で、傍にいてあげるべきだ、と心の中で天使が囁《ささや》き、それは無理だ、ともう一人の天使が呟くのだった。結城満はストーカーの行動を辛うじて警戒しながらも、意識は次第に深い所に潜り込み、天使達との話し合いに熱中していった。

◆

川内和馬《せんだいかずま》は気が気でなかった。当初は美術部の仲間である大城川原クマを尾行する謎《なぞ》の少女を追跡していた和馬だったが、一分も経《た》たない内に背後からついてくる不可解な気配に気づいてそれどころではなくなってしまっていた（彼は過去の痴漢のトラウマのせいで背後の気配には異常に察しが良かった）。その上、カーブミラーに映ったストーカーの正体が全校生徒の憧《あこが》れの的、坂東蛍子であったものだから、彼は動転のあまり目が回り、既に何度か気を失いかけていた。

誤解を恐れずに表現するならば、川内和馬は坂東蛍子のストーカーである。彼は二日程前から下校時の彼女のことを密《ひそ》かに尾行していた。何故ならば、ジャージを返してもらいたかったからである。どういう経緯かは定かでは無かったが、学校にジャージを忘れた翌日彼はクラスメイトから「坂東蛍子A組占拠事件」の顚末《てんまつ》を聞かされ、そこで自身のジャージを彼女に持ち去られたことを知った。季節はもう青い芽が其処彼処《そこかしこ》で頭を持ち上げる春の真ん中ではあったが、陽の位置によってはまだまだ肌をなぞる風は冷たく、根っからの文化系気質であった和馬には半袖《はんそで》半ズボンで生活するのは些《いささ》か辛《つら》い時期であった。彼は自身の心身の健康を保つためにもどうしてもジャージを必要としていたが、当の蛍子は未《いま》だにジャージを取り違えたことに気付いておらず、仕方なく自分から口火を切ろうと後を追ってはみるものの、しかし緊張から声をかけられず……といった展開をここ二日間繰り返していたのであった。

　ちなみに彼はこの数日後、ジャージを返してもらった時にすっかり蛍子に絆《ほだ》されて、隣のクラスの坂東蛍子という人物について調べ始めることになる。坂東蛍子は非の打ち所の無い人物に見えたが、彼女のそういった部分を妬《ねた》み陰口を言っている勢力も少なからず存在するということを和馬は度重なるリサーチの最中に突きとめ、煌《きら》びやかな笑顔の陰で陰湿ないじめを受ける蛍子の姿を想像して感奮興起、俺が守らなければ、と立ちあがり、同じように坂東蛍子を愛する信頼出来る友人を数名集め〝坂東蛍子親衛隊（通称坂東隊）〟を秘密裏に設立する。蛍子を束縛しないため追いかけることを禁止する一方で、見かけた場合は可能な限り遠巻きに見守り周囲の悪意から保護するという会則を定めて同志を募ったところ、初めは数人のメンバーであったのが、周囲の非公認ファンクラブを吸収していく形で一週間後には数十人規模へと構成員の数が膨れ上がることになる。和馬は蛍子にジャージを着られた過去を持つため特別な男として隊員達に尊敬され、天性の諜報《ちょうほう》能力も相まっていざという時に頼りになる信頼出来る隊長としてその地位を確立するのだ。

そんな未来を露程も想像していない和馬は、後ろから尚《なお》もついてきている坂東蛍子の気配に、緊張しながらも思わず頬を緩ませた。待ち合わせ場所の公園へと向かうべく通りすがった成見心太郎《なるみしんたろう》はそんな彼を目撃し、気持ち悪いな、と思った。

◆

蛍子は状況を整理するために電信柱の後ろに隠れるようにしゃがみ込み、胸の上をトントンと叩《たた》きながら数字を十数え、もう一度十数えた。

坂東蛍子は日課の野鳥観察（自称である。実際はその辺をブラブラして、昼飯時には帰って来る）に出かけた矢先に自身が手ぶらであることに気付き、慌《あわ》てて進路を自宅へと変更して、急ぐ足を春風に見立てながら温かなアスファルトの上を歩いていた。しかしその足は二つ目の角を曲がった所でやむなく停止させられることとなる。前方で街路樹に隠れるように張り付き、まるで地雷原の上を歩くようにゆっくりと歩を進めている怪しい男子と、その先を行く同い年ぐらいの女子を発見したためである。

はじめ蛍子はストーカーの現場を目撃してしまったと思いドキリとしたが、目を凝らし、時折曲がり遅れて背中を見せる女子の顔を捉《とら》えたことで更に心臓の鼓動を早くした。満だ、と蛍子は目を見開いた。久しぶりに見た、本物の満だ。

まず初めに蛍子の中に生まれた感情は純粋な驚きで、次が疑問だった。何故満が私の家の近所にいるのか。何故休日の昼間に慎重な足取りで歩きまわっているのか。何故男子につけられているのか。動揺して裏返りそうになっている蛍子の頭では、その疑問に何一つ適当な解を与えてやることが出来なかった。三番目にやってきた感情は喜びだった。蛍子は一頻り驚いたり首を傾《かし》げたりした後で、それらの感情の隙間《すきま》から少しずつ染《し》み出し表出した感情の正体を探るため、前方を確認すべく取り出した手鏡で自分の顔を見た。鏡の中の蛍子は、笑っているような泣いているような、不思議な顔をしていた。あぁ、これは嬉《うれ》しい顔だ、と蛍子は思った。私は満と会えて嬉しいんだ。

蛍子はとりあえず満の後を追うことにした。正確には、満の後をつけている男子の後を追うことにした（蛍子は和馬のことを知らなかった。理一と一緒にいる彼の姿を何度か見かけているはずだったが、残念ながら彼女の目は理一以外のものは映りにくく出来ていた。ちなみに今は満以外のものが極めて映りにくくなっている）。蛍子は心の半分では今すぐにでも満の元へと駆け寄っていきたい気持ちで一杯だったが、もう半分では全速力で逃げ出したくて仕方なくなっていた。正反対の方向への発進を促す心に引っ張られた挙句に、蛍子が自分に折衷案として提案したのが尾行であったわけである。建前としては満の後方約八〇m地点で息を殺している不審人物を監視し、いざという時には飛び出して満を助けるための尾行だったが、実際の所蛍子は自分が護身術を教えた満があんな華奢《きゃしゃ》な男子に負けるとは全く考えていなかった。そもそも本当に危険だと思っているなら、今この瞬間にでも駆けつけるなり、通報するなりして行動を起こすべきなのである。それが出来ないままにこうして街角を背にし、街路樹に隠れ、ガードレールの陰から覗きこんでいるのは、ひとえに蛍子の臆病《おくびょう》に震える心の弱さのせいであった。

「あら、蛍子、帰ってきてたの」

手をついた壁の向こうから不意に声をかけられて、蛍子は驚いて目を大きくし、そのままの顔で声の出所を探した。声の主は蛍子の母・一紗《かずさ》だった。

「何変な顔してるの？　ちょうどお昼出来たから、あがっておいでね」

蛍子は目を白黒させながら辺りを見回し、自身の手の下に隠れた表札を確認して、ようやく自分がいつの間にか家に戻ってきてしまったことに気がついた。謎の男を追っていたら一周回ってきてしまったらしい。坂東蛍子は一笑した所である重大な事実に気がつき、俄《にわ》かに焦り始めた。

「あれ？　ホタちゃん？　聞こえた？」

「う、うん、ママ、ちょっと待って……」

蛍子は呼吸が加速度的に速くなるのを感じていた。家に帰るということは、満とそのストーカーの尾行をとりやめるということだ。それはつまり、一年ぶりに視界に捉えた満を再び見失うということでもある。残念ながら蛍子には尾行を続行するという選択肢は残されていなかった。坂東一紗が坂東蛍子の母親だからだ。一紗は普段は大らかで慈《いつく》しみがあり、おっとりとした性格であったが、ここぞという所では意志を曲げず頑《かたく》なに我を通す。蛍子に唯我独尊の遺伝子を継承させた張本人なのである。彼女に見つかってしまった以上、蛍子は生半可な気持ちで一紗の指示に逆らうことなど出来ないのだった。それこそ、何時間もの恐ろしい説教を受けるだけの意味のあることでなければいけない。しかしながら今回蛍子にはその心当たりがあった。どうしよう、と蛍子は焦った。どうしたら良いだろう。今ここで行ってしまうべきなのかな。駆けだして、満に声をかけて、それから……それから何て言うの？　謝るの？

蛍子は霞《かす》む視界に慄《おのの》きながら、頭の中が何者かの手によってぐるぐると掻き回されるのを感じていた。考えれば考えるほど、どうしたら良いのか彼女には判断がつかなくなっていった。窓の奥にチラつく母の影と、遥か遠方の角を曲がって遠ざかっていく満の影と、足下で体に合わせて揺れる自分自身の影を何度も見返しながら、蛍子は苦しそうに小さく呻《うめ》き、その場で何度か足踏みをした。誰かが背中を押してくれないかな、と蛍子は思った。きっかけさえあれば、いつだって駆けだせるのに。例えば、あのストーカーが満に襲いかかって――

（最低だ）

坂東蛍子は自分の考えに絶望して、顔を涙でぐしゃぐしゃにしながら家のドアを開けた。

◆

双眼鏡を下ろすと、三木杉《みきすぎ》は駐車場の塀にもたれかかって煙草《たばこ》をくわえた。今手元に残っている数少ない持ち物である古びたオイルライターをトレンチコートのポケットから取り出して口元に持っていき、あまりの火の点きの悪さに溜息《ためいき》を漏らした。

今となっては三木杉は坂東蛍子に感謝の念すら抱いていた。確かに蛍子はたった一度のタクシー乗車体験によって三木杉を警察からも黒丈門《こくじょうもん》一家からも追われる惨《みじ》めな逃亡者へと変えてしまった。逃走開始から数日間、三木杉が追手の影に怯《おび》えながら暗闇《くらやみ》に紛れ、ゴミ箱に隠れ、這《ほ》う這《ほ》うの体で日々をやり過ごす事しか頭の中に抱けなかったのも全て彼女のせいである。しかしながら、三木杉は凋落《ちょうらく》の中に諧謔味《かいぎゃくみ》や、或《あ》いは希望すら見出《みいだ》せるような強い男であった。持ち前の適応力で逃亡生活にも徐々に慣れ始めると、彼は未知の感覚が胸の内に起こるのを感じるようになっていった。逃走を果たす毎《ごと》に増長し肥大していくそれは、生きているという確かな実感だった。三木杉は自分の人生がいつ幕を閉じるか分からない状態に身を置くことで、何処かで諦念《ていねん》しながらも一秒一秒に命をかけ、日々を食いつなぐ生き方に意義を見出すようになっていった。これこそ、ハードボイルドじゃないか、と三木杉は思った。彼は逃走の中にとうとう自らの夢を発見するに至っていた。

それからの三木杉は、組織での鬱屈《うっくつ》した生活を払拭《ふっしょく》するかのように自由闊達《かったつ》な気性を爆発させ、元々才能に溢《あふ》れていたその足を活《い》かして暴れ馬の如《ごと》く都市の路地を逃げ回った。警察も黒丈門も、狭い路地で彼に追いつける者は誰もいなかった。ある日三木杉は鏡の中に映る自分の顔が、良い具合にハードボイルドな無精髭《ひげ》を生やしていることに気付き更に高揚して、その勢いでなけなしの有り金をファッションに費やした。現在身につけているくたびれたトレンチコートや、鍔《つば》の柔らかい中折れ帽もその時に手に入れたものである。三木杉はとても充実していた。だから坂東蛍子には、個人的にはとても感謝しているのだ。

しかし彼は本日蛍子を殺さなければならない。刑務所に送られた唯一の友、番場《ばんば》に報いるためだ。三木杉は私的な感情としては蛍子を見逃してやりたかったが、その思いは任侠《にんきょう》に憧れた彼の中の仁義の心が許してはくれなかった。少女は死ななくてはならない。物語のラストでは、必ず誰かが死ななくてはならないのだ。

三木杉は吸い殻をポケット灰皿に入れると（彼は自然に紛れ、自然に救われることで、自然への慈しみの心を獲得していた）、再び双眼鏡を使って坂東邸を眺めた。先程家に入っていった蛍子は未だに家の中のようだ。やはり先程の外出で強行しておいた方が良かったのかもしれないな、と三木杉は小さく舌打ちをした。理由は定かでは無かったが、先刻は彼女の後ろに数人の人物が控えており、ただでさえ目立つ格好をしていた三木杉は迂闊《うかつ》に接近することすら出来なかったのである。そんな彼に、だったらコートを脱げば良いと唱える者がいるかもしれない。ハットを捨てろと提案する者もいるだろう。しかし三木杉がその意見に耳を貸すことは絶対にない。何故なら彼はハードボイルドだからだ。

遠巻きに監視を続けながら、一先ずコンビニ弁当でも調達してこようかと双眼鏡を下ろしかけたその時、三木杉の視界に一人の少女が侵入してきた。先程坂東蛍子の背後にいた少女だった。彼女は坂東邸の一本隣の路地に入り込むと、薄暗がりの中で天を見上げ、空に向けて奇妙な仕草をし始めた。すると数秒の内に遠くから鳩《はと》がやってきて、そのまま彼女の頭目掛けて一直線に下降し始めた。

「危ねぇ！」

三木杉は思わずそう口から零《こぼ》し、手を前に伸ばしたが、その手が少女の肩を掴《つか》むにはあまりに距離が離れ過ぎていたため、少女は事態を回避することが出来ぬままにそのままあえなく鳩と激突することになった。三木杉は先程定めた目的も忘れ、すぐさま少女の元へと走り出した。何故なら彼はハードボイルドだからだ。

◆

松任谷理一は後ろから突然肩を叩かれたことでその場で小さく飛び上がった。

「か、和馬か。何時《いつ》の間に忍び足上手《うま》くなったんだ」

「お前が電話に夢中だっただけだろ」

理一の言う通り、社会人二年目にソマリアにて海賊の誘拐船から悠々と脱出してみせることになる川内和馬の忍び足はこの頃から徐々に熟達を見せ始めていたのだが、こと今回に限って言うならば和馬の主張の方に些かの分があった。理一は親族の依頼で朝からずっと追跡していた誘拐事件の逃走犯が先日の宇宙人と接触を図ったことに、外見では冷静に振る舞っていても心中では大きく動揺していた。全く予想外の取り合わせだったからだ。その上何処かから話を聞きつけた黒丈門ざらめからの着信が重なり、彼は今いっぱいいっぱいだった。

理一は和馬に少し待っててくれ、と手でジェスチャーした。いつものことだったので、和馬は特に気にせず頷《うなず》いた。

「なぁ、ざらめ、どうしても駄目か？」

〝嫌です。だって兄さんが捕まえたら警察に連れていってしまうじゃないですか〟

ざらめの主張に理一は頭を抱えた。彼女は自分の家に現在進行形で恥をかかせている元組員の逃走犯を是が非でも自分自身の手で裁きたいらしく、理一のいる現場に向かうと電話の向こうで頑なに言い張っていた。最低でも泣いて命乞《いのちご》いをする顔を見ないと納得出来ない、とのことだった。理一はざらめの攻撃的な一面を幼い頃から熟知していたため、彼女の声にこもった殺気に危険なものを感じとっていた。今のざらめにあの三木杉という男を引き渡したら、とんでもない事になってしまうに違いない。文字通り、とんでもない事にだ。

〝それはそうと、兄さん。誰か来たんですか？〟

「あぁ、友達だよ」

〝女ですか？〟

「男だ！」

理一は電話を保留にして、背後で暇そうにしていた和馬の方へ振り返った。

「いつも悪いな。ていうか何でまたこんなとこにいるんだ？」

和馬は理一の問いに、坂東さんの気配が消えたもんだから思わず気になって探しに来た、なんて言えないよなぁと頭を掻き、あぁ、だの、なんとなく、だのと苦笑混じりに呟いて言葉を濁した。

「理一こそ何してるんだよ」

松任谷理一も台詞《せりふ》を暈《ぼか》した。彼は少し考えるように俯《うつむ》いて、前方を窺《うかが》い、そして何かをカウントするように指を折った。

「……和馬、頼みをきいてもらいたいんだけど」

「ん?」

「坂東蛍子の顔、分かるよな」

和馬はドキリと肩を跳ねさせ、取り繕うように何度か頷いた。

「今日彼女に会ったら警告して欲しいんだ。知らない男が近づいて来たらすぐに逃げろってさ」

まさか俺のことじゃないよな、と和馬は冷や汗をかいた。

理一は今後の方針を決断していた。あの誘拐犯達はどちらも坂東蛍子を狙っていると考えられるのだから、彼女の安全を確保することが最優先事項ではある。しかしながらこのまま放置していたら確実に〝とんでもない事になる〟人間が一人いる以上、自分は黒丈門ざらめを止めなければならない。三木杉の動きを見るに、幸い坂東は自宅の中にいるようだから、今はこの場に動きが無いことを願ってなるべく早くざらめへの対応を済ませるべきだろう。何処か別の場所で待ち合わせをして、宥《なだ》めすかすか家に帰すかした後で急いで戻ってくるしかない。

「意外だな。理一、坂東さんと連絡とれないのか」

「いや、とれるが、とれないかもしれないというか……複雑なんだ」

たしかに複雑だな、と和馬は笑った。理一という男は昔からよく分からない男なのだ。だから一緒にいて面白かったりするんだよな。

「別に良いよ」

和馬は特に考える素振りも見せず、理一の頼みを了承した。恩にきる、と理一は和馬に頭を下げ、電話の向こうで放置され怒りを募らせているであろうざらめをやり込めるべく、再び携帯を持ち上げた。

あのさぁ理一、と和馬が理一に声をかけた。

「なんだ？」

「なんかお前、頻繁に坂東さんのこと気にしてる気がするんだけど、何で？」

松任谷理一は何かを探すように路地裏の狭い空を仰ぎ、小さく笑って口を開いた。

「従妹《いとこ》に似てるんだよ。だから放っとけないんだろうな」

◆

「まとめるとだな、俺たちは宇宙人の行動を監視しないといけない。でも知人からの依頼で掟《おきて》を破った人形の捜索もしないといけない。ただ、それ以上に世界崩壊の危機を探らないといけないわけだ。つまり全然手が足りてねぇんだよ。マジで猫の手も借りたいんだ。分かるだろ？」

剣臓《けんぞう》の長大な演説が終わると、眉間《みけん》に皺《しわ》を寄せた轟《とどろき》がロレーヌに返事を返した。

「この厚かましいクソッタレ野郎にふざけんなって言っておけ」

「お、おいロレーヌ、ニャアニャア言ってらっしゃるが、なんて言ってんだ？」

「協力したいのはやまやまだが、そこまで沢山の事に手は回らないそうだ」

そうだよなぁ、と剣臓は理解を示すようにうんうんと頷いた。猫の厳しい視線を感じながら、ロレーヌは今後のことを思って青い空に溜息を吐《つ》いた。

ロレーヌから地球崩壊の報を受けた剣臓とタクミ、満は、一先ずその問題を最優先に考えて行動するよう協力態勢をとることを決めた。崩壊のトリガーの一つが坂東蛍子にあり、もう一人が何者なのか判明していない以上、蛍子にトリガーを引かせないことが何より重要だ、という結論で四人（二人と二体）は合意し、出来る限り蛍子から目を放さないようにすることを決めた。その過程で剣臓とタクミは宇宙人の案件を、満は人形の案件をそれぞれの本業として並行して追っていくことになる。ロレーヌは家での蛍子の監視役に任じられていたが、彼女が外出している時間は出来るだけ剣臓達と行動を共にし、協力することにした。蛍子はあまり自室には居たくない性分らしく、就寝前以外は気落ちしてロレーヌという話相手に相談事でも無い限り滅多に部屋に戻ることは無かったため、ロレーヌはそれなりの安心感を伴って部屋を抜け出す事が出来た。

今日も今日とて休日にも拘《かか》わらず、四人は誰が指示するでもないままに粛々と集まって行動を共にしていたのだが、途中で忽然《こつぜん》と姿を晦《くら》ました満のせいで早速手が足りなくなり、それならばと気の良さそうな浮遊霊や自我を獲得した猫に協力を仰いでいたのである（剣臓はこの件に関しては全くの役立たずなので、ロレーヌとタクミが彼らの通訳をせざるを得なかった）。ロレーヌは再び溜息をついた。普段座っているだけのぬいぐるみには、最近連続している珍事は些か重労働が過ぎる。

そうだ、と剣臓が新種の虫を発見したような顔をして手を打った。

「猫よ、お前は動かなくて良いから、せめて動き回ってる人形がここを通ったら捕まえておいてくれ。な？」

野良猫の轟は剣臓に向かって一鳴きし、剣臓がロレーヌに翻訳を求めた。

「こちらも生活が苦しい身なので時間を割く余裕があるか分からない、だそうだ」

「おい綿兎《わたうさぎ》！　そのまま伝えろよ！」

轟が目を鋭くしてロレーヌに喚《わめ》き立てた。タクミはそんな轟を見て首を傾げる剣臓に対し、空腹だということなんでしょうか、とフォローを入れた。

「よし！　じゃあ猫缶を買ってやる！　二個、いや、三個でどうだ！」

これ以上は勘弁してくれ、と剣臓は手を合わせて懇願した。我々も貧しいのでご理解下さい、とタクミも轟に頭を下げた。轟は暫《しばら》く黙って彼らを眺めていた後、観念したように尻尾《しっぽ》を垂らしてロレーヌに要求を伝えた。

「……俺は今、菜食主義というヤツに関心があるんだが」

◆

駄目だ、見つからない。ウィレムは窓の外から三周目の室内観察を終えて、木で出来た肩を力なく下げた。

形而上《けいじじょう》の世界には形而下の世界に干渉してはならないという絶対の掟があった。一たびお互いが混ざり合うと引力のような繋《つな》がりが生まれ、世界の間で綱引きが起こり、いずれ弱い方が強い方の世界に飲み込まれてしまうからだ。だからぬいぐるみは魂以外の体を人間界で調達するし、人形は途中で存在を補完することが無いように一方の世界で完全な状態を形成し誕生する。メンテナンスも誕生した世界のものに全て頼る。当然人形の国で生み出された物質が人間の世界へ持ちこまれるようなことはあってはならないのだ。しかしながら先日、ウィレムは坂東蛍子に人形の国のドアノブを持ち帰られるという大失態をおかしてしまっていた。彼がその重要な事実に気付いた頃には既に少女は人間の世界に帰ってしまっており、止《や》むを得ずウィレムはこの膨大な物質世界にて一人の少女を探すべく、単身地上に降り立ったわけである。幸いウィレムには読心の心得があったため数日程度で目的の相手へと辿《たど》り着くことが出来た。しかし真に大変なのはそこからであった。

大半の人間がそうであるように、坂東蛍子もその私生活において外出時にドアノブを身につけて行動してはいなかった。即《すなわ》ち、仮に彼女が未だにドアノブを所有しているとしても、彼女の家の中に入り込まなければその存在を確かめようが無かったのである。ここでウィレムの前に大きな壁が立ちはだかることになる。彼ら人形は余計な混乱を防ぐための協定を人間との間に結んでおり、人間の世界で動きまわることを禁じていたため、地上では本来身動きが取れない。どうしても表に立って活動しなければならない時、人形達は幻覚の力を使って周囲の人間達に自身を動物の姿に見せてそれとなく行動するが、しかしそれはあくまで幻の姿で、その動物の能力を獲得出来るわけではないため（鳥に見せかけても飛べるわけではないし、蟻《あり》に見せかけても体が小さくなっているわけではない）、家に侵入することはほぼ不可能に近い行為なのである。

「もう諦《あきら》めがつきましたか、旦那《だんな》」

鳩のヒラと出会ったのはそんな折であった。ヒラは動物では珍しく自我を持っており、その事実を読心によって発見したウィレムは無理を承知でヒラに声をかけた。ヒラは動く人形を目《ま》の当たりにして初めの内こそ戸惑っていたが、坂東蛍子の名前を出した所で意気投合し（なんと彼も対象を知っていた！）、一時だけ手を貸してくれることになったのだった。

「もう暫く頑張ってくれ。あと少しで彼女が部屋に戻るはずだから」

そういうわけで、現在ウィレムはヒラの背中に乗せてもらい、二階にある蛍子の部屋が見える位置で待機してもらっているのだ。ヒラも並々ならぬ重要な案件を抱えているようで、先刻から愈々《いよいよ》焦りを露《あら》わにし始めていたが、ウィレムはもう少しだから、とその度に彼を引きとめ続けていた。「もう少しだから」。これは人間界で学んだ穏便に相手をやり込めて流れの内に飲み込む絶技だ。

ちなみにウィレムは今人間の目からはハルジオンの花弁に見えている。

「来た！」

坂東蛍子は天啓のように何の前触れもなく部屋のドアを開いて、ゆっくりと中に足を踏み入れた。少し顔色が悪いようにも見える。ウィレムは早速蛍子の精神に介入し、彼女がドアノブの元へ向かうように操作しようとしたが、坂東蛍子は心ここにあらずといった様子で一切の心的干渉を受け付けず、部屋の中を回遊魚のように彷徨《さまよ》っていた。なんてタイミングの悪い女なんだ、とウィレムは歯ぎしりをした。落ち込むなら他の時にして欲しいものだ。せめて何か考えてくれていれば、読心でつけ入る隙を探れそうなものを。

「……なんか、姉御の様子、おかしくないですか」

　ヒラの言う通りだった。蛍子はフラフラと部屋の中を一周、二周した後、徐々にその歩みを速め出し、焦りを滲《にじ》ませながら何かを探すように部屋の物を掻き乱した挙句、最後には一心不乱に放り投げた。どうやら何かを失ってしまったようである。まさかドアノブを失《な》くしたのでは、とウィレムも焦燥の色を濃くし、心を読むべく再び意識を集中させようとしたところで、肝心の蛍子が一目散に部屋を飛び出していってしまった。

「おい！　出てくるぞ！　追いかけろ！」

「すいやせん旦那、時間です」

　ヒラは身を震わせてウィレムを背中から振り落とすと、翼を烈《はげ》しく羽ばたかせて楽になった肩を馴染ませ、東の方角へと飛び去ってしまった。ウィレムは何とか茂みの中に落下して受け身をとり、蛍子を追うべく草葉を掻き分け飛び出した。

◆

　轟は昼夜カーブミラーの前に座り、己とは何かを問い続けている野良の三毛猫である。そもそも彼も母の胎《はら》から生まれ出《い》でた時は何の変哲もない猫であった。何をするでもなく、ただ猫という矜持《きょうじ》を背負って生き果てるのみの腹の動く記号に過ぎなかった。そんな彼が自我に目覚めたのは、ふと見上げたカーブミラーの中に映る自分を見たことがきっかけだった。轟は鏡に映る自分に対して唐突に瑣《さ》末《まつ》な違和感を感じとった。初めは魚の小骨のようであったその違和感は次第に大きく広がって彼の全身をむず痒《がゆ》くさせ、直に彼は自分というものに安心感を失い始めてしまった。その時彼は生まれて初めて己というものに疑問を持ったのだった。三日三晩飲まず食わずで自らの問いに頭を悩ませた轟であったが、結局明確な答えを得ることは叶《かな》わず、それ以来彼は不確定な自己という存在を探求するためにこうして座禅を組んで日々を過ごしているのである。

時折何故動かないのかと問うてくる人間もいる。その度に轟はこう返すのだ。

「自由の女神という像は足元をどこよりも頑強に固定されている。自由とは束縛の上にあるものなのだ。俺が一歩も動かないのは自由に生きている証《あかし》なのだ」

そして質問者はミャアという鳴き声を聴いて満足そうに去っていくのだった。

「あ、猫だ」

目の前を通りすがった少女がそう呟いて、公道で微動だにしない轟の様子を窺うようにそっと覗きこんだ。轟は彼女を眇《すが》めながら密かに嫌な予感を覚えていた。轟には哲学の途《みち》を妨害する何人かの厄介な天敵がいたが、眼前の少女がその内の一人を想起させる容姿をしていたからだ。長い黒髪に我の強そうな気丈な相貌《そうぼう》、道端の猫を見て急ぎ足を止める好奇心の強さ。こういう輩《やから》は経験上ロクな奴《やつ》がいないのだ。

「にゃあにゃあ、どうした、疲れたのか」

少女は轟の前にしゃがみ込むと誰にも聞こえないぐらいの声で轟に話しかけた。少女の瞳はブラウンカラーだったが、色素が薄いせいか光の具合によっては赤錆《あかさ》びた風合いを帯び、長い髪が影になると不気味な想像を見る者に抱かせた。歳《とし》はまだ人の規格で十と少しというところに見えるが、やはり警戒は解かない方が良いな、と轟は目を細めながら微笑《ほほえ》む少女を見返した。

「野良猫だから名が無いよな。私が名付け親になってやろう」

好きにしてくれ、と轟は思った。人間が名前をつける行為に妙な情熱を持っていることを轟は経験上よく理解していた。これまでも道行く人々から好き勝手に命名され、無数の呼称で自由に呼ばれていたからだ。そもそもこの轟という名自体、ある女子高生につけられた仮名である。そしてこういった名前の不確定さも、彼が自己認識を考え始めた一因になったであろうことは疑いようもない。

「そうだな……ミラーの前に座ってるから……大尉《たいい》だ！」

「違う違う、この子は轟って言うの」

赤錆びた瞳の少女の背後に現れた人物を見て、轟はギョッと目を見開いた。坂東蛍子だ。まったく嫌な予感に限って的中しやがる。

「……違う」

突然背後に現れた人物に、少女は暫く面喰った様子だったが、気を取り直すように何度か咳《せき》払いをするとゆっくりと立ちあがり、蛍子の目を真《ま》っ直《す》ぐ見据えて静かに呟いた。

先程轟と話す時の猫なで声とは打って変わって、刺すように鋭い口振りである。

「こやつは大尉だ。今決まった」

「いや、だからね、この子はもっと前から――」

「大尉だ」

轟は坂東蛍子の中で何かがプツリと切れる音を聞いた気がした。それは年下の子には優しくしなさい、という母の教えだとか、初対面の相手には穏やかに接しなさい、という社会の教えだとか、恐らくそういった何かだ。蛍子は殺気すら感じられる少女の眼光に怖気《おじけ》づくどころか、逆に顔を近づけてこう言った。

「だっさ」

「な……！」

「何その名前、だっさ」

「き、貴様、言うに事欠いて……それは私だけでなく、私の人生の映画を否定することにもなるぞ！」

小さい方の黒髪が、顔を真っ赤にして蛍子から一歩距離をとり、声を大きくして捲《まく》し立てた。蛍子は彼女の主張を心底どうでも良さそうな目で見下している。

「いや、映画の何かとか分かんないし。意味が伝わり辛い」

「……貴様こそ何だ轟とは！　それこそ意味が分からんだろう！」

今度は蛍子が激情する番だった。

「カーブミラーは車達のためにあるでしょう！　だから轟！　こんな捻《ひね》りの利《き》いた良い名前無いわよ！」

轟は目前で群れたカラスのようにギャアギャアと喚き合う二人を眺めながら、先程の剣臓達からの頼み事を思いだしていた。彼らは坂東蛍子がこの世界に何か良からぬことを起こすと確信して行動しているようだった。その件に関しては轟も概《おおむ》ね同意していたが（現に彼の安息の時間が奪われている）、しかしそうは言っても、果たして小娘にどれだけのことが出来るというのだろうか、と轟は首を傾げた。轟は地動説に関する幾つかの文献を読んだことがあったため、世界がどれほど広大なものであるかを理解していた。だからこそ世界の崩壊などという大それた話に、今目の前で子供と喧嘩《けんか》している女子高生が関わっているとは到底思えなかったのである。

（それとも、俺はこの女を過小評価しているのだろうか）

「さっきから貴様貴様って、小学生の癖に年上に対して失礼なのよ！　バーカ！」

「しょ!?　私は中三だ！　それに馬鹿《ばか》って言った方が馬鹿だって兄さんが言っていたぞ！」

「じゃああんたの兄さんも馬鹿ね。馬鹿って言ってるし」

「取り消せー!!」

「うるせぇぞ馬鹿野郎共!!」

轟が二人に対しミャアミャウと鋭く鳴いて一喝すると、二人は頬をポッと上気させ、轟の頭を撫《な》でるために歩み寄って来た。轟は怒りで顔の皺をシュークリームみたいに寄せながら、やはり坂東蛍子はただの人間だ、と舌打ちと共に大仰な可能性を吐き捨てた。

◆

坂東蛍子は気を静めるために春風を割きながら黙々と歩いていた。さっきは変な女の子や轟の相手をしていたせいで、随分時間をとられてしまったわ。早くロレーヌを探さないと。しかし生意気で腹の立つ子だった。ああいうタイプには近寄らない方が身のためね。

(でも、そういえば前に何処かで見たことがあるような……)

蛍子にはロレーヌをここ数日間部屋から持ち出した記憶が無かったが、それでも彼女は念のために自分の行動範囲を捜索してみることにした。公園を通って豆腐屋を経由し、学校へと向かうルートを蛍子は忙《せわ》しなく辺りを見回しながら早足で向かっていた。少女はロレーヌの不在に本当なら今すぐにでも取り乱したくて仕方ないぐらい危機的なものを感じていたが、そんなことをしたら自分の身が持たないのは分かりきっていたので、事態をなるべく楽観的に捉えるように心がけていた。ただでさえ満の一件があったばかりである。これで本当にロレーヌを失ったら、正直蛍子は自分でもどうなってしまうか分からなかった。

蛍子はハンドバッグの中から微細な震動を感じとった。スマートフォンを取り出し、画面に表示された着信相手の名前を見て彼女は思わず急ぐ足を急停止させた。

(理一君……!)

先日理一に屋上で眼鏡を拾ってもらった蛍子は、今ならどんなことでも叶う気がして、なけなしの勇気を振り絞って彼に電話番号を尋ねた。事は奇跡を味方につけていた蛍子の思惑通りに進み、彼の快い承諾の下に少女は想《おも》い人の電話番号を無事入手することが出来たのであった(その日ロレーヌは彼女からその話を嬉々《きき》として語り聞かされ、電話番号も訊《き》けていない相手に告白したのか、と彼女の複雑な行動原理に驚嘆した)。初めの晩はその番号を眺めているだけで充分満たされていた蛍子だったが、二日目から電話をかけてみたいという欲が徐々に首をもたげ始めた。しかしどういう理由をつけて電話をかければ良いか思いつけず、また電話をかけたとしても話を続けられる自分の姿を想像出来ずに、坂東蛍子はここ数日間毎晩のように携帯電話を前にしては煩悶《はんもん》する日々を送っていたのである。

まさか向こうからかけて来てくれるなんて。液晶画面の表示名が間違いでないか、ギュッと目を閉じて開くことを三度繰り返した蛍子は、電話が切れてしまう可能性に思い至って慌てて応答した。

「も……もしもし……」

「坂東、出てくれて良かった」

一言目からなんて嬉しい言葉をかけてくれるんだろう、と蛍子は頬を緩ませた――松任谷理一は自身の携帯電話に女性名義での登録が無い。見つかったら従妹に消去されてしまうからだ（男でも偽名を疑われると即座に消される）。今回の出てくれて良かった、は、残っていた偽名の登録番号が記憶通り坂東で良かった、という意味だったのだが、勿論蛍子には秘密だ――。忙しかったか？　と質問してくる理一に、蛍子は威勢良く首を横に振り、その行為に何の意味も無いことに気付いて急いで電話口に大丈夫だよ、と返答した。

「どうしても一言、伝えたいことがあってさ」

蛍子は口を一文字に結び、呼吸をするのも忘れて理一の次の言葉を待った。いったいどんな重要な言葉が飛び出してくるのか、と心臓の辺りを抑えながら蛍子はあれこれと想像した。どちらにせよ、私にとって今後を左右する言葉になることには間違いないはずよね。

「いいか坂東、もし知らない男が近寄ってきたら、すぐに逃げろ。相手がどんな格好で、どんな態度でもだ」

「へ？」

「とにかく近寄っちゃいけない。全速力で逃げるんだぞ」

「う、うん……わかった」

「よし。じゃあまたな。良い一日を」

　電話はそこで切れてしまった。蛍子は暫くスマートフォンの画面を眺めていた後で、今一腑《ふ》に落ちない気持ちを抱えながらそれをバッグの中に戻した。今のはどういうことだろう、と蛍子は口を尖《とが》らせて首を傾げた。独占欲？

「おーい！」

　その時だった。間髪入れずに背後から声が響き、蛍子は何事かと振り返った。後方では同年代の男子がこちらに向かって手を振りながら早足で向かってきている。どうやら自分に用があるらしいということを察した蛍子は、すぐに先程の理一との遣《や》り取りを思い出していた。もしかして、理一君はこれのことを言っていたのかな。

「坂東さん！」

　蛍子はドキリとした。なんであの男は私の名前を知ってるの？　蛍子は自身の名を呼ばれたことで、先刻まで何の変哲もない華奢で呑気《のんき》な男子だと思っていた相手の姿が途端に恐ろしく見え始めた。彼女は僅《わず》かに震える二の腕を庇《かば》うように一撫でした後、意を決して走り始めた。

「え、ちょっと！」

後ろから男が追いかけてくる足音が聞こえる。やはりそうだ、と蛍子は目を見開いた。危ない人だ。理一君が警告してくれていなかったら、もしかしたら相手の不審さに気付かなかったかもしれない、と蛍子は理一の助言に感謝し、恐怖で足を突き動かして走る速度を更に上げた。

◆

「待て！ 待つんだ！」

小声での再三の呼び掛けにようやく気がついた満が、迷うように足踏みした後でロレーヌの方へと引き返してきた。すぐに兎のぬいぐるみを肩に乗せ、摑まるように指示すると、再び遠くに見える人形を追いかけはじめる。ロレーヌは満の首に手を伸ばし、彼女に礼を言った。ぬいぐるみからすると人間の首は幹のように太く見えるため、彼は自分が木に括《くく》りつけられた鳥小屋であるかのような気分になった。

ロレーヌは一先《ひとま》ず剣臓に、満と合流したことと、人形を発見したことの報告を入れることにした。長い耳に取りつけられた通信機を操作し、剣臓に呼びかける。

「どうした！」

「今満と共に人形を追いかけているぞ」

「そら良かった！　こっちも今蛍子ちゃんを見つけて対応中だ！　切るぞ！」

「な、なんだっ、何があった？」

ブツリという音がして、通信が切断された。剣臓の口振りからするに、どうやら蛍子に何かあったらしい。通信機なのね、と話しかけてくる満にロレーヌは上の空で返事をしながら、胸の内で黒く閃《ひらめ》く嫌な気配を無視するために首を振った。今現場にいない自分が考えても詮無《せんな》いことだ。あの二人組を信じて、まずは目の前の問題を片付けよう。

「ねぇロレーヌ、朝から気になってたんだけど、首のそれ何？」

満は全速力で駆けながらロレーヌに話しかけた。おそらくドアノブのことだろうな、とロレーヌは思った。

「ギロチンみたいで怖いんだけど」

ロレーヌの首に引っかかっているドアノブは、レバーハンドル式のもので、取っ手の先が内側に巻きこまれるような形状になっていた。ロレーヌはそこに首を挟みこむようにさせることで手を解放したまま持ち運ぶことに成功していたのだった。良いアイデアだと思ったのだが、まさか気味悪がられるとは、とロレーヌは気難しそうに低く唸《うな》った。

「あと、根元が荒くて首にチクチク刺さるのよね」

ドアノブはどういうわけかドアの接合部ごと引き抜かれており、先端にはドア板の名残があった。このドアノブは蛍子が人形の国から持ち帰ったものだったが、肝心の本人はその時の記憶が一切なかったため、どういう経緯で入手したのかロレーヌには知る由《よし》も無かった。知る由も無かったし、あまり知りたくも無かった。

「悪いが我慢してくれ。置いてはいけないものなんだ」

「と、言いますと？」

「恐らくあの人形の目的は、これを回収することだ」

ロレーヌは上下する肩の上で跳ねながら、満に自分の仮説を掻《か》い摘《つま》んで語りきかせた。

満は、なるほどね、と笑うと、乱れた呼吸を整えるように数度に分けてリズミカルに息を吸った。

「じゃあさっさと捕まえて、それ突き返してやんなきゃね」

「しかし珍しいな、満が追いつけないとは」

「見てれば分かるよ……ほら」

あと数秒あれば手が届きそうな距離まで近づいていた人形は、背後から迫る気配を感じ取ると、柵《さく》を越えて民家の敷地へと入っていってしまった。そういうことか、とロレーヌは得心した。そもそも人形と人間では歩幅が違い過ぎるのだから、満が追いつけないはずが無いのだ。結城満は何度も追いついていた。しかしその度に人形は住居へ侵入し追跡をやり過ごしていたのだろう。彼らは幻視能力で猫にでもなりすませば誰にも文句は言われないが、人間である満が他人の家の敷地に飛び込んでしまうと法的根拠を求められる事態になってしまう。だから彼女は、今回のように人形の向から先を予測して道を大回りするしか無いのだ。

満は四軒先の家の奥にようやく左折路を見つけ、苦しそうに息を吐きながら曲がると、煉瓦《れんが》ブロックの上を走る人形の行き先を耳元でナビゲートしているロレーヌに呼びかけた。

「このままじゃ埒《らち》が明かないわ。挟み打ちにしましょ」

ロレーヌは彼女の意見を了解し、五〇m程前方に見えるマンションで下ろしてくれ、と指示を出した。マンションの脇《わき》には狭い隙間があった。人が満足に通過することは出来ないが、人形なら速度を落とさずに突破出来る隙間だ。あの人形がそんな絶好のポイントを見逃すことはないだろう。そうロレーヌは考えたのだった。

満の肩から降りたロレーヌは、昼下がりの住宅街を人目を避けながら何とか無事マンションの裏手まで移動した。途中何度か浮遊霊とすれ違い、その度にギョッとしてぬいぐるみのフリ（動かないぬいぐるみのフリ）をし、生者では無いと気付いて立ち上がり愚痴をこぼした。冷え冷えとした光の入り込まない細い路地の前までやってくると、黒兎は湿った地面を見て一度足を止めた後で、意を決して足を踏み出した。しかしその足が無事地面に跡を残すことは無かった。

ロレーヌを両手に抱えた黒髪の少女は、彼を目線の位置まで持ってくると静かに囁《ささや》いた。

「今、動いていたわよね」

◆

「そら良かった！　こっちも今蛍子ちゃんを見つけて対応中だ！　切るぞ！　……おいタクミ！　先回り出来るルートを検索しろ！」

隣で走っていたタクミが即座に最適のルートを導いて、先導するべく剣臓の前に出た。なんて速さだ、と剣臓は思った。あの脚なら、蛍子ちゃんは陸上でも名を残せるんじゃなかろうか。これは親御さんに掛け合ってみるべきかもしれんな。

剣臓は息を上げながら必死でタクミの背を追う最中、先程チラリと見えた蛍子の表情を思い出していた。あれは只《ただ》ならぬ事情を抱えた表情だった。何かを追っているのか、それとも追われているのか。どちらにせよ本人に訊いてみないと対応のしようがない。まずは人間の走行速度の常識を無視して休日の昼間から住宅街を疾走している女子高生を、何とか捕まえなくては。

剣臓は西洋刀のツルギに内臓のゾウで剣臓と書く。これは「剣のような強い臓物」、つまり肝の据わった人物になれという意味で剣臓の父によってつけられたものだった。彼はその当て字の影響で子供の頃に散々馬鹿にされ嫌な思いをした。中学時代のある日、剣臓は保健の授業中に友人に人体の臓器が描かれた頁《ページ》を見せられ、こうからかわれた。

「おかしーな、お前、俺の中にいねぇぞ」

お前は俺の中にいない。この言葉が剣臓は何故《なぜ》かとてもショックだった。とても悲しい気持ちになったのである。その時から彼は哲学と生物学の勉強に没頭するようになり、そこから脳科学、情報科学、工学と理解を深め、結果としてＣＩＡの情報本部の目に留まりスカウトされるきっかけとなった。剣臓は自分の名前が嫌いだったが、今ではそれなりに誇りを持っている。

ちなみに坂東蛍子は初めて彼の名前を聞かされた時、「馬鹿みたい」と大笑いして、足をもつれさせて転倒した。剣臓はそのリアクションが嫌いではなかった。

「嬢ちゃん！」

蛍子は突然目の前に飛び出してきた剣臓とタクミに一驚し、止まるために足を踏ん張って後ろによろめいた。あの速度でよく止まれたな、と剣臓は若さの可能性に感銘を受けていた。俺なら絶対に骨折してるぞ。

「どうした？　何かあったのか？」

剣臓はあくまで偶然見かけて手を貸そうとしているように振る舞うため、状況を理解出来ていない顔をしてそれとなく蛍子に質問した。蛍子は思い出したように目を丸くし、自分の後ろを指さした。

「追われてるのよ！　変な奴に！」

マジかよ、と仰《の》け反《ぞ》って驚く剣臓に、タクミが胡散臭《うさんくさ》いものを見る目を向けた。

「ここは俺が引き受けるから、タクミと一緒に逃げな」

「え、大丈夫？」

「さ、行きましょう」

タクミに促されて蛍子は渋々逃走を再開し、脚を何度か前に出した後でもう一度立ち止まって振り返った。

「剣臓！　格好良いぞ！」

蛍子はニヤリと笑って剣臓に向け親指を立てると、全速力で駆けだした。剣臓は笑いながら手を振り、くたびれたシャツの胸ポケットから煙草を取り出すと口にくわえて火を点《つ》けた。漫画だと大抵こういうことする役は死ぬんだよなぁ、と剣臓は苦笑いを浮かべ、せめて中年が対処出来る相手が来てくれよ、と道の向こうから近づいてくる足音に祈りを捧《ささ》げた。煙草を手に持ち、煙を吐き出しながら剣臓は空を仰ぎ見て、そしてそのままの姿勢で氷像のようにピタリと固まった。勿論《もちろん》彼は瞬間冷却されたわけではない。驚いているのだ。

空には縦に一本大きな亀裂《きれつ》が走っていた。

◆

「〜〜〜〜〜〜〜」

「何だそれは。蟬《せみ》の鳴き真似《まね》か？」

大城川原クマはハッとして口に手を当てた。

「マジメンゴ……思わずやらかしちゃった系っすね」

互いの事情を語り合い、昼を共にしていく過程で、クマは三木杉と名乗ったこの男の正体が第四星人だと確信していた。その奇抜な服装からは慣れない時代や地域環境に適応するために苦労していることが窺えたし、コンビニ弁当で赤い食べ物を避けている動作は明らかに第四惑星の宗教上の理由によるものだった。擬態対象に馴染《なじ》むために頻《しき》りに体をほぐす癖も、同朋から見ると明確なサインとして受け取ることが出来た。近頃肩が凝って仕方無いんだ、と嘯《うそぶ》く三木杉にクマは、マジウケル、と苦笑した。

「妙な喋《しゃべ》り方だな」

三木杉は自分の考えが口から漏れていることに気付き、慌《あわ》ててクマに謝罪した。クマは笑って彼を許しながら、やはり第四星人は良いな、と思った。こうやって心の内を漏らすことで、我々は互いに嘘《うそ》偽りの無い誠実な関係を築けるのだ。

「そうだな。身内なのだし、私もテンプレートの地域言語で会話しよう」

身内、という言葉に三木杉は反応した。やはり同業だったか。坂東蛍子を狙《ねら》っていたことを考えると恐らく敵ではないだろうが、警戒は解くべきではないな。しかしこの歳で同業とは、余程腕ききなのだろう。黒丈門に雇われた殺し屋だろうか。

「そういえば、武器はどうしている？　そろそろ残弾が厳しいんだが……」

クマは麻酔銃の針が殆《ほとん》ど無くなっていることを思い出して三木杉に質問した。一年間も潜伏生活をしていると配給物資にも翳《かげ》りが見えてくる。彼女は坂東蛍子に手間取った影響で、麻酔銃はおろか、熱線銃のエネルギーすらも失いかけていた。

「残弾って、銃のことか？　お前よく持ち歩けるな」

三木杉はクマの発言に驚いた後、なるほど、と内心で手を打った。三木杉のような歳にもなれば、警察に所持品を確認されたら即刻銃刀法違反で捕まってしまうが、彼女のような年頃ならばそもそも警察の目に留まることがないのだ。若い殺し屋というのは便利なもんだな、と三木杉は裏組織の知恵に感心して深く頷いた。

「俺なんかはそもそも持ち歩いてないよ。見つかったら厄介だからな。せいぜい職業用にと偽れるようなデザインのナイフぐらいだ。勿論職場の連絡先も用意してる」

確かにその通りだな、とクマは思った。クマ自身、熱線銃の凡《およ》そ地球的で無いデザインには頭を悩ませていたが、そもそも使わないという発想を持ち合わせていなかったため、三木杉のこの助言は大変参考になった。

「私もカモフラージュに気を使うことにしよう」

「それが良い」

三木杉はクマの考えを肯定しながらも、心の何処《どこ》かで銃を気軽に持ち歩ける彼女を羨《うらや》ましく思った。ハードボイルドに銃は付き物だからだ。

「まぁ、そんなことを気にするのも、とりあえず坂東蛍子の件が片付くまでだ」

空を見上げて遠い目をしている三木杉の横顔をクマは黙って見つめていた。クマが三木杉を第四星人だと思った最大の理由は、彼の顔を何処かで見た事があるように感じたからだった。初対面なのにとても親しみを持っていたのである――それもそのはずだ、と閻魔《えんま》大王は水晶玉を通してこの光景を観察しながら思った。大城川原クマは以前三木杉が空を見上げている写真を川内和馬から受け取っており、それを参考にして先日油彩画を一枚仕上げていたのだから――。

「そうだな」とクマが言った。「あいつを捕れば全《すべ》てが終わる」

「あぁ、あいつを殺《と》ればな。不自由な身の上になっちまった相棒も喜ぶ」

貴方《あなた》も相棒をやられたのだな！　とクマは更に増えた共通点に驚いて三木杉の肩を叩《たた》いた。俺達、似た者同士だな、と三木杉が哀愁のこもった笑みを浮かべた。

「そうだ、情報を共有しよう。お互いに連絡員をやられて不自由しているだろう」

クマの提案を理解出来ず、三木杉はパチパチと三度まばたきした。連絡員？　何の事だ。返答の無い三木杉に対し、遠慮することはない、とクマは身を近づけ、彼の頭を両手でそっと摑んで、思い切り頭突きをした。第四星人は頭同士を突き合わせることで、一種のテレパシー反応によりお互いの脳波を同調させ、記憶を共有することが出来るのだ。また、これは第四星人も知らなかったことだが、この能力は脳の一部を刺激する波動をどちらかが出せば作用するため、地球人との間でも実践が可能であった。

三木杉は一気に流れ込んできた大城川原クマの情報を、即ち彼女の使命と、故郷と、真の姿を脳内に叩きつけられたことで己の実感として強制的に理解を余儀なくされ、混乱の余地も無く即座に立ちあがって、絶叫と共に駆け出した。

◆

閻魔大王は坂東蛍子とその関係者一同の動きを追うことが段々と楽しくなってきていた。本当に忙しなく動き回る者共だ、と大王は思った。ぬいぐるみだけは依然少女に握られたままじっとしているが、蛍子本人は勿論、合衆国の諜報員《ちょうほういん》も、男子高校生も、誰かを追いかけたり、誰かから逃げたりしながら延々と走り回っている。結城満は先程まで例の誘拐事件の小学生と立ち話をしていたが、しかしこちらも幾許《いくばく》も経《た》たない内に再び疾走し始めた。そして今、新たに二人の人間が各々《おのおの》の求める方角へと駆け出したのだ。地上世界のこういった賑《にぎ》やかさが閻魔大王は好きだった。実に最後に相応《ふさわ》しい良い騒がしさだ、と彼は思った。もし地獄に来たらその時は大いに讃《たた》えてやろう。

地球滅亡を目前に控えても、神々達は至って冷静であった。全知全能で遍《あまね》く万物の所有者である彼らにとって、星一つなどは朝食に添えられたハムのようなものなのである。あるに越したことはないが、無ければ無いで諦めてしまえる。たしかに娯楽を大切にする彼らにとって、知的生命体の観察はかなり重要度の高いものではあった。しかし仮に壊れてしまったとしても、その時はまた再び隕石《いんせき》をぶつけて星を作り生命が誕生するのを待てば良いだけの話だったのである。全ては時間が解決してくれる。そして時間は、神にとって有限では無かった。

勿論思い入れに程度の差はある。神によっては長年寝かせたワインのように星を大切に扱う者もいる。しかしこと地球を所有する創造神にとっては、星はハムなのだ。そのような認識の彼からすると、宇宙人の侵攻によって島国が一つ消滅するだけで地球崩壊を免れることが出来るのならばそれは充分破格の取引と言えるのであった。人間の愛情や友情は美しいが、命の尽きる瞬間というのも同じように美しいものだと無限の生の中を彷徨う神には感じられた。坂東蛍子と結城満の友情はとても価値のあるものだが、輪《りん》廻《ね》を経て再会して育《はぐく》む友情というのも、それはそれで一層美しく思えるのではないか、というのが創造神の下した最終結論であった。

つまり、こんな風に一人ずつの調書を作っていてもどうせ直に手が回らなくなるのだから意味がないのだ。閻魔大王は今週四回目となる三木杉の死亡調書を丸めて破棄すると、日本の消滅を落ちついて観察するためにコーヒーを注ぎに席を立った。

◆

「タクミって足速かったのね。私と並んで走れる人、あまりいないのよ」

「男ですから」

タクミは剣臓から脳内にインプットされていた〝緊急受け答えマニュアル〟から正しい回答を選択した。

「ふぅん……でも理一君の方が速いわね。彼凄《すご》いんだから」

「それは凄い」

タクミは極秘開発され存在を秘匿《ひとく》された人工知能搭載型特務用アンドロイドよりも速く走ることが出来る人間の存在に純粋に驚いて、今もたらされた情報に基づいて内蔵データベースの一部を修正した。

住宅街を抜けて河川敷沿いに高校方面へ向かって走り続ける蛍子と会話を交わしながら、タクミは上空で絶縁破壊電界強度を軽々と超えた電位差を観測し、衛星のカメラをジャックして蛍子に気付かれないように頭上の状況を盗み見た。正確な位置は分からなかったが、恐らく日本上空の超高層大気圏からオゾン層にかけての場所で空間に裂け目が出来ている。タクミは自分の目撃した情報を元にCIAに保管されている超常現象の報告例と比較したが、一致例は一つも無かったため、完全に未知の脅威であると判断して自己裁量による対処へと行動方針を転換した。

「それにしても、よく疲れないわね。さすがに私、ちょっとキツくなってきたんだけど」

隣で走る蛍子が弱音を吐いた自分を戒めるようにプルプルと首を振った後、深く息を吐いてタクミに笑いかけた。常人と比べればまだ余裕を感じられたが、それでも呼吸は荒く脈拍も速くなっていたし、大腿四頭筋《だいたいしとうきん》や下腿三頭筋への負荷も高まってきていた蛍子の状態を見て、タクミは少しペースを落としながら言った。

「それは私が生きていないからでしょう」

「え？　生きて……あぁ、剣臓ね」

坂東蛍子は呆《あき》れたような顔をした。きっと剣臓が淡泊なタクミの態度をからかったんだろうな。

「大丈夫よ、あんたは生きてるから」

「生きている？　ワタシが？」

タクミは蛍子の言葉に不意を突かれ、処理に手間取って目蓋《まぶた》を何度か開いたり閉じたりした。

「生きてるに決まってるじゃない。今だって話してるし。ていうかこれだけ私と張り合っておいて生きてる実感わかないとか言ったら怒るわよ。強く殴るわ」

その時タクミのナノＡＩ思考マトリクスは生の新たな可能性について思い至った。もしかしたら生きるということは、生物として生命活動を行うということが全てではないのかもしれない、とタクミは思った。生きるとは、他者から「生きている」と認証されることで成立するものなのかもしれない。現象が認識によって成立しているという考え方がある。「確かなのは自分が認識している光景だけだ」という思想だ。それと同様に、命というのも誰かに認識されることで成立しているのかもしれない。今ワタシはホタルコに認識されることで、ロボットでありながら生を獲得したのだ。タクミは急に体が軽くなったような違和感に襲われた。その違和感は違和感でありながらも不思議と不快なものでは無かった。

タクミは自分の隣で何故か剣臓に文句を言っている蛍子を見て、感謝の代わりに命の宿る魔法の言葉を贈った。

「ホタルコも生きている」

「当たり前でしょ」

「ホタルコは凄い」

「そうね」

「ホタルコなら、何でも出来ます」

「な、何よさっきから……タクミ？」

突然足を止めた青年に合わせて蛍子も慌てて立ち止まり、振り返って首を傾《かし》げた。

「追手が来たようです」

「ウソ!?」

坂東蛍子は先程の怪しい男をとっくに撒《ま》いたものと思っており、今はタクミと純粋に長距離走で競っているつもりでいたため、彼の発言に驚愕《きょうがく》して平静になっていた心を強く乱した。タクミは無表情で感情を読み辛《づら》かったが、冗談を言うことはまずない。だから言ってることは真実のはず、と蛍子は冷や汗をかいた。そんなに手強《てごわ》い相手だったの？　じゃあ剣臓はどうなったんだろう？

「ホタルコなら一人でも大丈夫です。ここは任せて、アナタは逃げてください。自分のやるべきことをやるのです」

タクミは先程蛍子が剣臓にやったように彼女に向けて親指を立て、逃走を促した。蛍子は数秒間の逡巡《しゅんじゅん》を経た後、タクミの無言の圧力に負けて渋々走りだした。

「おっさん、ウチの邪魔する系な感じっすか」

蛍子とちょうど入れ違いになるような形で、大城川原クマが横道から飛び出してきた。

タクミはあらゆるセンサーで今一度クマの体組織を観察した。やはり地球の生物ではない。恐らく上空で進行している未知の現象も、この対象が関わっているとみて良いだろう。

「ホタルコは生きています。死なせません」

それと、ワタシは二十代前半の容姿を想定して設計されています、とタクミはクマの発言を訂正した。クマは目の前の男が何やら誤解をしているような気がしたが、その表情から並々ならぬ固い意志と暴力を肯定する覚悟を感じ、身の危険を察知して、止むを得ず熱線銃を懐《ふところ》から取り出した。

◆

芯太《しんた》は工事中を示す看板の裏から頭を覗《のぞ》かせて、もう一度少女の持っているぬいぐるみを観察した。やっぱりロレーヌだ、と芯太は確信した。耳に何かついてるし首に何か引っかかってるけど、あんな高そうなぬいぐるみは見間違いようがない。

小堺《こさかい》芯太は成見心太郎といつものように公園で遊んだ帰り道に、曲がり角から飛び出してきた女子高生と激突した。甘い匂《にお》いを鼻腔《びこう》に感じながら、芯太は心配そうな表情で近寄ってくる人物に見覚えがあることに気がついた。相手は、以前強制的に見せられた坂東蛍子のお手製アルバムに写っていた特徴的な髪と目の色をした少女その人であった。

こんな偶然ってあるもんなんだなぁ、と芯太は感動を覚えながら女子高生——彼女は自身をミチルと名乗った——に事情を説明したところ、ミチルは少し戸惑うような素振りを見せ、場を取り繕うように芯太に早口で頼み事を述べたのだった（そういえば蛍子お姉ちゃんもこんな反応だったなぁ、と芯太は思った）。それは紛失したぬいぐるみ（特徴からして恐らくロレーヌ）を探してくれないか、という依頼だった。

要件と落ち合う場所を伝えるとミチルはすぐにその場を後にしようとしたが、数歩進んだところで蝶《ちょう》を追うように空を仰ぎながらこちらに振り返り、少しトーンを落とした声色で再び芯太に話しかけた。

「芯太君は、蛍子の友達、なんだよね？」

「うん」

「……友達に一番必要なものって、何だと思う？」

「……思いやりかな」

芯太は少し考えた後にそう言った。

「そうだよね。思いやり。そうだと思う」

ミチルは首肯すると、喉《のど》の閊《つか》えをとるように暫《しば》し俯《うつむ》いて沈黙し、再び口を開いた。

「でも、相手のことを本当の意味で思いやるのって、凄く難しいよね」

その後、大した時間の経過を待たずに、芯太は道の真ん中で何やら独り言を言っている不審な少女と遭遇した。彼女の腕の中にあるぬいぐるみを目視した少年は、自然な動きで目先の看板の裏に隠れ、ひとまず彼女を観察してみることにしたのだった。少女は小学校高学年ぐらいの年齢のように芯太には思えたが、学校で見かけた事は無く、何者であるかはっきり特定することは出来なかった。

芯太が学校で見かけたことがないと断言出来たのには理由があった。彼女が極めて美しい少女だったからだ。黒く艶《つや》やかな髪と気の強そうな瞳《ひとみ》を見て芯太は坂東蛍子を思い出し、あのお姉ちゃんが小学生だったらきっとこんな感じかもしれないな、と考えた。しかし少女は蛍子と比較するには些《いささ》か青白く、病的で冷え冷えとした空気を身に纏《まと》っている。凡そ春らしくないゴシックな刺繍《ししゅう》模様の黒い服も、彼女の鋭利な性格を物語るようであった。

「ほら、動きなさいよ」

少女はロレーヌをつついたり操《くすぐ》ったりしながら頻りに話しかけていた。彼女の態度からは自分の手に持っているぬいぐるみが動くという確信が滲み出ており、芯太は事態を察して腕を組んだ。やっぱりあのぬいぐるみは、自分が動けることを誰にも話してないんだ。蛍子お姉ちゃんは分からないけど、そこを省いたらこの世界で彼が動くのを見たことがあるのは俺だけなのかもしれない。

（それなのにあの女の子に動いてるところを見られちゃったんだな）

なら助けないと、と芯太は思った。少年は誘拐されて以来誰かを助けることを美徳として生きている殊勝な小学生だった。

「あ、あの！」

少女は突然飛び出してきた芯太にドキリと身を震わせ、自分の一人芝居を見られたのではと耳を赤くした後で、盗み聞かれたことに気を悪くして眉間《みけん》に皺《しわ》を寄せた。意外に分かり易《やす》い人だな、と芯太は思った。

「その、ぬいぐるみ……」

「………」

少女は芯太を睨《にら》んで沈黙していた。何度か言葉を投げかけても一向に反応しようとしない少女に芯太は困惑しながら、何か彼女の心を開く手立ては無いものか、とポケットに手を突っ込み、中に入っていた異物を取り出した。それは以前タクシーの中で坂東蛍子から押し付けられたメロン味のドロップだった。

「えっと……どうぞ」

少女が明らかに物欲しそうな目で自分の手の中のものを見ていることに気付き、芯太はあくまで自然な動作で彼女に飴《あめ》を差し出した。

「で、これが、何？」

頬の片方を丸く膨らませながら、少女はようやく口を開いた。綺麗《きれい》な声だったが、些かぶっきらぼうな物言いだった。これは全く関係無い話であるが、黒丈門ざらめは平和がありふれた日本という国の暴力の余剰を掻き集めた世界で洗練されてきた少女であり、気に入らない相手なら初対面でも生爪《なまづめ》を剝《は》がすぐらいのことは平気でやってのける人間である。同時に、メロン味に嵌《はま》っている中学三年生でもある。

芯太は刺すような視線を和らげた相手を見てホッと一息つきながら、蛍子のプレゼントに感謝した。ミチルさんは思いやりが難しいって言ってたけど、そんなことないんじゃないかな、と芯太は改めて考えた。だって思いやりって、緊張してる相手のポケットに飴の包みを捻《ね》じ込むような、そういうことのはずだもん。

「ロレーヌって言うんです」

「あぁ、そう」

やっぱりロレーヌのことを知らないんだ、と芯太は自分の考えが正しかったことを確かめて安堵《あんど》した。つまりこの女の子はお姉ちゃんを介さずに偶然ロレーヌを手に入れたんだ。ていうか、そもそもあの人が大好きなロレーヌを手放すはずが無いもんなぁ。

「それ、僕の妹のなんです」

芯太の言葉を受けて少女はピクリと眉《まゆ》を動かした。少年の主張に半信半疑といった様子である。ドキドキしながらロレーヌとのエピソードを語り、真実味を演出している芯太に対して、少女は淡泊に何度か相槌《あいづち》を打った後、何かを思いついたように目を細めて言った。

「じゃあ貴様、この兎《うさぎ》を動かせるか？」

「え？」

「私はこのぬいぐるみがひとりでに動く所を確かに見たのだ。持ち主ならこいつの動かし方も知っているはずだろう」

芯太は一瞬動揺した後で、これはチャンスかもしれないと気を持ち直した。彼は少女の申し出を了解し、ロレーヌを受け取ると、しゃがみこみながらぬいぐるみに「俺に合わせろ」と耳打ちした。

「古いぬいぐるみだから、スイッチを押すのにコツがいるんですよ」

ハハハ、と笑いながら、芯太はぬいぐるみの下腹部を弄《いじ》ってスイッチを押し込むフリをし、ロレーヌをそっと地面に置いた。二秒の後、黒兎は関節の無い足を器用に動かして立ちあがり、数歩前進した後で再び倒れ込んで動かなくなった。少女はその様を見て目を見開き、嬉《うれ》しそうに手を合わせた後で、慌てて悔しそうな表情を作った。

「信じてやろう。ほら」

幼い乙女は黒い服と黒い髪を風に揺らしながら、花弁が地面に落ちるように穏やかにしゃがみ込み、ロレーヌを拾い上げると芯太の腕の中に押し込んだ。そして手を引き戻す途中で何かを思い出したように動きを止めると、再びぬいぐるみの首元に手を伸ばして引っ掛かっていたドアノブを取り外し、自分の手の中に収めた。

「それは貴様のものだ。だがこれは私のものだ。良いな？」

何だか横暴で良く分からない主張だったが、蛍子も別に壊れたドアの一部を大事にしてはいまいと判断し、芯太は仕方無く彼女の要求を呑《の》んだ。これは全く関係の無い話であるが、黒丈門ざらめは現在自室を改装するにあたってそのデザインに頭を悩ませていた。特にドア回りのデザインに頭を悩ませていた。

芯太の了承を確認すると、少女は特に別れの言葉も告げずに反転し、曲がり角の先に姿を消そうとした。そのことに気付いた芯太は少し顔を赤くしながら慌てて彼女の小さな背中に声をかけた。

「あ、ありがとうございました！　えっと……どこの小学校？」

「しょ!?　中三だ!!」

少女は顔を真っ赤にして叫び、路地の向こう側へと走り去っていった。

「もう動いてもいいよ」

失礼なこと言っちゃったなぁ、と芯太は嘆息し、マンションの壁にもたれて座り込み、抱えていたロレーヌを脇に下ろした。辺りが急に暗くなるのを感じ、俺の気持ちに合わせて雲がわいてきたのかな、と芯太は小学生らしからぬアンニュイな笑みを浮かべた

（残念ながらわいてきたのは雲では無く、第四惑星直通のワープゲートだった）。一頻り哀愁に浸った芯太は、フライパンに置いた脂《あぶら》が熱で溶けるぐらいの時間を経ても一切動きを見せないロレーヌが心配になり、屈《かが》みこんで耳元でもう一度呼びかけた。

「ロレーヌ？」

「……何故私が意思を持っていることを知っている？」

「何言ってんだよ」と芯太は呆れたように溜息《ためいき》を吐《つ》いた。「タクシーん中で俺に飛びかかってきたろ」

そう言えばそうだった、とロレーヌは手を打ち、紳士は過去を振り返らないのだ、と一笑した後で、すぐに顔布をくすませた——人間風に言うと、顔を真っ青にした。自分が《国際ぬいぐるみ条例》に違反してしまっていることに気付いたからである。

「……芯太少年は、私以外にも動くぬいぐるみを見たことがあるかね？」

ひとまずロレーヌは保身の限りを尽くす事にした。

「ぬいぐるみは無いけど、さっき人形が走ってるのは見たなぁ」

「そうか！　ならそちらを先に目撃したことにしてくれ！　記憶を塗り替えるのだ！」——芯太はそんなの無理だと言いかけて、あまりに必死に拝み込んでいるロレーヌに気圧《けお》され、とりあえず頷《うなず》いておくことにした。ロレーヌは、これで年終りの総括裁判でも上《う》手《ま》く言い訳が利くだろう、とホッと胸を撫で下ろし、一車線道路の上にへたりこんだ。

勿論世の中そんなに甘くはない。芯太が幻覚の影響を受けずに人形の姿を目撃出来たのは、ロレーヌを見て「無生物も時に動く」という前提情報を獲得していたからである。恐らく総括裁判を担当する有能なマリー検事長はこの矛盾を見逃すまい。

「ねぇ、なんでロレーヌはこんなとこにいたの？」

「そうだった、ミチ……いやそれより蛍子を探さねば」

芯太の質問を受けてロレーヌは失念していたことを思い出した。この兎はしょっちゅう大事なことを失念する。

「芯太も協力してはくれまいか」

「……まぁ、ちょうどまた暇になったし、良いけど」

でも、蛍子お姉ちゃんは俺とロレーヌが一緒にいるの、あんまよく思わないだろうなぁ、とタクシーから女の子の宝物を投げ捨てた張本人は苦い顔をして呻《うめ》いた。

◆

坂東蛍子は逃げ続けていた。自分でも何だかよく分からないものから逃げるために延々と走り続けていた。先程まで晴れ渡っていた青空はすっかり暗くなり、雷の音まで響いていたが、今の蛍子には空を見上げるだけの心の余裕すら無かった。そもそも普通の高校生ならこれだけの時間走り続ける事など出来なかっただろう。それでも未《いま》だに速度を保って走り続けていられるのはひとえに蛍子の常人離れした身体能力と、彼女の妙に律義《りちぎ》な性格の賜物《たまもの》であった。

なんで逃げてるんだろう、と蛍子は思った。なんで逃げ続けなきゃなんないんだろう。その問いを誰かに訊きたくなって後ろを振り返った蛍子であったが、返事が返ってくることはなく、結局誰もついてこない道の沈黙を受け取ってただただ心細くなっただけだった。蛍子は逃げる足を止めたかったが、自分のために壁になってくれた二人の友人と、道の向こうから何かが追ってきているかもしれないという可能性への怯《おび》えが彼女にそれを許さなかった。

坂東蛍子は逃走の中で、逃げることの惨《みじ》めさのようなものを感じていた。逃げることは悪いことではない、と蛍子は思っていた。辛いことがあったら逃げるのは、自衛として当然の事だと考えていた。そうでなければ心なんてすぐに壊れてしまう。だって人間はとても弱いんだもの。しかしながら、今蛍子は理由も目的も曖昧《あいまい》なまま、誰もいない道をただ逃走していることにとてつもなく悲しい気持ちになっていた。逃げることは悪い事じゃないけど、意味も確かめられないまま逃げることは悪い事だ、と蛍子は心臓が喧《やかま》しく騒ぐ胸を抑えながら思った。自分にとって、絶対悪い事だ。本来逃走は何かから逃げるという確かな意味を持つ行為で、だからこそ人は逃げていられるんだ。逃げることの意味すら分からなくなったら、空《むな》し過ぎて胸の奥が焼け尽きてしまう。蛍子は辛かった。追手も目的も見えずただ漠然とした不安だけを抱えて逃げ続けることが辛くて仕方が無かった。

「もう無理！　一旦《いったん》休憩！」

休憩なら良いでしょ、と蛍子は誰にともなく言い訳をして、人目を避けるために近場の古いアパートの敷地にフラフラと入っていき、錆《さ》びた鉄骨の階段下に設置された自動販売機を見つけて、その手前にうつ伏せで思い切り倒れ込んだ。コンクリートの冷たさに心地よさを覚えながら、蛍子は自分が想像していたよりずっと疲労していることを感じとっていた。それは昼過ぎから延々と走り続けていたからというだけでなく、精神的な部分からも蓄積された疲労感であることを蛍子は理解し、苦々しい思いで眉間に皺を寄せ、目の前の石ころを睨んだ。満を避け、ロレーヌを失《な》くして、当《あ》て所《ど》なく逃げている。これが今日という日の全てだ。酷《ひど》い一日だ、と蛍子は思った。

自動販売機でスポーツ飲料を購入した蛍子は、そのまま壁に体を預け、ペットボトルの蓋《ふた》を開けて中身を三分の一ほど一気に口内に流し込んだ。見上げた視線の先には古びた階段とアパートの屋根の縁があるだけだった。雷の音と、階段の裏と、何やら騒々しい人々のざわめき。それと汗。蛍子は襟に指を入れてパタパタとはためかせながら、自分を取り巻くものを指を折って数え溜息をついた。

「坂東……さん……！」

「ひゃ!!」

坂東蛍子は突然自分の名を呼ばれて飛び上がり、声のした方を向いて更に驚愕した。蛍子が逃げるきっかけとなったいつぞやの不審な男子がアパートの塀に手をかけてこちらを覗きこんでいたのである。男はゼェゼェと荒い息を吐きながら、大量の発汗によって飴細工かと疑う程体や髪をドロドロに乱して、半開きの目を何度かまばたきさせて蛍子の姿をしっかりと確認すると、口の端をつり上げ「やっと見つけた」と呟《つぶや》いた。蛍子は命の危険を感じた。

「坂東さ、ん、男が……来るから、逃げて……」

ストーカーのその言葉を聞いて、蛍子は自身の体を蝕《むしば》み、頑《かたく》なに地面に縛り付けようとしていた動揺の魔手から俄《にわ》かに立ち直った。私はこいつにすら逃げろって言われなきゃいけないの？　自分から逃げてみろってこと？

「言われなくても、逃げてやるわ！」

坂東蛍子は恐怖と、そして僅かな怒りから目にうっすらと涙を滲《にじ》ませ、ゆっくりと這《は》い寄って来る男を鋭く睨みつけると、男にペットボトルを投げつけてアパートの敷地を飛び出し、再び走り始めた。遠のく意識の中で蛍子の背を見送りながら、川内和馬は「約束は守ったぞ」と親友に胸を張り、力無く地面に崩れ落ちた。

「逃げてやるわよ!!　もぉーーっ!!」

◆

桐ヶ谷茉莉花《きりやまりか》は勇気という単語が嫌いでは無かった。希望という単語も好きだった。しかしそれ以上に睡眠という単語を愛していた。翌日が休日であるということを考慮し、昨晩は新しく買ってきたゲームを徹夜でプレイし、その後体が好物を求めて爆睡、夢の世界を手加減無しに貪《むさぼ》って自身の欲求の受け皿を一杯に満たし、結局彼女が再び目を覚ましたのは太陽が西の方角へと意識を向け始める昼の終わり頃であった。ベッドから上半身がずり落ち床に頬を付け、新しい染色体のような姿勢で眠りから覚めた茉莉花は、低く唸りながら寝違えて痛む首を摩《さす》り、床へと力なく這い下りた。茉莉花は自分の置かれた状況を理解しようと努めたが、全く理解出来なかったため、一先ず考えることを諦《あきら》めて歯を磨くべくフローリングの上を這った。一階にある洗面所から二階の自室へと戻るまでたっぷり十五分を費やした彼女は、口に咥《くわ》えた歯ブラシとは関係なく徐々に意識を覚醒《かくせい》させつつあった。そうだった、ゲームやってたんだった、と茉莉花は思った。早く続きやろ。

テレビをつけて腕時計よりも高い家庭用ゲーム機の電源を入れ、ハードがソフトを読みとるのを待つ間に、茉莉花は何となしに視線を窓の外へ向けた。空には大きな穴が開いており、中から彼女の実家の裏山ぐらいある宇宙戦艦がその鼻先を覗かせていた。ちょうど茉莉花がプレイしているゲームの母艦のような、今時のハリウッドデザインの宇宙船だ。先端部の主砲を始めとして、この距離からでも分かるぐらいの沢山の兵器が搭載されている。底部に大きく刻印されている、自身の尾を嚙《か》んだ赤い蛇のエンブレムが、そんな武装戦艦の圧倒的な威容を更に強めていた。あぁ、まだ私寝てんのか、と茉莉花は歯ブラシを動かす手を止めた。じゃあ歯磨いても意味ねぇな。

せっかくの機会なので、茉莉花は自分の夢の状況から夢判断を行うことにした。参考書的夢判断ではなく、自己裁量による我流の夢判断である。宇宙船の第一印象が家の裏山だったことから、彼女は自分が潜在意識下では実家に帰りたがっているのだろうな、と予測した。大層なことを言ってこの街まで出てきたのに、恥ずかしい話だ、と彼女は苦笑いしながら頰を搔《か》いた。ふと大きな穴の周囲に見える薄い隙間《すきま》に気付いた茉莉花は、目を凝らしてそのスペースを観察した。遠過ぎて正確なことは分からなかったが、どうやら何か生き物がいるらしい。沢山の小さな生物が忙《せわ》しなく動き回っている。

「あ、落ちた」

隙間から溢《あふ》れ出た謎《なぞ》の生き物が遠くの方に落下していくのを見ながら、これは何を表しているんだろう、と茉莉花は首を捻《ひね》った。あの落下してるのは私のメタファーかもな。この前の定期試験の悪い印象が落下という形に表れてんのかも。要するに私は自活にまだ不安があって、学校にも不安があって、新生活を満喫出来てねぇってことか、と桐ケ谷茉莉花は自分の夢を分析し、弱々しい有様に溜息をついた。

「……私もそろそろ頑張んねぇとなぁ」

茉莉花はゆっくりと下降してきている宇宙戦艦を細い目で見上げながら呟いて、正しく目覚めるために今一度ベッドに倒れ込んだ。

◆

「まったく、坂東蛍子に関わるとロクなことがありやせんな、旦那《だんな》」

また何かあったのか、と轟は片目を開けて鳩《はと》に尋ねた。

「いやね、女の家の近くで相棒の姉御と約束があったんですが、知らねぇ男に阻《はば》まれましてね。いいや、知らねぇってわけじゃねぇや。前に轟の旦那に言われて通信機奪った男ですが……とにかく、すぐにどっかへいなくなるかと思って遠巻きに見ていたんだが、昼を過ぎても去っちゃあくれねぇ。仕方無く俺は姉御が一人になるまで待機する羽目になったんでさぁ」

鳩は芝居がかった調子でそう捲《まく》し立てると、翼をバサバサやって感情を表現した。

この鳩、名をヒラと言い、轟と同様に自我を持ち、本のある場所にも頻繁に出入りしている社会派の男であった。出会いは極めて偶然であったが、互いに多くの悩みを抱える二人（一匹と一羽）はすぐに意気投合し、以降時折遭遇しては、轟は通行人が供えていった猫用のツマミを、ヒラは轟の好きなドイツの哲学書をそれぞれ持ち寄り、束の間《つかのま》の談笑に花を咲かせるようになった。

「その通りだぜヒラ。アイツには常に警戒しといた方がいい」

轟はヒラの愚痴に深々と首肯した。轟は自身の抱える業《ごう》や原罪以上に自身を苦しめてくる何人かの仇敵《きゅうてき》を持っていた。彼らは凡そ考えられない程奔放で、自制がなく、邪悪な精神を持ち、轟の前に食事をするかのように定期的に顔を出しては彼の安息を奪い、哲学の真理を容易《たやす》く覆《くつがえ》して弄《もてあそ》ぶのだった。その筆頭が女子高生、坂東蛍子なのである。

「旦那、俺は先日あの女に空から落とされてからの付き合いなんでまだまだ詳しくないんでさぁ。良かったらどんな女なのか、ご教授願えやせんかね」

ヒラの質問には、純粋な興味の他にも、工作員としての情報収集の意図も込められていた。残念ながら上空には母艦が既にその半身をワープホールから突き出していたが、しかし攻撃開始にはまだ少しの猶予《ゆうよ》があるはずだ。姉御に絆《ほだ》されて地上に残ったからには、俺も時間ギリギリまで足掻《あが》いてやれることをやっておきたい、とヒラは思った。鳩に擬態したせいで会話の無い寂しい日々を過ごしていた時に出会った、地球における唯《ゆい》一《いつ》の知恵ある友人を利用するのは忍びないが、致し方無い。

「邪悪な女だよ。この世のあらゆる罪を背負ったかのような存在だ。俺も色々な仕打ちを受けたが、そうだな……」

轟が考えるように目を閉じた。ヒラは生唾《なまつば》を飲み込んで猫が再び鳴くのを待った。

「最近はどうも弁当を作るのがブームらしくてな、毎朝弁当を作っては俺に試食させるんだ。黒い刺身をな」

ヒラは思わず悲鳴を上げそうになった。なんて恐ろしいんだ。

「初めは食べずに無視しているんだが、どんなに素振りを見せなくても何故か向こうには俺が炭を食う確信があるようで、ずっとニコニコと笑ってその場を動かないんだよ。その光景が次第に恐ろしくなってきて、暫《しばら》くは粘っていても結局いつも口にしてしまう。大人の味がしたぜ」

ヒラの星では赤い色と食べ物がとても崇高なものとして扱われていた。食材は何より大事なものであるし、食べられるものは赤色で無い限りそれを残さず食べなければならないという戒律を持っていた。ヒラはもし自分が坂東蛍子に弁当を差しだされたら、と事の顚末《てんまつ》を想像して、一瞬白目を剝《む》いて、慌てて意識を取り戻した。

「どうやら好意を寄せている相手に弁当を作りたいがために料理に執心しているようだ。猫も食べられるように、魚料理に限定して、火もしっかり通してあるからね、と彼女は笑うのだが、俺は言われるまでそれが魚料理だと気付かなかった」

轟は彼女の満面の笑みを思い出し、サディズムの極致だ、と顔に皺を刻んだ。人間は加虐《かぎやく》性を極めると愛情で人を傷つけられるようになる生き物なのだな。ある意味一つの哲学の到達点を見た気がして、轟は少し感心したように唸《うな》った。

「旦那、俺たち、協力出来ないだろうか」

ヒラの提案に、どういうことだ、と轟は首を傾げた。

「一緒に倒すんだよ、その悪の権化《ごんげ》を。確かに俺たち動物は一匹ずつじゃ力は人間に劣る。でも、協力すれば何だって出来るはずだ。悪魔だってきっと倒せる。違うかい？」

義憤に燃えるヒラの目に、轟は込み上げる感情を抑えられなかった。今まで立ちはだかる強敵を前に、猫である自分はただ膝《ひざ》を折ることしか出来なかった。ペンでは剣に敵《かな》わないのと同じように、猫では人間には敵わないし、哲学者では女子高生に敵わないのだ。しかし志を同じくする友が一緒ならば状況は変わるかもしれない。少なくとも勇気が湧《わ》く。轟は自身の中に今まで感じたことがない清い力が横溢《おういつ》するのを感じた。これが幾多の時代を動かしてきた革命の力か、と轟は喉を鳴らし、握った拳《こぶし》で地面を叩いた。

「俺もそろそろ、頃合いだと思っていたところだ」

「おーい、轟ぃー！」

轟は毛を逆立て、声のした方角を恐る恐る眇《すが》めた。西の方角から太陽を背負って駆けてきたのは紛れもなく坂東蛍子であった。笑顔だ、と轟は顔を強張らせた。悪魔的な笑顔を浮かべている。轟は気後れしてしまいそうになる心を叱咤《しった》し、先程の決意に持てる限りの薪《まき》をくべ、闘争の炎を燃やした。今日こそはあの坂東蛍子に一矢《いっし》報いてやるのだ。

轟は武者震いしているであろうヒラを激励するため、不敵な笑みを浮かべながら振り返ったが、背後には穏やかに宙を漂い落ちる鳩の羽があるだけだった。東の荒れ空に小さく羽ばたく鳥の影が見える。

「てめぇ！　ヒラァー!!」

轟はニャオウンと一喝して空を掻《か》くように何度か飛び跳ねた。坂東蛍子はそれを歓迎の仕草とみて感激した後、すれ違いざまに轟に申し訳無さそうに詫《わ》びを入れた。

「ごめん！　今かまってあげられないんだ！　また今度ね！」

「シャー!!」

◆

「これ……本物？」

「おうよ。本国から持ってきた俺の私物でなぁ、タクミもいるからちゃんと複座型だぜ。日本じゃライノだと話にならんからレガシーにしたんだが、それでもデカすぎたもんだから仕方無く一旦バラして一回り小さく……ってっても小学生にゃ何も分からんか」

芯太はのどかな河川敷には些か不釣り合いな戦闘機を見上げて啞然《あぜん》とし、思わずロレーヌを落としかけた。鋭く尖《とが》った機体の鼻頭の裏には、油性マジックで小さく「剣臓二号」と書かれていた。

「おう、遅いぞ」

自身の頭を越えて、背中の向こうへと呼びかけている剣臓の行動に促される形で、芯太は後ろを振り返った。彼の視界は男女がこちらに歩み寄って来る光景を捉《とら》えた。

「タ、タクミ！　どうしたの、その腕！」

芯太はロレーヌを抱えながら、右腕の無いタクミの下へ慌てて駆け寄った。誘拐事件以降、芯太と心太郎の二人組と剣臓、タクミ（そして坂東蛍子）はすっかり公園の遊び仲間になっていたため、彼はタクミに腕が二本あることもちゃんと知っていた。光の加減です、と〝緊急受け答えマニュアル〟通りの回答をしたタクミを小突いて、腕はロボットなんだよ、と剣臓がガハハと笑った。

「この辺りは静かですが、避難勧告は出たのですか？」

「いや、剣臓二号を離着陸させるために退《ど》いてもらっただけだ。たぶんまだ迷っててんじゃねぇか？　宇宙船が来た時の対応マニュアルなんて無いだろうからなぁ」

剣臓は豪快な笑い声を上げた後、唐突に表情を真剣なものへと切り替えてタクミと並び立っているクマを指さした。

「で、なんでお嬢ちゃんも一緒なんだ？」

芯太は続けざまに展開していく衝撃的な状況と説明に未だ狼狽《ろうばい》の色を濃くする一方だったが、剣臓が話題を変えてしまったので仕方なく疑問を飲み込み、無理矢理納得したフリをした。宇宙人襲来も、剣臓の後ろにある戦闘機も、タクミのロボットアームも、とりあえずはこの世界の皆が知ってる常識だと思うことにしよう。

「その件なのですが、彼女はホタルコを狙ってはいても殺す気は無かったようです」

芯太の常識に新たな項目が追加された。

「ウチはあくまで保護目的で蛍子っちに接近してたんすよ」

「うお、見た目大人しいのにキャラ濃いな」

「ウチらの戦艦止めるために動いてたんだけど、したら今度は蛍子っち殺す気マンマンの地球人のオッサン見っけちゃって、でもマッハで逃げられちゃったから本人に警告するために追っかけたら――」

ロケットパンチされたっす、とクマがタクミを見て言った。

「ワタシはそのオッサンが、ケンゾウが止めた相手だと思ったのですが」

「いや違うよ、俺の相手はただの高校生の小僧だった」

蛍子の友人だろうか、とロレーヌは思った。

「話を聞いたら、蛍子ちゃんに伝えなきゃいけないことがあるって言うから、衛星使って途中まで道案内してやったんだよ。ありゃ告白だな」

若いって良いねぇ、と剣臓が無精髭《ひげ》の生えた顎《あご》を掻きながらニヤリと笑った。芯太は大人の会話を聞いた気がして少しドキドキした。

「そんな話より、蛍子だろう！」

少年の腕の中で大人しくしていたロレーヌ・ケルアイユ・ヴィスコンティ・ジュニアが、業《ごう》を煮やして身を乗り出し、荒々しく主張した。クマはそれを見て一歩後ずさった。

「守らなくちゃならない蛍子が未だにずっと一人でいるとはどういうことだ！ しかも命を狙っている男までいるなんて！ あの空の状況を見ても、世界崩壊まで一刻の猶予も無いんだぞ！」

「その認識もどうやら間違いだったようです」

激昂《げきこう》するロレーヌをタクミが淡々と制した。

「ヴィスコンティの意見を尊重して急ぎ掻《か》い摘《つま》んで話しますが、あの宇宙戦艦は母星崩壊の危機を救うために日本を焼き払いに来ただけで、地球そのものをどうこうしようというつもりでは無いようです。つまり地球崩壊とは何ら関係無いのです。勿論《もちろん》、きっかけになる可能性はありますが」

タクミはここに来るまでの道中にクマから齎《もたら》された情報を、小学生にも分かるように努めて端的に説明した。

しかし芯太には彼の話がよく分からなかった。芯太にとっては自分の目に映るものが全《すべ》てであった。頭の上に目を向けると、視界を埋め尽くす大きな宇宙船が周囲に雷を生み出しながら何か適当な位置を測ろうとしているかのように緩やかな上昇と下降を繰り返しており、少年のいる街をすっぽりと影で覆《おお》っていた。

また、巨大UFOの少し下の空には其処彼処《そこかしこ》に細長い切れ込みが出来ており、そこから時折網上げされた魚のようになにかがなだれ落ちてきた。ロレーヌにそのことを訊《き》いたところ、

「本来形而上《けいじじよう》世界が形而下の干渉を受けることは無いのだが、恐らくドアノブのせいで世界間に結びつきが生まれてしまっているのだろう」

と黒兎は難しい顔をして語った。芯太にはこのこともさっぱり分からなかった。世界は分からないことだらけだ、と芯太は暗い空を仰ぎ見ながら思った。自分の知ってることなんてほんの一握りで、後は全部知らないことと分からないことしか無い。でもたとえそれを知っていたとしても、自分に出来ることなんて元々決まっていて、何かが変わるというわけでもないんだ。だったら悩んでも仕方無い、と芯太はモヤモヤと体の中を埋め尽くし支配していた感情を一掃した。自分の知ってる世界がどんなだろうと、知らない世界がどんなだろうと、俺は俺のやりたいことと、やれることだけやろう。たぶんそれが一番良い。

話し合いの結果、彼らは三組に分かれることになった。母艦を説得し、攻撃を中止させることを目的とした大城川原クマと、万が一侵攻が始まった際に抑止を試みたり、ワープホールに巻き込まれたスペースデブリが地上に落下しないように戦闘機で撃ち砕く

役割を担《にな》った剣臓と、命を狙《ねら》われている蛍子を救済するべく彼女の下へ向かうロレーヌの三組だ。タクミは空を飛べるので（芯太はもう驚かなかった）ロレーヌの足代わりになって共に蛍子を捜索することに決まった。

「じゃあ俺は剣臓と戦闘機だな」

「いや、子供は帰れよ」

「なんでだよ！　タクミいないし後ろの席空いてるだろ！」

「これはギャルちゃんの席だろ」

「や、ウチは自前のがあるんで」

クマはリモコンを弄りながら素っ気無く答えた。ほら！　と目を輝かせる純朴な小学生の顔を見て、剣臓は面倒くさそうな顔をした。

「だってお前、無理だって！　吐くぞ！　意識もトぶぞ！」

「もう決めたんだよ！　ヤバイとかそんなの知らない！　俺は乗りたいし、乗れるから、乗るんだ！」

「我儘《わがまま》だなおい！」

◆

結城満は十軒目の屋根に飛び移った所で、とうとう力尽きて座りこんだ。桟瓦《さんがわら》が尻《しり》の下で音を立てるのを感じながら、満はすっかり狭くなってしまった空を眺めた。宇宙からの侵略者によって太陽が遮られた世界は、その影によって人々の体温すらも貪欲《どんよく》に奪っていたが、果ての見えない追いかけっこを続けてきた満の熱を持った体には、その寒さはむしろ歓迎すべき具合であった。屋根の上の風は心地良く、汗が伝う肌の上をそっと撫《な》でて去っていく。満は何もかも他人事《ひとごと》であるかのように遠い目をしながら、見失った人形について思いを馳《は》せた。

人形の目的がドアノブだという兎の推論を信じた満は、ひとまず人形に呼びかけてみることにした。懸命な呼び掛けが功を奏し、二人の場にひと時の休戦と会談の場が設けられるに至って、満はある事実に気がついた。

（ロレーヌがいないとドアノブ渡せないじゃない……）

何故《なぜ》か帰って来ないロレーヌを待ちながら、満は不審がる人形を必死に説得し時間を稼いだが、案の定交渉は決裂し、人形は対話する以前よりも一層深い猜疑心《さいぎしん》を募らせて逃走を再開してしまったのだった。

満はこのことでロレーヌを恨んだりはしていなかった。この結果を招いたのは自分自身だ、と満は思った。私の交渉が下手だから、言い方が悪いから、仲違《なかたが》いが起きてしまうんだ。もし仮に相手が人形じゃなかったとしても、結果は変わらなかったはずだ。人形だろうと、ロボットだろうと、人間だろうと、同様に失敗していたとしたら、それは私側に問題があることになる。相手との距離を決めるのはいつだって相手じゃない。自分なんだ。

そしてそれは仲違いだけでなく、仲直りにも言えることだ、と満は膝に置いていた右手を前に伸ばし、手を広げて五本の指を順番に見た。指は風を受けてすっかり熱を奪われ、冷たくなってきていた。しかし、満にはその冷え込みが風だけによるものとは思えなかった。毎日のように絡《から》ませていた、大切で温かな四本の指を、一年近くも遠ざけていることが何よりの原因であるように今の彼女には感じられてならないのだった。

結城満は坂東蛍子と仲直りしたかった。とても、とてもしたかった。しかしそれ以上に蛍子の幸せを願っていた。だから、彼女が一人で歩いていくことで友人を作り、孤立から脱却し、人並みの幸福を得られる道を進んでいけるのならば、彼女の前から姿を消す覚悟は満にはとうに出来ているのだった。

しかしながら、どんなに決意を秘めようが、どんなに心に誓おうが、指先はそれとは関係なく冷えていくものなのだ。少しずつ、緩やかに。

「あ！」

満は伸ばした指の隙間を縫うように走っていく小さな影を見つけ、慌《あわ》てて立ち上がった。一度背伸びをし、疲れた体を激励した後で、相手を目掛けて勢いよく瓦屋根を駆け下りていく。まずはあの人形を捕まえなくちゃ、と満は思った。そうしないと何も始まらない。それに、人形とすら仲直り出来ないようなら、蛍子と仲直りなんて絶対叶《かな》うはずがないわ。

◆

坂東蛍子は逃げ続けることに腹が立ってきていた。逃げ続ける中で溜《た》まっていった滓《おり》のような空しさや、悲しさや、惨めさは、ある時を境に怒りの炎を強くするための燃料に成り代わってしまっていた。火種は全身にジワジワと燃え広がった。走り続ける事しか出来ず誰にも発散出来なかった情動の欠片《かけら》は塔のように高く積み上がっていたため、吹き上げられた炎が爪先《つまさき》まで拡散するのにそこまでの時間はかからなかった。蛍子はとにかく腹が立っていた。意味が分からず逃げ続ける自分にも腹が立っていたし、逃げろ逃げろと言葉を放り投げる周りの人間たちにも腹が立っていた。何故だかよく分からないが大量に道端に出てきている街の住民達が、自分達の会話に夢中になって、こんなに汗だくになって走り続けている自分に見向きもしないことにも腹が立った。これじゃただ逃走の邪魔になるだけじゃない、と蛍子は道行く知らない顔を睨んで追い越した。

蛍子は歩道橋をくぐり、駐車場を突っ切り、商店街を抜けながら、逃げるって本当にイライラする、と思った。人から逃げてるせいで誰もいないし、何かから逃げてるせいで何も起きない。猫を撫でることすら出来ない。良い事なんて一つもない。ただ疲れて、イライラするだけだ。蛍子は疲労から段々と麻痺《まひ》してきた頭を振って、怒りを少しでも静めようと自分に逃走を促した人々に文句を言ってストレスの発散を試みた。下り坂で前傾しながらタクミを恨み、トンネルを彷徨《さまよ》いながら剣臓を罵倒《ばとう》し、欄干を横目に理一にも少しだけ小言を言った。勿論謎のストーカー男子は目の敵にした。

それでも腹は煮え滾《たぎ》ったままだったため、今度は気分転換に走るリズムを変えてみることにした。スキップしたり、後ろ向きに走ったりした。鼻歌を歌ったり、ラマーズ法のリズムも試した。しかし体の奥底から湧き上がる業腹の念は一向に姿を消そうとはしないのだった。とうとう蛍子は気を落ちつかせるのを諦めた。こうなったらとことん怒ってやる。

坂東蛍子はあぜ道から国道に突っ込み、アスファルトを蹴《け》りながら、自分を苛立《いらだ》たせているものへの最大の叛逆《はんぎゃく》は逃げるのを止《や》めることなのではないか、と思い始めていた。自分の思い通りにならないことで生まれるこの途方も無い苛立ちを彼らも感じるべきだ。

そもそも私はずっと逃げ続けてきたけど、それは他人の命令に従って逃げていただけだ。自分の意思とは無関係なのだ。私の意思は全然違うことを考えてるぞ、と蛍子はガードレールを飛び越えながら空想に飛び込んだ。私は今、家に帰って、温度の低いシャワーを浴びて、泡風呂《あわぶろ》でたっぷり過ごした後、アイスを食べて、ベッドに飛び乗って、それで枕《まくら》を抱きしめながら明日の朝まで眠りたいんだぞ。

「あ！　ロレーヌ！」

蛍子は自分の願望を満たすために何かが足りていないことに勘づいて、すぐにロレーヌの不在を思い出した。今となってはロレーヌを失っているということも、蛍子にとっては不安ではなく怒りの種になっていた。

「ロレーヌの馬鹿《ばか》！　どこほっつき歩いてるのよ！」

蛍子は駅前を通過しながらそう叫び、ある妙案を思いついて久しぶりに笑みを浮かべた。笑みとは言っても、至って攻撃的な笑みである。ロレーヌを探すことにしよう、と蛍子は思った。逃げるんじゃなくて、ロレーヌを探すために走るんだ。それなら目的が生まれて気が楽になるし、走り続けてるんだから誰も文句は言わないでしょ。我ながら何て冴《さ》えたアイデアなのかしら、と蛍子は自分の頭脳に感心した。と同時に、彼女は途端に肩の荷が下りたような錯覚に襲われた。もう意味の無い逃避行を続けなくて良い、ということが蛍子に活力と安らぎをゆっくりと齎し、木の葉の先に集まる雫《しずく》と化して、怒りの炎を消す先駆となろうとしていた。

「坂東蛍子！」

蛍子は何かの宣誓のように道中に響き渡った自分の名前に飛び上がり、走り幅跳びの高校記録の順位を非公式に塗り替えた。塾帰りにたまたまその光景を目撃した成見心太郎は、綺麗だな、と宙を跨《また》ぐ彼女に見惚《みと》れた。湖上を跳ねる妖精《ようせい》のようだ。

声をかけてきたのは正真正銘の知らない男だった。知らないし、トレンチコートの怪しい男だ。蛍子は背後から猛烈な勢いで追走してくる男を見て少し恐ろしくなった後、それ以上に悔しくなった。せっかく逃走から解放されたと思ったのに、また逆戻りじゃない！

「何なのよもーッ!!」

三木杉は疲労感に弱音を吐く惰弱な体に鞭《むち》を打って更に速度を上げ、今までで最も速く足を動かした。ようやく見つけたターゲットを彼はもう二度と視界から失う気は無かった。それは最早《もはや》一種の恋のようですらあった。蛍子の走り抜ける姿を見て、心の臓を貫かれ、無我夢中でその背を追いかける。そして追いついた暁には念願叶って男は女に声をかけることになるのだ。唯一恋と違うところは第一声の意図が、自分の手の届く所にずっといて欲しいという類《たぐい》のものでなく、出来る限り逃げ隠れて姿を消して欲しい、という真逆の願いであるというところだろう。

三木杉は坂東蛍子に彼女が命を狙われていることを警告しなければならなかった。宇宙人の情報を手に入れているのが自分しかいない以上、奴《やつ》らの野望を阻止出来るのも自分しかいない、と彼は空に顔と心の目を向けた。上空では相も変わらず威圧的に地上に蓋をしている巨大な宇宙船と時折落ちてくる謎の物体の只中《ただなか》を、何処《どこ》かから駆けつけた戦闘機が飛び回っており、愈々《いよいよ》地球陣営と侵略者の全面戦争の様相を呈し始めてきていた。しかし地球の人間達は誰一人として知らないはずだ。彼ら宇宙人が坂東蛍子を目的としてこの地球を滅ぼしにきたことを。三木杉は前方をひた走っている蛍子の背中を見た。この女が侵略者達にとってどういう意味を持っているのかは知らないが、宇宙人に狙われているということは、見方を変えれば彼らにとって害ということであり、それならば地球にとっては益ということに違いない。だから何としてでも逃げのびてもらわねば困るのだ、と三木杉は荒々しく息を吐いた。俺が彼女を逃がさなければならないのだ。

三木杉は地球の危機を知って、ハードボイルドに蛍子を殺すという当初の目的などすっかりどうでもよくなってしまっていた。矜持《きょうじ》のために格好つけることよりも、友のために仁義を通すことよりも、地球を救わなくてはという義務感が彼の中で勝っていた。彼は蛍子を捜して走り続ける中で色々なことを考えた。その過程で学生時代をかけて磨いてきた競走の才能と、走ることの楽しさも思い出していた。今はハードボイルドに生きているが、自分は任侠《にんきょう》の世界でも生きてきたし、陸上の世界でも生きてきた。その中で色々な理想を追ってきたのだ。人生は一度しか無いが、その間に人間は様々な自分を演じることが出来る。何にだってなれる。でも、その演じるための舞台が無くなってしまったら文字通り一巻の終わりなのだ。今は自分の理想に固執するよりも未来を守ろう、と三木杉は一人静かに決心したのであった。

「おい、待て！　坂東蛍子！」

坂東蛍子は信じがたい速さで疾走していた。恐らく高校生の中でもトップクラスの速度だろう、と三木杉は自身の経験と照らし合わせて彼女の実力を判断した。女子の中だけでなく男子を合わせて考えてもトップクラスだ。そんな相手に追いつくことは、片手でハットを抑えている状態では流石《さすが》の三木杉にも難渋を極める要求であった。ハットを捨てよう、と三木杉は決意した。お気に入りだが、諦めよう。地球を救ったらその後で拾いにくれば良いのだ。今は彼女に追いつかないと話にならない。彼は目蓋《まぶた》を強く閉じたあと、意を決して左手を放し、ハットの長い鍔《つば》が風を受けて飛んでいく気配を背負いながら力強く大地を蹴った。


ウィレムは追走者の心を読むことで追跡を撒《ま》こうと思案したが、背後から執拗《しつよう》に追ってくる少女の頭の中は親友との関係に対する憂《うれ》いや惑いばかりだった。同じようなことを延々と考えていたかと思うと、急にハイになったり、終わったものとして脇《わき》にやったりして、紆余曲折《うよきよくせつ》の勘案を経た挙句、何だかんだで同じ場所に戻ってくる。ひたすらに思考がループしているのだ。

〝もし日暮れまでに人形を捕まえられたら蛍子と仲直りしよう〟

〝それが無理だったら、もう諦めよう〟

〝いやいや、それじゃ努力の程度で恣意的《しいてき》に結果が変わってしまう〟

〝ここは人形を捕まえた時にどちらの足が前に出ているかで決めよう〟……少女の考えがここまで来たところで、ウィレムは溜息と共に思考を読むことを止めた。


ウィレムは不愉快だった。自分が無視されていることも不愉快だったが、分かり合った友と縁を切るかどうかで悩んでいる少女のその考えが何より不愉快だった。同じ素材で出来た相手がいる幸せを、全く理解していない、と木製人形は自身の木肌に目を落として、顰《しか》め面《づら》をするように顔のパーツを出来る限り中央に寄せた。そんな悩む必要の無いことで、悩むんじゃない。


「もしお前の親友を見つけたら……」

「！　心を読んだのね！」

「首をへし折ってやるからな」

「な……！」

「それが嫌なら、せいぜい私より早く友の前に立つんだな」


人形達は為《な》す術《すべ》もなく街に降り注いでいた。突然国中に亀裂《きれつ》が走ったかと思うと、壁や地表に大穴が開いて彼らはそこから次々と吸いだされ、人間の世界の空高くに吐き出された。そうして適正の体重すら形成出来ないまま、雪のようにゆっくりと地上へと降り注ぎ、雲を裂き、屋根をすり抜け、騒がしく跳ねまわる子供たちを横目に枕元へと降り立った。街の人々はこの日の不可思議な出来事と幸福な子供たちの笑顔を〝春のサンタクロース祭り〟と名付け、半世紀に渡って語り継いだ。

ロレーヌはぬいぐるみには些《いささ》か大きいパラシュートを体に括《くく》りつけ（安全のため絶対身につけるべき、というタクミの要望を渋々了解した）、声無く降り注ぐ人形達の合間を縫うように飛んでいるタクミに抱えられながら、空から蛍子を捜索していた。本来ならこういった捜索案件で絶大な効力を発揮するタクミの衛星ジャックは、今や山よりも大きな宇宙船の存在によって完全に封殺されてしまっており、彼らは自分達の目で小さな少女の背を捜す事を余儀なくされていたのであった。地上には空に浮かぶ飛行物体と、剣臓の操縦するミニホーネットを観察するために少なくない人数の人々が家から出てきており、その中から女子高生を一人捜し出すのは実に骨の折れる作業だった。二人は一言も口をきかなかった。ロレーヌもタクミも、一たび口を開いてしまったら胸の内に燻《くすぶ》る一つの予感が形になって出てきてしまいそうで、開くに開けなかったのである。そう、既に手遅れ、という予感だ。

耳に括りつけられた通信機の御蔭《おかげ》で、黒兎は中空を勢いよく飛び回りながらも剣臓の状況を逐一把握する事が出来ていた。そのためロレーヌは愈々以《もっ》て満に通信機を渡し損ねたことを後悔しているのだった。満の力を借りることが出来れば、蛍子の居所を予測することも容易だったかもしれないものを。まったく貴族にあるまじき不覚だ。

それと同時に、仮に満に通信機を渡していたらどうなっていただろう、とロレーヌは勘考した。もし満が蛍子の危機を知っていたならば、彼女は躊躇《ちゅうちょ》なく駆けつけたことだろう。そして人形の国の一件同様、力の限り走り回ってくれるに違いない。しかし、その後はどうなるのだろうか。つまり満が蛍子を探し当てた後、暴漢に襲われる危険を抱えた蛍子を前に満はどう対応するのだろうか。この前のように逃げてしまうのだろうか。それとも意を決して声をかけるのだろうか。ロレーヌは悩んだが、結局彼にはその問いの答えを導き出すことは出来なかった。

ロレーヌはここ暫くの満の態度が少しずつ変わってきていることに気がついていた。以前よりもどこか自己犠牲的な精神が強まってきているように思えたのだ。それは一時的な決別ではなく、永遠の別離を念頭に置いたもののようにロレーヌには思え、彼女と接する度に黒兎は焦燥の色を濃くしているのだった。恐らく満は、長期的に見て蛍子が幸福になれる道を検討して、最近その検討にひと段落つけたのだろう。しかしその結論は私には好ましくない結論だ、とロレーヌは思った。私にも、蛍子にも、満にも好ましくない。必要の無い別れ程悲しいものは無い。ぬいぐるみ達はその長い人生において健全な精神を保つために別れを惜しまない。と同時に、只でさえ悲しい離別を不用意に増やすようなこともない。出会いと別れに対して、彼らは徹底的にドライであったが、その分感情で行動が左右されることも無かったため、黒兎は蛍子と満の関係を修復する良い手立てを思い描くことがどうしても出来ないのだった。

タクミの腕の中で薄暗い春風を切りながら、仲直りとはなんだろう、とロレーヌは考えた。この途方も無く広い世界で、二つの心を繋《つな》ぎ留めているその偉大なものの正体は、いったい何なのだろう。

「なんだ⁉」

突如前方に一閃《いっせん》の光が伸びたことで、ロレーヌの思索は停止を余儀なくされた。光はどうやら宇宙船の頭部に装備された主砲の先から地上に向けられている照明か、光線の類のようであった。

「お、おい、あそこを見ろ！」

ロレーヌが丸いフカフカの腕を伸ばしたその先をタクミも確認した。アンドロイドはすぐさま光の帯へと進路を変更し、抱きかかえたぬいぐるみに淡々と言った。

「私は上に回ります。下はお任せしますね」

「分かった。パラシュートを使うから気にするな」

「役に立ったでしょう？」

タクミは口の端をぎこちなくつり上げ、腕の中の兎へウィンクしてみせた。

「邪魔……ハァ、し……しないでよっ……ハァ……！」

広い道には家から出てきた人々が不規則に動き回っていたため、蛍子は細い道を探すことを余儀なくされていた。しかし細道は細道で、一人でも通行者がいたら道を塞《ふさ》がれかねないというリスクを持っている。どちらにせよ足を止めたら終わりなんだ。自分の信じた道を進むしかない、と蛍子は思った。ていうか、一本道の障害物競走なんて元々勝負と言えないのよ、と蛍子は裏道の誰もいない薄暗がりを睨《にら》みつけた。こんなの先頭が不利に決まってるじゃない。

蛍子は周囲の状況からこの街の上空で何かが起きていることに薄々気づいてはいたが、しかし彼女には今や視線を上に上げる余裕さえ残されていないのだった。もしそんなことをして進路選択を誤ったり、小石に躓《つまず》いたりでもしたら、すぐに男に追いつかれる。そんなことになったらこれまで意味も分からず走り続けてきた自分の苦労が何もかも水の泡だ。そんなことは私が許さない、と蛍子は思った。坂東蛍子は集中力の持続する中ではどこまでもストイックになれる少女だった。

「ハァ……ハァ……！」

蛍子が地元の地の利を活《い》かして隘路《あいろ》を選んで走っているにも拘《かか》わらず、背後から追走する男は恐ろしい速さで彼女に迫ってきていた。荒い呼吸や地を駆ける足音はほんの僅《わず》かずつではあったが確実に近くなってきており、今や蛍子は振り返る勇気すら無くなってしまっていた。梯子《はしご》や階段を見つけて高低差を活かして逃げられないかとも思ったが、これまでずっと走り続けてきた自分の足が一瞬でも立ち止まり力の入れ方を変えることで、どれ程の負荷がかかるものか予想できなかったため、蛍子は仕方無く道の上を走り続けた。しかし〝走る〟ことは明らかに相手の得意分野であったため、このままでは直に追いつかれてしまうだろうことは彼女自身にも容易に予想がついていた。もう走り続けるしか無いんだ、と蛍子は必死で腕を振った。何か策を練ってそれを実行するだけの脳みその余裕も、体の余裕も、距離の余裕も私にはもう残ってないんだ。蛍子は後ろの男の手が自分の肩を掴《つか》み、引き倒す様を想像することで、何とか足の筋肉の痙攣《けいれん》を抑え込み事態の停滞を保っていた。

「ハァ、ハァ、ハァ……！」

さて、彼女が疲労困憊《こんぱい》の果てに男の魔の手に怯えることで、身の内に込み上げていた怒りは鎮火したのだろうか？　答えはノーである。彼女の怒りの増長は相変わらず継続していた。余計なことを考える余裕が失われたことで、彼女の中には現在逃げろと指令を出す本能と、怒りの感情以外殆《ほとん》ど残されていなかった（僅かに残っていたものが〝恐怖〟という名の自制心である）。不条理な責め苦や疲れの他にも、悔しさや情けなさも全て飲み込んで苛立ちの炎はどんどんと強くなり、一国を支える有意義な文化のように豊かなものになっていた。実際彼女の急激な怒りの感情は遠く八万光年離れた宇宙領域の、とある感情捕食生物の触覚に引っ掛かり悪夢を見させていた。文化どころか、兵器になりつつあったのだ。

「おいコラ！　女！　聞こえてんだろ!!」

蛍子は自分が何故腹が立っているのかももう分からなくなりつつあった。逃げることに腹が立っていたという情報だけ辛うじて脳の動いている部分から引っ張り出す事が出来ていた。じゃあなんで私は逃げてるんだろう？　と蛍子は上の空で考え、その度に慌てて背後の存在を思い出して恐怖するのだ。彼女は追いかけてくる男にひたすら恐怖することで、何とか理性を保っていたのである。蛍子はたった今風を切り、とうとう自分の肩を掠《かす》めた追手の指について出来る限り恐怖するよう努めた。ゴツゴツして暴力的で、摑んだものは放さない大人の男の指だ。頑強で威圧的で、きっと声の大きな男の手だ。もし万が一にでも肩を摑まれたら、ただの女子高生に過ぎない私なんて一捻りにされてしまうだろう。そうなったら私は取り返しのつかないことになってしまうかもしれない。そんなのは嫌だ。そんなのは怖い。怖い。怖い。怖いよ、助けて——

「クソ！　もういい！　坂東蛍子！　とにかく逃げろ!!」

「い、い、か、げ、ん、にしろぉおお!!」

坂東蛍子は細い道から広い道に繋がるT字路へ飛び出すと、目の前の壁を蹴って三角跳びし、すぐ真後ろにいた三木杉の首に空中でラリアットをぶち込んだ。完璧《かんぺき》なタイミングでクロスカウンターのように決まった大技に三木杉は卒倒し、そのまま白目を剝いて動かなくなった。

「はぁ……はぁ……誰が、逃げるかってのよ……」

爆発した感情に清々《すがすが》しさすら覚えながら、もう逃げない、と蛍子は胸の奥で誓った。もう私は逃げない。絶対に逃げてやらない。誰の指図でどんなに頼み込まれても、ぜったいに逃げてやるもんか。

「蛍子!!」

T字路の真ん中で、吹き飛びそうになっている意識に辛うじて飛び込んできた声の方角へ蛍子は何とか頭を持ち上げた。道の先から走って来たのは結城満であった。何故かこちらに転がって来るサッカーボールを必死に追いかけている。親友と突然面と向かって邂逅《かいこう》したことで、怒りと解放の空を飛んでいた坂東蛍子は一瞬で動揺の海に突き落とされた。蛍子は声もロクに絞り出すことが出来ぬまま、アァ、と小さく喉《のど》から漏らし、目を泳がせながら一歩後ずさった。なんで、なんでこんなとこで、満がサッカーしてるのよ――

「蛍子!!　お願い!!　逃げて!!」

「…………」

坂東蛍子はおもむろに駆け出すと、右足を力の限り後ろに持ち上げ、勢いよく振りおろした。

「うるさぁあああい!!」

蛍子へ向かってきたサッカーボールは彼女の体重が乗った蹴りと正面から衝突した。見事に体の芯《しん》を突かれたボールは、ガチャリという奇妙な音を立てながら西の空の彼方《かなた》へ消えていった。

「はぁ……はぁ……っ」

「ハァ、ハァ、ハァ……」

満は酸素の足りない頭で暫く呆然《ぼうぜん》と立ち尽くしていた後、目の前に坂東蛍子がいるという事実に思い至って急激に意識を覚醒させた。長い時間正面から見ることの無かった懐《なつ》かしいその顔が、今こちらを向いて、こちらの目を見返している。満はその事実が後頭部の痺《しび》れを伝って脳内に拡散されていく過程で、自分のやるべきことを必死に思い出そうとしていた。私のやるべきこと。私の願い。それは蛍子がずっと幸せでいてくれることだったはずだ。結城満は腰が抜けそうになりながらも何とか後ろに一歩足を下げた。逃げなきゃ、と満は思った。蛍子と私はこんな風にしてちゃいけない。今すぐ離れなきゃ。

(きっと蛍子だってそう思ってるはず)

しかし坂東蛍子は逃げなかった。それどころか満の方へと着実に前進してきていた。満が一歩下がったら、蛍子は二歩前に進んだ。満が蛍子の視線を恐れて目を逸《そ》らそうとしても、蛍子は深い瞳《ひとみ》で真《ま》っ直《す》ぐに見返すことで彼女にそれを許さなかった。蛍子はもう逃げることにウンザリしていた。私はもう絶対に逃げない、と蛍子は歩を進めながら心の深い所で宣誓した。誰にも聞こえなかったが、声が嗄《か》れるぐらいの大きな宣誓だった。

私は絶対に逃げない。絶対に逃げない。親友が逃げようと背を向けても、尻尾《しっぽ》を摑んで放さない。絶対に放してやらないんだ。

「ほ、ほたるこ……」

「満っ!!」

勇気を奮い立たせ、何とか一言形にしたものの、蛍子の頭の中には今自分が何をするべきなのか何一つ考えが無かった。とにかく仲直りしなきゃ、と蛍子は混乱して掻き回されペースト状になった思考の中から仲直りに関する情報を必死に引き出そうとし、ある会話を思い出してハッとした。

そうだ、デス指相撲だ。坂東蛍子は錯綜《さくそう》する思考の中から放課後に受け取ったアドバイスを何とか拾い上げると、考えを実行するべく満の右手首を摑んで引き寄せた。久しぶりに触れた親友の小さな手は僅かに震えていて、うっかり油断すると壊してしまいそうな脆さを感じた。蛍子はそんな満の指を壊さないように、自身の怯える人差し指と、中指と、薬指と、小指を慎重に絡ませ、お互いの親指の柔らかな腹をトン、トンと二回触れ合わせた。

「ほっこ……？」

満は緊張で胸が張り裂けそうだったが、蛍子の指が自分の指に絡んだ途端、安心感を覚えてようやく少しだけ力を抜いた。蛍子の指は熱いぐらいに熱を持っていて、冬の暖炉の火のように満の指を取り巻いて優しく温めた。

「みっちゃんっ……そ、その……あの！」

既に万策尽きた蛍子は自分が何を言っているのかもよく分からなくなっていたが、それでも何とか突破口を探そうと声を裏返しながら必死に喋《しゃべ》り続けた。蛍子にはもう互いのこと以外は何も分からなくなっていた。雷の遠い音も大通りのざわめきも、今の蛍子の耳には何一つ届いていなかった。雲間の陽のように突如現れ、蛍子と満の体を照らし足下にてゆっくりと広がっていく光の円も、今の二人には全くどうでも良いものであった。

「あのね……っごめん！　ごめんね……私、全然駄目で……駄目で……」

「……」

「私……私、頑張ったの…………っと、友達もね、で、出来て……作って……それでね……」

坂東蛍子は泣いていた。満は何も言わずに、彼女の光っては揺らぐ宝石のような瞳をただ見つめていた。

「みっちゃんは、もう、どうでも良いのかもしれないけど……わ、私ねっ……私……頑張ったから……ぐすっ……頑張ったけど……でも頑張っても、うぅっ、ひとりっ……ひとりで……！」

結城満は自分自身の頭の悪さに心底呆《あき》れ、落胆していた。私の考えていた思いやりは思いやりじゃない。思いやりも、愛情も、未来のためでなく、今目の前にいる人のために存在するものなんだ。満はすっかり震えの収まった左手を伸ばし、蛍子の肩に触れた。ビクリと震え、ギュッと目を瞑《つむ》って目尻に溜まった涙を落とす蛍子が再び目を開けるのを待って、結城満は小さく微笑《ほほえ》み、違うでしょ、と言った。

「ほっこ、呪文《じゆもん》間違ってる」

蛍子は満の言葉の意味を反芻《はんすう》し、時間をかけて理解すると、鼻をすすりながら嗚咽《おえつ》混じりに深く頷《うなず》いた。今にも泣き崩れそうな蛍子の頭を撫で、肩をさすって励ました満は、合図の意味も込めて大きく息を吸って僅かに笑みを投げかけた。蛍子も泣きじゃくるその合間に少しずつ息を溜めこむ。

坂東蛍子と結城満は互いの呼吸の間を測りながら、しかし一寸の狂いも無く、写し鏡のように同時に呪文を唱えた。

「二人は友達」

■

指を鳴らしたような気持ちの良い音を合図に、周囲の星々が一斉に光を集め、クラッカーを鳴らしながら小躍りしている男に注いだ。高らかに哄笑《こうしょう》しながら、花びらのマットを腕で掬《すく》い、花弁のシャワーを浴びせてくる男に対し、女神は面倒くさそうに顔をしかめた。

「どうした、バステト。嬉《うれ》しくないのか？」

「嬉しいというより……ホッとしているわ。私の宝物が壊れなくて本当に良かった」

星は、全てを見通す神の目からはビー玉のように内部までハッキリと見えている。大昔の取り決めの余波という不条理なもののせいで、内側が細かく罅割《ひびわ》れ、傷つき、汚濁していく自分の星に女神は心を痛めていたが、今頭の中で響いたパチンという音の後、それらの傷が時を戻すように急速に塞がっていくのを感じていた。

「あとその名前で呼ばないで」

「なら、バーストかい？　アフロディーテかな？　私のこともあの頃の名で……そうだ！　タテネンにも一報を入れなくてはな」

　よくもそう能天気になれるわね、と女神は落ち着きの無い創造神を見て溜息《ためいき》をついた。安心して力が抜けてしまったけど、そもそも私はこの男を殴りに遥々《はるばる》大マゼランの雲間から星の海を越えてやってきたのだった。やっぱり怒りがある内にやる事はやっておかなくちゃ駄目ね、と女神は地球を眺めて微笑んだ。

「バステト、これを機に縒《よ》りを戻さないか」

「お断りします」

◆

　パラシュートでゆっくりと降下しながら、ロレーヌは眼下で笑い合っている蛍子と満を眺めていた。二人が顔をつき合わせている光景を見ること自体がとても懐かしいことのように思え、ロレーヌは郷愁に浸って色々な思い出を掘り起こしていた。自分の出会った友や、別れた友のことも思い出した。彼らは元気でやっているだろうか、とロレーヌは目を細めた。黒兎《くろうさぎ》は別れというものをとても悲観的なものとして捉えていたが、たった今その考えを改めることにした。永遠の別れなんて無いのだ。我々はいつだってまた巡り合える。互いに笑い合うことさえ出来れば。そしてそれが出来るから、私達は友人になったのだ。

ロレーヌは二人の頭上へ高度を落としながら、二人が八歳だった頃のことを思い出していた。その日蛍子は自分が迷子になりながらも落し物を交番に無事届け、思い切り泣き損ねたことによる倦怠感《けんたいかん》を小さな体に抱えながら帰り道をトボトボ歩いていた。その時、ローラースケートの四つの車輪で滑走しながら満が目の前の交差点を偶然通りがかった。結城満が蛍子に手を振ると、主人はそれまで我慢してきた感情を爆発させて、彼女の胸に飛び込んだのだった。その後二人は一日の逸話を大袈裟《おおげさ》に語り合いながら、笑顔で帰った。今の彼女達は、あの時とそっくり同じ顔をしているな、とロレーヌは笑った。まったく変わっていない。

「きゃ!」

「わっうぇ、何……?」

突然頭上から覆い被《かぶ》さってきたパラシュートに二人は動転し、その後僅かに降り注いでいた月明かりのような白光も唐突に失われたことで、真っ暗になった視界に慌てて周囲を弄《まさぐ》っていたが、互いの体を確認すると、二人共急に安心したように大人しくなった。

「あれ、ロレーヌ……!」

蛍子は自分と満の間に紐《ひも》でぶら下がっているロレーヌを発見して、再び混乱した。何故こんなところにロレーヌがいるのか蛍子には皆目見当がつかず、あまりにも分からなさ過ぎて段々と可笑《おか》しくなってきた。唐突に笑い始めた蛍子に満とロレーヌは目を丸くしたが、蛍子はお構いなしに笑い続けた。よくよく考えてみると、今日の、ううん、ここ暫くの私の悩み、今いっぺんに解決しちゃったんだ。なんだこれ、変なの。

「フフ、蛍子、変だよ」

「そうかも」

ロレーヌは笑い合っている二人を横目に見ながら、パラシュートの暗い天蓋《てんがい》が俄《にわ》かに薄く光を通し始めたことを感じていた。二人も暫くしてそのことに気がつき、自分達を覆っていた布を振り払って取り去った。天幕の向こうに開けた視界は、一面の夕焼け空だった。雲一つ無い透き通るような春の空だ。一番高い所でグルリと宙返りをしている戦闘機を見ながら、満とロレーヌは唖然と固まってしまっていた。先程まで頭上で繰り広げられていた大惨事は、いったいどうなってしまったのだ。地球の崩壊は？　宇宙人の侵攻は？　ロレーヌは答えを求めるように満を見返したが、満も訳が分からないといった表情で首を小さく横に振るだけだった。

「綺麗《きれい》ねぇ……」

坂東蛍子が赤く染まった空を眺めながら微笑んだ。蛍子はこの空が、何だか頑張った自分への、あるいは自分と満の再会を祝福して贈られたプレゼントのような気がして感動で胸を詰まらせ、思わず空に向かって神に感謝した。神も蛍子に感謝した。

◆

轟はしっかりと歯の間に咥《くわ》え込んだ人形に視線を落とした後、菜食というものについて思いを馳せた。どれだけ脂《あぶら》が乗っているんだろう。魚の味はするだろうか。高僧が肉を食わなくなる程の美味《うま》さとはいったいどれ程のものなのか、と轟は想像し、満足そうに目を細めた。その際彼の口から分泌《ぶんぴつ》された大量の唾液《だえき》は、口内に咥え込まれたウィレムの悲鳴を交えながら彼の古びた球体関節の隙間《すきま》に沁《し》み込んだ。軋《きし》む体と猫の涎《よだれ》と革靴の跡を順番に確認して、最悪だ、とウィレムは嘆息した。今日は夢も希望もない最悪の一日だった。

「あ、いた！　大尉《たいい》！」

轟は声のした方に片耳だけ向けた。彼は其々《それぞれ》の人間に別々の名前で呼ばれていたので、顔を向けなくとも相手が誰だか察知出来た。

「大尉？　……あぁ、見せたいものって、松坂のことだったのか」

どうやら理一もいるらしいな、と轟は髭を揺らした。それなら小娘に好き勝手にされることも無いだろう。

「松坂……？」

「立派な猫だからな。立派と言えば、牛なら松坂だし、猫も松坂かなって」

「兄さん……素敵です！」

轟は眉間《みけん》に皺《しわ》を寄せた。黒髪の少女が轟の前に屈《かが》みこみ、にっこりと笑った。

「大尉！　今からお前の名前は松坂大尉だ！」

「いや誰だよ」

「兄さん、聴きましたか⁉　今のミャアは私への愛情表現に違いありません！」

理一はざらめの機嫌がすっかり良くなったので、内心でホッと胸を撫でおろしていた。

ウィレムは絡みつく唾液の向こうで、少女が轟の頭を撫でるために膝《ひざ》の上に置いたものを確認して思わず感極まっていた。感情が横溢《おういつ》し、魂が抜けそうになった。猫の涎が目の縁を伝い、流れ落ちていくのを感じながら、ウィレムの心は安堵《あんど》で満たされた。これで人形の国を元通りにすることが出来る。

◆

三木杉はフードを目深《まぶか》に被った少女とすれ違いでアパートの敷地へと足を踏み込み、自動販売機で水を買って、近場に座っていた少年の隣に静かに腰を下ろした。ちなみに今アパートから去った少女は名を大城川原クマという。彼女は大マゼラン雲第四惑星に住む宇宙人であり、先程救星軍の母艦メヘンにて母星の正常化を確認、無事を確かめるために即座に帰還した母艦を見送り、地球の友にこのことを伝えるために地上に戻って来たエリート特派潜入員である。エリート特派潜入員であり、しがない女子高生でもある。歳《とし》は秘密だ。陽が傾いて春風を肌寒く感じたクマは、アパートの自室へパーカーを取りに帰り、夕飯のカップラーメンを買いに近所のコンビニへと向かった。

彼女はもう暫《しばら》く地球に残ることに決めた。上空を旋回する鳩《はと》も、どうやら同じ考えらしい。


「俺なぁ、今日は一人の女に振り回されっぱなしだったんだ」

面識の無い男に隣に座られ話しかけられた場合、川内和馬は普段なら恐ろしくなってその場を去るのだが、今日の彼は疲労でもう歩きたくも無かったし、気も大きくなっていたためそのまま応じることにした。

「奇遇ですね。僕もです」

「そうか、ははは」

男は水を半分程飲み乾《ほ》した後、手に持っていたハットを被り、煙草《たばこ》を咥えた。

「でもなぁ、俺はソイツを何とか救うことが出来た。満足だ」

世界は救えなかったけどな、と三木杉は笑った。しかし内心では彼は今日の世界の危機も自分が救ったような気分になっていた。とある事情によってその瞬間を覚えてはいなかったが、自分の行動が事態を変えたような漠然とした実感を彼は胸に抱いていた。

「……僕もです」

そしてそれは川内和馬も同じだった。二人は何が何だか分からないままに、地球を救った気分になっていた。和馬は自身と思いを同じくしている男のことを盗み見た。何だか古い映画から飛び出して来たようで、渋くて格好良いなぁ、と和馬は思った。二人は暫く無言で赤い空を見上げていた。

「おい、それ飲まねぇのか？」

和馬がカラになった缶を捨てて新しく飲み物を買おうと立ち上がったのを見て、三木杉が不思議そうな声色で言及した。和馬は彼が自分の足下に立っているペットボトルを指さしていることに気がつき、苦笑いしながら少し返答に迷うような素振りをした。

「何だか怖いんですよ。普段より甘いな、とか感じちゃったらどうしようって」

「……なるほどな。そりゃあ、飲んどいた方が良いぞ」

「そっすかね」

川内和馬はこれから五十年の後、自身の半生を綴《つづ》った自伝を出版することになる。書き出しはこうだ。

〝私の数奇な人生体験の契機は、全《すべ》て高校時代にあった。そこで培《つちか》ったとある同級生や、あるいは陰の世界で生きる男への憧《あこが》れが、私をこの世界へいざなうことになったのだ
――〟

◆

「私好きな人がいるんだー」

「なんとまぁ！」

夕日の落ちる方角へ、二人は並んで歩いていた。

「もうフられてるんだけどね」

「えぇ!?　蛍子！　ほんとうに!?」

白々しいぞ、と遠い目をするロレーヌを満はそれとなく指で小突いた。

「ほんと！　えへへ」

蛍子はそこで少し間をとって、大きく息を吸い込んでから再び言葉を続けた。

「でもさ、まだ諦《あきら》めないことにしたんだ。ほら、奇跡ってあるかもしれないじゃない？この世界ってまだまだ信じられないようなことが起こりそうな気がするの。だから、私ももうちょっと色々信じてみようと思って」

「宇宙人とか？」と満が言った。

「まさか！」と蛍子が笑った。

「そういうのじゃないの！　宇宙人とか、幽霊とか、そんなのいるわけないじゃない！」

苦笑いする満の隣で、坂東蛍子は端正な顔を目一杯崩して笑い転げた。あまりに大笑いするものだから、満は繋いだ手に引っ張られて転びそうになった。

それでも勿論《もちろん》、手は放さない。

本書は第一回「新潮ｎｅｘ大賞」大賞受賞作
「坂東蛍子、子供に脛を蹴られる」を元に、
新潮文庫のために書き下ろされた。

雪乃紗衣著

レアリアI

長年争う帝国と王朝。休戦派の魔女家の少女は帝都へ行く。破滅の〝黒い羊〟を追って――。世代を超え運命に挑む、大河小説第一弾。

竹宮ゆゆこ著

知らない映画のサントラを聴く

錦戸枇杷。23歳（かわいそうな人）。そんな私に訪れたコレは、果たして恋か、贖罪か。無職女×コスプレ男子の圧倒的恋愛小説。

神永学著

革命のリベリオン
―第I部　いつわりの世界―

人生も未来も生まれつき定められた〝DNA格差社会〟。生きる世界の欺瞞に気付いた時、少年は叛逆者《リベリオン》となる――壮大な物語、開幕！

河野裕著

いなくなれ、群青

11月19日午前6時42分、僕は彼女に再会した。あるはずのない出会いが平坦な高校生活を一変させる。心を穿つ新時代の青春ミステリ。

朝井リョウ・飛鳥井千砂・越谷オサム・坂木司・徳永圭・似鳥鶏・三上延・吉川トリコ著

この部屋で君と

腐れ縁の恋人同士、傷心の青年と幼い少女、妖怪と僕!?　さまざまなシチュエーションで何かが起きるひとつ屋根《ふたりぐらし》の下アンソロジー。

神西亜樹著

坂東蛍子、日常に飽き飽き
新潮nex大賞受賞

その女子高生、名を坂東蛍子という。容姿端麗、学業優秀、運動万能ながら、道を歩けば事件に当たる、疾風怒濤の主人公である。

伊坂幸太郎著　**オーデュボンの祈り**

卓越したイメージ喚起力、洒脱な会話、気の利いた警句、抑えようのない才気がほとばしる！　伝説のデビュー作、待望の文庫化！

伊坂幸太郎著　**ラッシュライフ**

未来を決めるのは、神の恩寵か、偶然の連鎖か。リンクして並走する4つの人生にバラバラ死体が乱入。巧緻な騙し絵のごとき物語。

伊坂幸太郎著　**重力ピエロ**

ルールは越えられるか、世界は変えられるか。未知の感動をたたえて、発表時より読書界を圧倒した記念碑的名作、待望の文庫化！

伊坂幸太郎著　**砂漠**

未熟さに悩み、過剰さを持て余し、それでも何かを求め、手探りで進もうとする青春時代。二度とない季節の光と闇を描く長編小説。

伊坂幸太郎著　**ゴールデンスランバー**
山本周五郎賞受賞
本屋大賞受賞

俺は犯人じゃない！　首相暗殺の濡れ衣をきせられ、巨大な陰謀に包囲された男。必死の逃走。スリル炸裂超弩級エンタテインメント。

伊坂幸太郎著　**オー！ファーザー**

一人息子に四人の父親!?　軽快な会話、悪魔的な箴言、鮮やかな伏線。伊坂ワールド第一期を締め括る、面白さ四〇〇％の長篇小説。

小野不由美著
図南の翼 —十二国記—

「この国を統べるのは、あたししかいない！」——先王が斃れて27年、王不在で荒廃する国を憂えて、わずか12歳の少女が王を目指す。

小野不由美著
華胥の幽夢 —十二国記—

「夢を見せてあげよう」と王は約束した。だが、混迷を極める才国。その命運は——。理想の国を希う王と人々の葛藤を描く全5編。

小野不由美著
黄昏の岸 暁の天 —十二国記—

登極からわずか半年。反乱鎮圧に赴いた王は還らず、麒麟も消えた戴国。案じる景王陽子の許へ各国の麒麟たちが集結するのだが——。

小野不由美著
黒祠の島

私は失踪した女性作家を探すため、禁断の島を訪れた。奇怪な神をあがめる人々。凄惨な殺人事件……。絶賛を浴びた長篇ミステリ。

小野不由美著
東京異聞

人魂売りに首遣い、さらには闇御前に火炎魔人、魑魅魍魎が跋扈する帝都・東京。夜闇で起こる奇怪な事件を妖しく描く伝奇ミステリ。

小野不由美著
屍鬼（一〜五）

「村は死によって包囲されている」。一人、また一人、相次ぐ葬送。殺人か、疫病か、それとも……。超弩級の恐怖が音もなく忍び寄る。

上橋菜穂子著
精霊の守り人
野間児童文芸新人賞受賞
産経児童出版文化賞受賞

精霊に卵を産み付けられた皇子チャグム。女用心棒バルサは、体を張って皇子を守る。数多くの受賞歴を誇る、痛快で新しい冒険物語。

上橋菜穂子著
闇の守り人
日本児童文学者協会賞・
路傍の石文学賞受賞

25年ぶりに生まれ故郷に戻った女用心棒バルサを、闇の底で迎えたものとは。壮大なスケールで語られる魂の物語。シリーズ第2弾。

上橋菜穂子著
夢の守り人
路傍の石文学賞・
巖谷小波文芸賞受賞

女用心棒バルサは、人鬼と化したタンダの魂を取り戻そうと命を懸ける。そして今明かされる、大呪術師トロガイの秘められた過去。

上橋菜穂子著
虚空の旅人

新王即位の儀に招かれ、隣国を訪れたチャグムたちを待つ陰謀。漂海民や国政を操る女たちが織り成す壮大なドラマ。シリーズ第4弾。

上橋菜穂子著
神の守り人
(上 来訪編・下 帰還編)
小学館児童出版文化賞受賞

バルサが市場で救った美少女は、〈畏ろしき神〉を招く力を持っていた。彼女は〈神の子〉か？　それとも〈災いの子〉なのか？

上橋菜穂子著
蒼路の旅人

チャグム皇太子は、祖父を救うため、罠と知りつつ大海原へ飛びだしていく。大河物語の結末へと動き始めるシリーズ第6弾。

上橋菜穂子著

天と地の守り人
（第一部 ロタ王国編・第二部 カンバル王国編・第三部 新ヨゴ皇国編）

バルサとチャグムが、幾多の試練を乗り越え、それぞれに「還る場所」とは――十余年の時をかけて紡がれた大河物語、ついに完結！

上橋菜穂子著

流れ行く者
―守り人短編集―

王の陰謀で父を殺されたバルサ、その少女を託され用心棒に身をやつしたジグロ。故郷を捨てて流れ歩く二人が出会う人々と紡ぐ物語。

上橋菜穂子
チーム北海道著

バルサの食卓

〈ノギ屋の鳥飯〉〈タンダの山菜鍋〉〈胡桃餅〉。上橋作品のメチャクチャおいしそうな料理を達人たちが再現。夢のレシピを召し上がれ。

上橋菜穂子著

狐笛のかなた
野間児童文芸賞受賞

不思議な力を持つ少女・小夜と、霊狐・野火。森陰屋敷に閉じ込められた少年・小春丸をめぐり、孤独で健気な二人の愛が燃え上がる。

恩田陸著

六番目の小夜子

ツムラサヨコ。奇妙なゲームが受け継がれる高校に、謎めいた生徒が転校してきた。青春のきらめきを放つ、伝説のモダン・ホラー。

恩田陸著

ライオンハート

17世紀のロンドン、19世紀のシェルブール、20世紀のパナマ、フロリダ……。時空を越えて邂逅する男と女。異色のラブストーリー。

デザイン　川谷康久（川谷デザイン）

坂東蛍子《ばんどうほたるこ》、日常《にちじよう》に飽《あ》き飽《あ》き

新潮文庫　し－78－1

平成二十六年九月一日発行

著者　神《じん》西《ざい》亜《あ》樹《き》

発行者　佐藤隆信

発行所　株式会社 新潮社

郵便番号　一六二―八七一一
東京都新宿区矢来町七一
電話　編集部（〇三）三二六六―五四四〇
　　　読者係（〇三）三二六六―五一一一
http://www.shinchosha.co.jp

価格はカバーに表示してあります。

印刷・錦明印刷株式会社　製本・錦明印刷株式会社

ISBN978-4-10-180006-6 C0193